21世纪文学之星丛书

2019年卷

中短篇小说集

鲸鱼和老头的故事

江　冬⊙著

作家出版社

作者简介：

江冬，1985年生，湖南隆回人，中国作家协会会员，湖南省小说学会理事，鲁迅文学院第三十四届高研班学员。2006年开始小说写作，在《作品》《西湖》《滇池》《青年文学》《长江文艺》《湖南文学》等多家期刊发表中、短篇小说，获第二十届黑蓝小说奖。现就职于湖南教育报刊集团《初中生》编辑部。

目　录

总 序

袁 鹰

中国现代文学发轫于本世纪初叶，同我们多灾多难的民族共命运，在内忧外患，雷电风霜，刀兵血火中写下完全不同于过去的崭新篇章。现代文学继承了具有五千年文明的民族悠长丰厚的文学遗产，顺乎20世纪的历史潮流和时代需要，以全新的生命，全新的内涵和全新的文体（无论是小说、散文、诗歌、剧本以至评论）建立起全新的文学。将近一百年来，经由几代作家挥洒心血，胼手胝足，前赴后继，披荆斩棘，以艰难的实践辛勤浇灌、耕耘、开拓、奉献，文学的万里苍穹中繁星熠熠，云蒸霞蔚，名家辈出，佳作如潮，构成前所未有的世纪辉煌，并且跻身于世界文学之林。80年代以来，以改革开放为主要标志的历史新时期，推动文学又一次春潮汹涌，骏马奔腾。一大批中青年作家以自己色彩斑斓的新作，为20世纪的中国文学画廊最后增添了浓笔重彩的画卷。当此即将告别本世纪跨入新世纪之时，回首百年，不免五味杂陈，万感交集，却也从内心涌起一阵阵欣喜和自豪。我们的文学事业在历经风雨坎坷之后，终于进入呈露无限生机、无穷希望的天地，尽管它的前途未必全是铺满鲜花的康庄大道。

绿茵茵的新苗破土而出，带着满身朝露的新人崭露头角，自然是我们希冀而且高兴的景象。然而，我们也看到，由于种种未曾预料而且主要并非来自作者本身的因由，还有为数不少的年轻作者不一定都有顺利地脱颖而出的机缘。其中一个重要的原因，乃是为出书艰难所阻滞。出版渠道不顺，文化市场不善，使他们失去许多机遇。尽管他们发表过引人注目的作品，有的还获了奖，显示了自己的文学才能和创作潜力，却仍然无缘出第一本书。也许这是市场经济发展和体制转换期中不可避免的暂时缺陷，却也不能不对文学事业的健康发展产生一定程度的消极影响，因而也不能不使许多关怀文学的有志之士为之扼腕叹息，焦虑不安。固然，出第一本书时间的迟早，对一位青年作家的成长不会也不应该成为关键的或决定性的一步，大器晚成的现象也屡见不鲜，但是我们为什么不在力所能及的范围内尽力及早地跨过这一步呢？

于是，遂有这套“21世纪文学之星丛书”的设想和举措。

中华文学基金会有志于发展文学事业、为青年作者服务，已有多时。如今幸有热心人士赞助，得以圆了这个梦。瞻望21世纪，漫漫长途，上下求索，路还得一步一步地走。“21世纪文学之星丛书”，也许可以看作是文学上的“希望工程”。但它与教育方面的“希望工程”有所不同，它不是扶贫济困，也并非照顾“老少边穷”地区，而是着眼于为取得优异成绩的青年文学作者搭桥铺路，有助于他们顺利前行，在未来的岁月中写出更多的好作品，我们想起本世纪20年代和30年代期间，鲁迅先生先后编印《未名丛刊》和“奴隶丛书”，扶携一些青年小说家和翻译家登上文坛；巴金先生主持的《文学丛刊》，更是不间断地连续出了一百余本，其中相当一部分是当时青年作家的处女作，而他们在其后数十年中都成为文学大军中的中坚人物；茅盾、叶圣陶等先生，都曾为青年作者的出现和成长花费心血，不遗余力。前辈们关怀培育文坛新人为促进现代文学的繁荣所作出的业绩，是永远不能抹煞的。当年得到过他们雨露恩泽的后辈作家，直到鬓发苍苍，还深深铭记着难忘的隆情厚谊。六十年后，我们今天依然以他们为光辉的楷模，努力遵循他们的脚印往前走去。

开始为丛书定名的时候，我们再三斟酌过。我们明确地认识到这项文学事业的“希望工程”是属于未来世纪的。它也许还显稚嫩，却是前程无限。但是不是称之为“文学之星”，且是“21世纪文学之星”？不免有些踌躇。近些年来，明星太多太滥，影星、歌星、舞星、球星、棋星……无一不可称星。星光闪烁，五彩缤纷，变幻莫测，目不暇接。星空中自然不乏真星，任凭风翻云卷，光芒依旧；但也有为时不久，便黯然失色，一闪即逝，或许原本就不是星，硬是被捧起来、炒出来的。在人们心目中，明星渐渐跌价，以至成为嘲讽调侃的对象。我们这项严肃认真的事业是否还要挤进繁杂的星空去占一席之地？或者，这一批青年作家，他们真能成为名副其实的星吗？

当我们陆续读完一大批由各地作协及其他方面推荐的新人作品，反复阅读、酝酿、评议、争论，最后从中慎重遴选出丛书入选作品之后，忐忑的心终于为欣喜慰藉之情所取代，油然浮起轻快愉悦之感。“他们真能成为名副其实的星吗？”能的！我们可以肯定地、并不夸张地回答：这些作者，尽管有的目前还处在走向成熟的阶段，但他们完全可以接受文学之星的称号而无愧色。他们有的来自市井，有的来自乡村，有的来自边陲山野，有的来自城市底层。他们的笔下，荡漾着多姿多彩、云谲波诡的现实浪潮，涌动着新时期芸芸众生的喜怒哀伤，也流淌着作者自己的心灵悸动、幻梦、烦恼和憧憬。他们都不曾出过书，但是他们的生活底蕴、文学才华和写作功力，可以媲美当年“奴隶丛书”的年轻小说家和《文学丛刊》的不少青年作者，更未必在当今某些已经出书成名甚至出了不止一本两本的作者以下。

是的，他们是文学之星。这一批青年作家，同当代不少杰出的青年作家一样，都可能成为21世纪文学的启明星，升起在世纪之初。启明星，也就是金星，黎明之前在东方天空出现时，人们称它为启明星，黄昏时候在西方天空出现时，人们称它为长庚星。两者都是好名字。世人对遥远的天体赋予美好的传说，寄托绮思遐想，但对现实中的星，却是完全可以预期洞见的。本丛书将一年一套地出下去，十年二十年三十年五十年之后，一批又一批、一代又一代作家如长江潮涌，奔流不息。其中出现赶上并且超过前人的文学巨星，不也是必然的吗？

岁月悠悠，银河灿灿。仰望星空，心绪难平！

1994年初秋

序

为了表达的需要

吴秉杰

“21世纪文学之星”丛书每年都要出版约十部新锐作家的作品集，要经过单位（或推荐人）的推荐，评委初审、复审、评委会集中阅读和投票等几个阶段评选的不同程序，是比较严格的。最后推举出的作品也约略地能反映出当前文学创作的某种面貌，尤其是反映青年作家的成就和追求。江冬的这本中、短篇选集，评委会委托我写一篇短文作序言，在谈自己的感想之前，我想先摘录一下别人的看法，以免许多好的意见被湮没了。施战军说：“江冬是一位很有叙述才华的青年作家，作品往往亦真亦幻，将现实与虚构、想象交织在一起，常有新奇但准确的认知和发现，比如《鲸鱼和老头的故事》就具有拟‘元小说’特点，将‘本文’与‘本事’、梦与真杂糅，对小说形式上的探索热情亦值得鼓励。”又如吴义勤说：“江冬是比较优秀的80后小说家，小说语言感觉好，叙事有密度，有思想含量，体现了较好的文学潜质。”江冬是2006年开始小说创作的，先后在《作品》《滇池》《文学界》《青年文学》《上海文学》《湖南文学》等刊物发表了中、短篇小说四十余万字，有作品被收入《橡皮：中国先锋文学》《黑蓝：中国小说艺术的高度》等选本。湖南省作协在推荐意见中也列举了对他作品的种种评论，如“诡谲的想象力，扎实的细节”，展现“人在现代生活中所感受到的生存危机”，“语言绵密，叙述沉稳”“内敛沉郁”等不一而足。在此我便不再赘述和重复了。

通读江冬这本自选集中所有作品后，我的第一印象是：江冬的创作还是多样化的。譬如，江冬的小说中既有写实的、或者说现实主义的作品，如《祭日》《蓼莪》《对岸》等，观察细致，叙事绵密，大体属过程性乃至生活流的描写；也有拥有某种抽象性、概括力，或者说是先锋主义的作品，如《赤鱬》《回声》《拯救者》《鲸鱼和老头的故事》等。那是具有寓言性质的，可说是“片面的深入”，因为相对于具体的生活而言，先锋性所表达的和作者所感知发掘的，总是一种片面的深刻性。江冬小说创作的全面和多样性一些可区分的特征，还表现在它既有对农村现状、农村风俗、农村生活的描写，如上述《祭日》《蓼莪》等；也有城市生活的切入，不限于先锋与否，如《陌生人》。更有一些是勾连了农村与城市生活的创作，如《小镇外史》及《鲸鱼和老头的故事》《祭日》等。其实，先锋与现实主义的分野有时不重要，既有过渡形态，也有互相吸收的成分，往往是“写什么”决定了“怎么写”，对于作家和创作而言，都是一种表达的需要。

江冬的小说创作是很注重在生活中汲取思想和艺术养分

的。他的作品细节丰富而又周详，如同一条川流不息的、奔腾向前的河流，涌动而来，通向终点。这是我阅读所留下的第二个好的印象。在小说《一个小时的大师》中，小说主人公谈到对优秀作品的要求时，首先便强调了细节，第二是逻辑——艺术真实与艺术逻辑，最后归之于独创性。这三点是对于艺术创作提出了很高的标准，也可说是作家自己对于创作的认识和追求，反映了一种自觉意识。在这篇对于文坛的“无聊、空虚”不无讽刺意味的作品中，虽然这位年轻的文学新人，也不无惶恐与软弱、冲动及孤立之感，但独树一帜则是坚定的。我们看到在江冬的不同类型的小说中都拥有充实的、丰富的细部的描写，甚至于愈是先锋构思，便愈是有强有力的细节的支撑，这些细节都来自生活，来自观察，先锋的超越性似乎是一个合乎逻辑的过程，而不仅仅是一种想象力的游戏。这可能就是施战军所说的“亦真亦幻”，“将‘本文’与‘本事’、梦与真杂糅”的探索。

我要说的第三点感想，也是显而易见的，是他对于笔下人物的心理描写和心理把握。无论是有具体身份的人物（如《祭日》），还是较为模糊、身份不明确的人（如《陌生人》或《鲸鱼和老头的故事》中的老头），心理描写和心理分析都是他叙事的起点，心理描写伴随着他故事的全过程，这也是一种特色。读者往往是被作品人物的内心活动带动着阅读的，无论是指向一种现实的生存，还是渺远的哲理，无论是现实主义还是先锋小说，心理把握都不允许动摇，这也是他的一种表达的需要。

不过，我还是有一点担忧与不满足。江冬小说的风格与情调似乎是太固定了，这与我前面所肯定的全面和多样化似有些矛盾，却在另一种意义，对主体要求的意义上可以成立，有时候优点和缺点是可以互相转化的。我觉得江冬的写作或许是太理性和知性，注重逻辑与含蓄，有太多智性写作的成分了。小说创作当然是为了艺术地表达，为了比一般生活表达、比直接表达有更多和更深入的表达，但过于知性和理性的写作，也可能限制了自己的表达。写作既是表达，又是交流，过于智性的写作，也妨碍交流，甚至于可能影响和很难产生激动人心的作品。现代信息论的创始人维纳在批评那些艺术家时曾说：那些从事信息工作的人（艺术家、科学家），他们的主要问题可能就是他没有什么“值得和别人交流的信息”。这与技巧无关，与想象无关，也与写实或先锋无关。

多虑了。我的担心未必对，更未必适合于江冬，他的作品也不限于“形式探索”。江冬已是一个比较成熟的作家，他在创作艺术上均衡，且差不多作品都在水平线以上，对此，便要提出一些更高的要求和期望。

我希望江冬的小说在已有成绩的基础上，更有新的发展与突破。

祭 日

武伟又搓了搓凉飕飕的手臂。他没料到老家的清晨会这么冷。五月下旬，城里的人几乎一律穿上了短袖。他和妻子就都是穿着短袖回来的。昨天母亲就说了他，后来他又被母亲给他们安排的那床厚被子吓了一跳。但母亲是对的，昨晚他们一点都不觉得被子盖得太热。用母亲的话说，这里可是山里面。这本不需要提醒，他就是在这地方长大的。然而这么多年来，他很少待在老家，对于这里的气候，多少有些疏忽了。

母亲没有叫他穿一件父亲留下来的衣服，他也没有提。她倒是把自己的一件外套递给了妻子。妻子昨晚没穿，今天还没起床，也不知会不会穿上。

因为有淡雾，天色一片混沌。远处的天空有点灰暗，头顶上的那一块则显得透亮。应该不会下雨。空气里有一股清香，是四周那些草木散发出来的。一抬眼就能看到山。这是一个山洼，一条四五米宽的小河穿过，河两岸分布着几十户人家。这时还听不到什么人语，只有鸟儿的啼鸣从四面八方传来，仿佛只有它们，才是这一带真正的居民。

那条狗一直在他的视线里。毛不是纯黄，夹着白色，腹部则一片雪白。鼻子和眼睛漆黑。耳朵又小又薄，呈三角状，向上竖起。脸也是三角状的。它和他在电视上见过的狼的样子差不多，可见和狼是近亲，正宗的土狗。但它看上去一点都不可怕，虽说有半米来长，那双眼睛却毫无神采。大多时候，它都鼻子贴着地面，围着那个给它喂食的黄色搪瓷碗兜圈子。他估计它大概是饿了。

昨天他们一走近门口，这条狗就从趴着的树底下立起来，朝着他们吼叫。妻子吓得躲到他身后，而他一看到它那空洞的眼神，心立刻镇定下来，并逐渐感到它那眼睛里流露出的更多是胆怯，好像是它受了惊吓。母亲跑了出来，朝着它猛挥了下手臂，并大声呵斥："叫死嘞叫！"那狗立刻安静了，谄媚似的摇了下尾巴后，就又趴在了原地。母亲告诉他，狗是一个熟人送的。他随口说，那狗还蛮听她的话。母亲似乎想了想，才说好歹已经喂了它几个月了。

和公路只隔着一丘稻田，武伟能清楚看到那边的来人。公路上冷冷清清，好一阵子只路过了一对母女。女儿十来岁，走得明显比母亲快，但又一直在母亲身边，因为她几乎不走直线。她穿着蓝色紧身长裤，显出腿的细瘦、修长，仿佛两根结实有力的弹簧。相比之下，那位母亲的腿则显得短胖而臃肿，尽管她还依然年轻，但已让人感觉到她不可挽回的衰老。

表弟竟然不是从公路那边过来的。他走了河边的小路，斜插过来。那条路太窄，而且有长坡，并不大适合骑摩托。不过确实要近很多。

"哥，今天要上山？"

“是啊。”

表弟比印象中的更黑更壮了些，和武伟说话时的那种沉稳，也使他感到陌生。

“你和二姑都没早和我说，不然今天我也陪着你们去。”

“不用呢，这次家里人都没喊。你现在事情好多吧，累不累？”

“活都干不完，累当然有一点，日晒雨淋的。二姑在屋里吧？”

“在呢。”

“那我去看看。”

看着表弟往门口走去，武伟略一犹豫，还是叫住了他。

“猛子——哦，要不还是……”

表弟愣在那里，突然露出一个憨厚的微笑，并挠了挠后脑勺。这是他记忆里的那个表弟。他不禁拍了拍他的手臂。

“就是那条狗？”

武伟点了点头。

表弟环顾了一下四周后说：

“哥你找根绳子来吧，要结实一点的。还要一个袋子，我去找。”

表弟往楼梯那边走去。武伟想哪里能找到绳子。想了会儿后，他决定去他们睡觉的那个房间看看。

家里还是个木房子。这样的房子，即使在这个山洼里，也是不多见了。父亲还在的时候，一直叨唠着要拆掉房子建砖房。他一门心思地指望着武伟。但武伟在城里买了房，要还贷款，后来又有了孩子，要攒够几十万，似乎遥遥无期。现在只剩下母亲一个人了，她便说住在这老房子里还更舒服。武伟则说房子还是迟早要建的。但这么说的时候，他心里再清楚不过，这是一件多么缥缈的事情。

一进大门是堂屋，堂屋后面是厨房。起床后，他就一直听到母亲在那里面忙活。现在已满屋都是饭菜的香味。堂屋靠右侧的一张小方桌上摆满了今天要用的东西：一篮子金箔纸元宝，一叠打了金钱印的烧纸，一包未开封的细香，一壶盐水瓶装的烧酒，一卷鞭炮，几个苹果，一把香蕉。父亲的遗像摆在正对大门的神龛上。武伟尽可能地不去看他。但每次一进堂屋，父亲的形象便会猛地在他脑海闪现：脸颊消瘦、狭长，眼神斜向一旁，薄薄的嘴唇紧抿，仿佛憋了一肚子的话要说。最后那几年，他和父亲已无话可说。但父亲的话，还是通过一些亲戚，拐弯抹角地传进了他的耳朵——说他没出息，说他娶的老婆不好，说他这辈子还有的是亏吃……

堂屋右侧是看电视的房间，他和妻子就睡在那里面。妻子还缩在被子里，听到他进去，便睁开了眼睛。

“你还睡啊？”

“睡不着。”

“那你还不起来？”

“好冷啊。”

武伟用眼睛四处搜索，觉得有可能的地方，还走过去翻一翻。

“是不是你弟过来了？”

“是啊。”

“你在找什么？”

“绳子。”

没有找到绳子。武伟叉腰站着，又开始想还有哪里可能会有。

“你跟妈说过了没有？”妻子压低声音问。

武伟朝门口扫了一眼，才小声地说：“说过了。”

“妈说什么没有？”

“没有。”

“妈是不是不高兴了？”

武伟没有回答。

“怎么连根绳子都没有！”

他控制不了自己的恼怒。

“要不我们给妈买只猫吧！”

他的视线回到妻子身上。

“要不今天就去买？你们这镇上应该有猫卖吧！”

妻子的急切袒露了她的心虚。母亲不能和他们住在一起，都是因为她的缘故。尽管母亲曾给他们带过一段时间的孩子，但妻子和她隔三差五便会争吵。她们有太多习惯、观念上的分歧。妻子跟他摊牌：孩子只能由她自己的母亲来带。于是岳母一退休，便理所当然地取代了母亲。而这一次，他原本打算把儿子也带回来，妻子却坚决反对。她的理由是，这是他第一次开车回去，他技术本来就不熟练，何况又有那么多的盘山路，万一出了状况怎么办？儿子可不能冒这个险！他虽知妻子的话不无道理，却还是赌着气，妻子又毫不妥协，以致几乎无法成行。临走之前，他才给母亲打电话，说孩子突然有点发烧，虽没什么大碍，但最好还是留在家里观察。母亲好一阵担心。

“下午我们就去镇上看看吧。”他对妻子说，却知道，这也是为了他自己。

“你用这个不可以吗？”妻子指着搁在床柜上的一个坏插线板说。

武伟抓起它，把线扯开，有一米多长。电线连着插板的地方已经裂开一个大口。他用力一扯，那线就断开了。

武伟拿着电线往外走，穿过堂屋时，忍不住又往厨房那边瞟了一眼。母亲坐在灶膛前烧火，弓着腰，头发蓬乱，仿佛一只蹲窝的母鸡。武伟昨天劝过母亲理一理头发，母亲则说又不是在城里，哪有那么多讲究。恍惚间，他觉得母亲的眼睛晶亮。也许是烟熏或火光映照的缘故，他不敢细瞧。

表弟还在楼上，听得到他踏在楼板上的嘭嘭声。也不知道小声一点，武伟在心里说，并不由得想象自己在楼上会是什么情景：踮着脚，压抑着呼吸，碰触任何一样东西都小心翼翼。努力甩掉这些念头，他希望表弟能快点下来。二楼堆满了稻草、柴火、木材以及别的杂物，找个袋子应该不难。

表弟下来的时候，手里不仅拿着一个白色的大饲料袋，还拿着两根方木条。

武伟把手上的电线朝他扬了扬，问可不可以。他点了点头。

表弟朝狗走去。那狗显然认得他，并没有躲避，而是仰起头，在他的裤腿上嗅着。表弟俯身摸了摸它的头，它便从他胯下钻过去，绕了一圈回来，又继续嗅他的裤腿。表弟把电线从它脖子下穿过，然后开始打结。那狗扭动着身子，像是在抗拒，但又并不坚决。当表弟抓着电线将它提了起来，它才猛地甩头想要挣脱。表弟又往上提了提，它便只能用后腿踮着地面，再也使不出力气来。

“哥，袋子。”

武伟忙将袋子朝狗的头上套下去。表弟手一松，那狗便有半截身子进了袋中。表弟立刻又一手将狗按住，一手帮着拉扯袋口。眨眼间，那狗就只剩一条尾巴还在袋外。表弟又猛地将袋子往上一提，狗掉了下去，同时响起一阵“呜呜”声。那声音既凌乱，又沉闷，仿佛那狗还不知道究竟发生了什么，不敢发出太大的声音来。

表弟扭紧了袋口，又用拖在外面的一截电线紧紧缠了几圈。狗在袋子里激烈地动着，却连“呜呜”声也没有了。

表弟递给武伟一根木条，自己也拿一根。武伟以为是要他朝狗击打，却见表弟将袋子提起，朝楼梯那边走去。拐了个弯后，表弟猛地将袋子朝那边的一口石缸扔去。那石缸是一整块石头凿出来的，放在那儿已不知多少年了，一直积着雨水，似乎从来不曾使用过。

落水的刹那，袋里响起一声仿佛哭泣般的尖叫。武伟的心随着猛地一跳。表弟已将木条往袋子压去，并招呼武伟过去。武伟也将木条插了进去。木条迅速下沉，剧烈的颤抖传到他的手心。

湿漉漉的尼龙袋摊在那里，袋身几乎成了红色，像是刚刚从染缸里提出来的一般。

表弟朝他说了句什么，武伟只感到他的声音在耳边回荡，却不明白是什么含义。待反应过来时，表弟已不在身边。

袋子四周的水迹在扩散。随着那些水的流动，武伟觉得那个袋子也还是会动弹，但无论怎么盯着，都只见到一个硬邦邦的形状。

他突然感到内心空空荡荡，而他又那么迫切地希望找到一种感受来面对眼前的景况。他扫视四周，什么人都没有。此时没有一点风，附近那些树木，全都一动不动。但他分明感到它们的每片树叶上都长着一双眼睛，而这些眼睛全都在注视着他，看他接下来会有什么样的表现。

这就好像一年前，在给父亲治丧的日子里，他在空荡荡的内心里努力地搜寻悲伤。但大多时候，他都一无所获，以致茫然不知所措。几天下来，他都如木偶一般，别人要他做什么，他才做什么。所有人都以为他只是受了父亲去世的打击，一时缓不过神来。但他明白，自己其实再清醒不过。他清楚地知道，自己没有悲伤，只有疲惫。如果可以，他恨不得马上躲起来。但他清楚地知道不能这样做，因而更感疲惫。

他又想起昨天的那些情景。在二爷爷家的堂屋里，和二爷爷、二奶奶聊了会儿家常，他估摸着可以走了的时候，二奶奶突然提到了母亲喂养的那条狗。

“好远巴远地弄过来，还真是费了心思呢。”

“不是别人送的吗？”

“哪个会送？两岁多的狗，自己留着吃肉多划算！”

“我妈有条狗陪着她也好。”

“那是的。你娘对那条狗还真是好，听到说你娘吃么个，它就吃么个。”

武伟没有接话。二奶奶又接着说：

“还是有点怪，养么子狗啰——”

“有么子怪？学人七嘴八舌的。”二爷爷打断二奶奶，还瞪了她一眼。

“我又没说么子！”二奶奶含糊过去，没有再说什么，武伟也便顺势告了别。

在回家的路上，妻子问武伟他们是不是说到那条狗了——她听不懂他们的方言。武伟什么也不想说，便说只是随便说了几句。

到了晚上，他们虽早早躺下，却迟迟无法入睡。外面说不上是安静还是吵闹——屋子前面是竹林，后面是一口大池塘，右侧是稻田与公路，左侧是一片菜地，再往前则是一栋已被弃置的木屋。随着入夜渐深，屋外的寂静也仿佛越来越凝重，因而一些细微的声音也变得喧哗起来——他能清楚地听到附近草丛里虫儿的欢唱，听到风滑过附近山坡上的树林，仿佛什么人在远处不停地呼叫。后来，外面又响起一声接一声的狗吠，一时在这里，一时在那里。那狗像是围着房屋在绕圈子。仔细一听，它的吠叫急切而低沉，既像是在呼唤，又像是在哀求。

武伟正想着那狗是怎么回事，他疑心已经睡着了的妻子却冷不丁地在黑暗中问他：

“你说那是一条公狗还是母狗？”

妻子走了过来，没穿母亲的那件外套。

“你弟走了？”

“走了。”

“也不留他吃个饭？”

“他说吃过了。”

“那个你没要他带走？”

妻子指了下好像一块奇特化石的尼龙袋。

“给他带走，他会带回去吃掉。”

他知道妻子从不吃狗肉，也不喜欢别人吃。

“那怎么办？”

“我会扔掉的。”

武伟本来的计划，是要表弟把狗带回去的，一来算是酬劳，二来也省得自己麻烦。但就在不久前，他突然觉得应该给它安排一个更好的归宿——这是他唯一能做的事情了。

他鼓足了勇气，才伸手去提它。一种湿黏的感觉，蛇一般钻进他的心底。他立刻想到了放弃。然而在妻子的目光下，他突然又生出一股怒火。他猛地往上一提，然后梗着脖子往前走。他以这样的方式，似乎是想告诉妻子：我做这些，都是因为你。

“你早点回来，妈等下……”

妻子没把话说完，但他已明白，她是害怕单独和母亲待在一起。

“我很快就回来。”虽这么说，他却想着妻子也应该受点教训。

沿着稻田往公路上走。手上的重量似乎越来越沉。他想到可以拖着走，但又觉得这样违背了他要善待狗的初衷，便又坚持着。

他把车开离了公路，来到一条长满了野草、露出两条车辙印的土路上。一路都是上坡。路的右侧是山壁，左侧可以看到连绵的稻田以及房屋。镇上的街道，也在那一边。除了少数几块秧田，稻田多是灰白色，都耕犁过了，积了水等待插秧。

开阔的感觉很快就过去了，越往上，越是往山林里面钻。逐渐地，两侧都只能看到树木。武伟突然怀疑起自己的记忆来，又疑心是这条路改了道，毕竟他已近二十年没有走过这条路了。但没办法掉头，他只能继续向前。

路没有错，他开上了水库的堤坝。堤坝有好几米宽，中间依然有两道白色的车辙。车子一上来，视野立刻又变得开阔起来，右侧是一大片水域，左侧又呈现出了刚才被山丘遮盖了的稻田与房屋。此外，这里的天空再没有任何遮拦，仿佛一顶乳白色的大帽，结结实实地压在他的车顶上。

他把车开过百来米，到了堤坝的中间才下来。走在堤坝上，他简直不敢相信，这就是记忆中那个平平无奇的水库——少年时候，他常和伙伴们来这儿钓鱼，虽然没哪次真的钓上了什么。水库两侧的树林密实而庄严，风吹动着薄雾在水面上飘荡。远处的水面是亮白色，仿佛水波在不停地翻涌，近处的水面碧绿，却也并不平静，无数的涟漪在扩散、消逝，然后又有新的乍现。是一些叫水黾的虫子在水面上滑动（他已忘记它们的本地叫法）。堤坝上长满没膝的野草（他也忘记了它们的名字），草上开满指甲大小的花——中间黄色，外面一圈白瓣。几只小粉蝶在附近的草丛起落。一群蜻蜓直直地飞过他的头顶，似乎完全无视他的存在。

视野里一个人都没有。一只鸟儿的啼鸣从水边的树林里传来，每次都啼叫两声，隔一小会儿又重复。但完全看不到它的身影，甚至连它到底在哪个方位都说不大清楚。

风一直吹着，满耳簌簌的风声。他觉得身上更冷，却也感到更为清爽。他几乎忘记了来此的目的，而一想到，便觉得自己确实是做了一个正确的决定。

他把装着尼龙袋的白色塑料箱从车上搬下来——塑料箱他不打算要了。他抓着箱子，缓缓地下坡，来到了水边。他又一次握住了绑着电线的袋口，依然有点湿黏。然而这一次，一种奇怪的感觉立刻涌遍了全身。他不知道那是什么，呆在了那里。就要把它扔下去了——心里一闪过这样的念头，两股热泪便涌出了眼眶。

这感觉其实并不陌生——就在昨天晚上，他们在前坪里给父亲烧纸钱。他拿着一根小棍，边烧边搅动。黄色的纸钱被火苗舔舐，迅速变为黑灰。火光忽明忽暗，像一只躲闪的眼睛在打量这个世界。缕缕白烟升腾，携带片片黑灰。他不时往火堆里添新的纸钱，不禁又有了那种不知身在何方的恍惚，似乎自己只是一个木偶，在做着另一个人必须要做的事情。然而骤然响起了母亲的哭号。原本站着的母亲瘫坐在了地上，边哭边拍打膝盖，身子也随之俯仰。她抬起身子时，火光映亮了她湿漉漉的面庞。妻子在旁边拉扯劝慰，母亲却似乎已忘记了周遭的一切，将一声紧跟一声的哭号送进了冷清的黑夜。那时候，他就感到有什么东西在体内涌动，可还来不及体会，它便又沉寂了下去。

赤 鱬

“青丘之山……英水出焉，南流注于即翼之泽。其中多赤鱬，其状如鱼而人面……”

——《山海经·南山经》

那是一个宁静的夜晚，Z突然从一阵不安的梦中醒来。他很快意识到了搅扰自己梦境的缘由——一种仍在持续的细微声响。它不是连续性的，而是像闹钟一样，隔一小会儿就嘀嗒一下。它像是来自屋外某个遥远的地方。但它又如此清晰，似乎连耳膜都在随着它的节奏而轻微地颤动。他最初以为有人在敲钟。但那种无休无止的势头、一成不变的节奏，逐渐瓦解了他的这一解释。他将灯摁亮，来到窗前拉开窗帘。街对面的楼房一片雪白，几乎每户人家的灯都已亮起。有几个身影趴伏在窗口，但都没有开口说话。Z久久地注视着他们。他们似乎也都在注视着别人，没有人有什么进一步的行动。

声音顽固地持续着。Z去了客厅。尽管已将卧室的门关紧，但声音还是尾随而来，且丝毫没有减弱——它仿佛是在另一个维度，丝毫不受这个维度中空间与阻碍的限制。睡觉看来是不可能了，Z 打开了电视。电视声顿时将那外来的声音掩盖下去。但很快，耳朵又惯性般地感受到了它的震动。Z 还明显地感受到了血液对它的呼应。每当它震动的时候，血液便猛地提速，体温也随之升高。任何一种声音仿佛都成了它的催化剂，似乎只有寂静，才能使它归于平和。Z 只得关掉电视。寂静中，它果然又在耳边轻微地颤响。Z 眼睁睁地瞪着客厅里的墙壁，直到脑中一片空白——周围的一切、记忆、潦草的梦境，都如剪影一般模糊地投映在这片空白之上。

不知是梦里意识的指示，还是楼下嘈杂声的吸引，Z 走到了楼下。天已经微亮。在清凉的空气中，Z 逐渐清醒过来。今天的小城起了个大早，街道上已是人来人往。各种早餐摊子已经摆出，只是吆喝声显得比平日稀少和慵懒；卖蔬菜的乡里人也已占据各自的角落，从他们布满血丝的眼睛可看出，他们昨夜大概也受到了那个声音的侵扰。而那个声音，就像从来不曾出现过般，此时已消失得无影无踪。应该只有这一次——Z 从一切恢复常态的现状中看到了这种可能性。在常去的那家早餐店吃了点东西，走在去上班的路上，始终都没有听到某些不同寻常的议论，他便更加坚定了这一想法。

Z 在市政府上班。他在一个单独的小隔间里，平时事情并不多，但上班时间都得坐在那里，因为随时都可能有文件送到。文件上打印着某个事件以及对该事件的处理方法，一切都以法律条文为依据。Z 要做的事情，就是判断所引用的条文是否合理，如果认为合理，便打钩签字，如果认为不合理，便指出该引用另外的哪一条。同一份文件，往往要经过似 Z 这样的十来个人的审阅。这一天里，Z 总共收到五份文件，他在每一份上都打了个钩。每天的事件都大同小异，法律制定得又越来越精细，Z 发表意见的机会已是微乎其微。在没有文件要处理的时候，Z 趴在桌子上睡了几个短觉，但每一次都无法深睡——脑海中依然延续着昨晚的那片空白。Z 感到自己像是在看一场被洗去了画面与声音的电影，幕布上只偶尔闪过几个不辨形状的缥缈的影子。

夜晚在城市一如既往的喧闹中降临了。在睡觉之前，人们以各种方式释放着自己身上多余的精力。吃过晚饭后，Z 又独自去了一个经常光顾的场所。那儿的生意似乎比平常要好一些。Z 先在服务台取了号，然后坐在大厅的沙发上等候。沙发上坐满了人，Z 不得不与一个粗胖而挺着大肚子的人挤在一起——只有他身旁还有点余地，先来的人估计都对他避而远之。那人不时地抚摸着肚子，有时还将它当鼓一样地拍打几下，于是 Z 便听到了一阵结实而软乎乎的声响——他不由得想起自己的身体撞向某个女人时的场景。有一阵子，他思量着要不要到那个女人那里去。但由于这样的想法不是特别强烈，很快他便放弃了。

因出神而忽略了好几次报号后，Z 听到了女服务员近在咫尺的声音："先生，到您了，23 号！"经过一条不长的通道，来到灯火通明的运动场。躺在场边一张藤椅上的老板侧身朝 Z 笑了笑。一个男服务员先请 Z 在一张长桌上陈列的网兜中选取一把趁手的，然后领着他来到运动场的入口处。服务员打开了围栏，请 Z 进去。之后，他提起身边的一个小笼子，将笼子上的小阀门一拉，一只被颜料涂成了红色的老鼠就掉入了场内。"红色的那只，先生！"服务员大声地朝 Z 喊道。

场内已有好几个人，都拿着网兜在追逐各自的那只老鼠。Z 发现之前坐在自己旁边的那个胖子也在其中。他的老鼠是白色的。胖子总是在跑了一小会儿后就停下来喘气，那只白鼠在他停下来时也停止了跑动。从胖子追赶老鼠的方式，Z 很快就看出他是这项运动中的新手——有经验的人，总是会把老鼠逼入某个角落，无路可去的老鼠便会慌张地往围栏上爬，围栏太滑，爬到一半的时候，老鼠就会掉下来，这时候再趁机用网兜一罩，十有八九就能将老鼠捉住。那只红色的老鼠已跑到场地中央，身子微微弓起，正机警地静候着Z的进攻。这显然是一只训练有素的老鼠。经过几次试探性的追赶之后，Z便深感它的机敏与镇定。运动场上铺着厚厚的假草，踩上去弹力十足，这无疑能使人节省不少体力。但Z还是感到力不从心——红色老鼠总是跑到场地中央，不管Z从哪个方向奔去，它都有足够多的方位跑开；当Z继续紧追，它便往旁边一闪，紧接着就又回到了场地的中间地带。在好一阵徒劳的奔跑之后，Z觉得非得找个人帮助不可了。场内的人都在追逐自己的目标，无暇顾及他人，除非在阻挡了别人进攻时才会配合地错开身位。真正能给Z提供帮助的，似乎就只有那个胖子了——他已经满头大汗，大半的时间都弯腰撑着膝盖，眼巴巴地看着不远处的白鼠。白鼠则已完全是一副目中无人的姿态，在草堆中左顾右盼，俨然成了场内唯一的一个观众。于是，Z见胖子站在哪里，便有意识地从相反的方向奔向老鼠，这样，当老鼠选择一个方向跑开（它往往不会选择胖子所在的方向），Z便斜着追赶上去，与胖子的身体一起形成一种对老鼠的夹攻之势。这样一来，老鼠跑动的空间变得狭小起来。在Z几次迅猛的扑赶之后，它渐渐丧失了原有的镇定，终于朝着围栏之上爬去。Z等的就是这样的机会。在老鼠摔下来的刹那，Z熟练地将网兜覆在了它的身上。Z的成功引来了场内所有人的驻足凝视。“再来一场吗？”服务员在场外喊道。“再来！”Z底气十足地应道。于是，在收走那只红色老鼠之后，服务员又将一只黑色的老鼠放进了场内。

这天晚上，Z没有再听到那个声音。

但他躺在床上的时候，只要一闭上眼睛，就感到自己正在一个通体雪白的房间里，里面只有一张床，以及躺在床上的自己。他能清楚地感觉出自己身体与床沿儿之间的距离，以及自己是不是可以打个滚而不至于掉下去。躺的时间越长，他对“房间”里的那个自己就越为熟悉：他清晰地看到了自己身上的黄色汗毛，看到了红色的血液在一根根突起的蓝色血管中流淌，以至终于看到了一个弹珠似的白色物体在自己的脑颅内跳动——时快时慢，摇晃不定，像一个正学习走路的孩童。Z 睁开眼来，却分明感到那个物体确实存在于脑内——它一下一下地撞击着脑壁，似乎在尝试着破壁而出。Z 用手敲了敲它正在撞击的部位，它极为敏感地躲开了，而几秒钟的间歇之后，它又开始撞击别的地方。Z 再敲，它便又转换方位。Z 只得放弃。他一动不动地躺着，眼睛时而闭上，更多时候则是一眨不眨地睁着——在夜的漆黑与沉寂之中。

接下来的几天里，包括白天，那个物体一直在 Z 的脑内跳动。它跳动得越来越沉稳，越来越有节奏——频率与心脏的跳动差不多。它不再在某一个固定的地方跳动，而是一会儿在这里，一会儿在那里，有时还边跳边缓缓前移，像是正沿着脑壁散步。它虽然并未给 Z 带来多大的疼痛，却几乎夺去了他所有的注意力。工作的时候，他随时都可能在某一个文字上看到一个不断跳动的白色球体；走在路上，往某个地方随意一瞥，他就又看到了它的身影，在树上，在墙脚，在屋顶……睡觉的时候，它几乎成了他意识的全部，满脑都是颤动的白光，因而他感到自己与真正的睡眠之间，似乎永远都隔着一张白纸一样。

城里的人都有了与 Z 同样的症状。整座小城都陷入了缺少睡眠的萎靡之中。面对这个非同寻常的事件，市政府明显有些不知所措。直到某一天，一位提案员终于起草了一份相关的解决方案。Z 在办公室里看到了它：

关于调查、处理某突发公共疾病草案

兹发现，某不明疾病突发，本市人口均出现头痛、幻视、失眠等症状，现依据《公共卫生疾病法》之第124条之规定予以处理，以确保公民生命之安全。

003号提案员

×年×月×日

《公共卫生疾病法》第124条？Z在脑内努力地搜索出了该条规定（最近，那些他无比熟悉的条文似乎变得越来越陌生了），然后在草案上画了个钩，再在钩下签了名。第二天，Z便在四处看到了一些政府的调查人员。他们在采集水土、空气，并对小镇的各类食品予以检测。又过了两天，午休的时候，Z被通知去领取治疗药品。

发放药品的棚子搭在一个小广场上。共有三个人在发药，因而排了三条长龙。排队的人都懒洋洋的，有的还坐在了地上——显然他们对这次的药品并无多少信心和期待，这样的心态恐怕多少与那几个发放药品的人有关——他们几乎连头都不曾抬一下，只是对每一个领药者都竖着两根手指，或者干脆把手指压在桌面，来了人便微微动一动，意思是要每个人都从桌上的一个大红圆盘里自取两粒白色药片。

药片确实毫无效果，市政府却也再没有什么新的行动。自审核了003号提案员的那份草案后，Z再没有收到过文件。Z猜想以后恐怕也不会再有什么文件了。但由于多年养成的习惯，他还是按时地上下班，吃过晚饭后，也还是去那些常去的场所。他最近每个晚上都去一家酒吧。酒吧在地下室，走下去时，迎面扑来一股阴冷的潮气。里面空间狭小，只有几张不大的圆桌。在这里听不到一点音乐——外界过多的声音似乎会使人脑内的那个物体变得惊恐与狂躁，进而跳动得越来越猛烈，使人感觉头痛也更为剧烈。这里每个人都只是在静静地喝酒。四周的壁纸是海蓝色，灯光通过酒瓶的折射，又制造出一团团幽蓝的光影。酒吧里的人都仿佛漂浮在海上，身体沉入水中，只仰着一颗颗被海水洗得惨白的头颅。当酒喝到一定程度，Z 开始感到脑内一片混沌，而那个跳动的物体似乎逐渐地消失在那片混沌之中，身体因此获得了难得的松弛与平静。他感到自己在一点一点地上升，仿佛确实身在大海，而且海水还在不断增大浮力。在大脑还残留着最后一点意识的时候，Z 看到了旁边一个女子狂野的举动。那是一个年轻且相当漂亮的女子。她已喝了足够多的酒，满脸酡红，在昏暗的灯光下显得极其明艳。她睨着双眼，像看到了某种幸福的场景似的痴痴地笑着。突然，她开始脱下自己的衣服，动作虽然缓慢，却相当地顺利。很快，她修长而白嫩的身子便完全裸露在众人面前。随后，她还爬上了一张桌子躺下，大概是把它当成了床。在那张“床”上，女子不停地扭动、翻转着身子，嘴里仍不断地发出痴笑。Z 一眨不眨地盯着她，逐渐产生了一种久违的渴望。他朝她走了过去，在要触到她的时候，却被人猛地推倒在了地上。爬起来后，他跌跌撞撞地出了酒吧。

Z 发现自己到了 W 的房子外。他猛地拍了几下门后，一个熟悉的身影将门打开了。

穿着睡衣、长发披散的 W 一声不响地看着他。Z 盯着她胸前那片袒露的白色，突然猛地伸手将她拉入怀中。

他在她身上摸索。

“它是软的。”好一阵之后，W 的声音提醒了 Z。

Z 瘫倒在沙发上。

“你这里有酒吗？”

“我不喝酒。”

W 坐到一张椅子上，一眨不眨地盯着天花板。

“你应该喝一点。”

“嗯。”

“我很久没来了吧？”

“嗯。”

“你不想我？”Z 的语气里充满挑衅。

“为什么？”W 露出迷茫的神色。

僵硬地躺了很长时间后，Z 挪了挪身子。

“你这里被子总该有吧？我有点冷。”

“我去拿。”

但 W 始终没有动弹，Z 也没有再问。他顺着 W 的视线，也盯着天花板上的一片雪白。随着酒精作用的消退，那个物体又在 Z 脑内跳动了，而且跳得比平时更快、更有力。这是每次酒醒后的常态。Z 突然感到紧张。他逐渐意识到，他是害怕 W 会发出哪怕一丁点的声响。还好，W 显然也渴望维持一种安静的状态。但沉寂的时间越长，Z 越感到不安。终于，他克服了身体的疲软，从沙发上爬起，摇摇晃晃地走出了 W 的房子。

从第二天起，Z 就没再去上班。尽管从家里到办公室的路并不算远，但他一想起要走路，双腿就有点发软、疲惫。大部分时间，Z 都待在家里，关紧门窗，拉上窗帘。酒几乎成了他唯一的食物。他偶尔会来到街上，看一看外面又有些什么变化。街道上每天都有人在针对这场突发的“疾病”发表各种言论——如果政府还像以前一样履行其职责的话，肯定会以法律的名义予以制止，因为它们无非都是些“迷信邪说”。不过这样的一些言论现在还多多少少起了一些作用，Z 就也随大流买了两样“避邪”的物件放在家里：一把桃木剑挂在客厅墙上，一张太阳图贴在卧室的床头。但他感兴趣的不是这些。他感兴趣的，是街道上各种层出不穷的玩乐方式。对于小城的人们来说，曾经像空气一样容易被人忽略的时间，现在却像一道道栅栏横在眼前。为了让时间流逝得更快一些，他们想出了各种各样的游戏，比如有人在比赛谁的头发更多——两人把各自的头发一根接一根地拔下来，当有人拔到最后一根时，就分出了胜负——这个游戏够他们玩上好几天了。还有一群人老是在玩“一推倒”的游戏：许多人紧挨着站成一排，一个人在一头一推，所有人就一个接一个地倒下，就和多米诺骨牌一样，倒下的人无一例外都一阵大笑，然后又爬起来接着玩。Z 还看到过有个人在玩剁手指的游戏——他向几个围观者声称，剁掉的手指马上就可以再长出来。他高举着菜刀朝左手的小指剁下去。随着他痛苦地倒地，围观者一哄而散。

那天回家时，Z 路过早已停业的捕鼠场。门口台阶上坐着一个肥胖的中年男子——他突起的肚子像一座小坟。他看到 Z 时，朝他笑了笑。但 Z 怎么也想不起他是谁了。回到家中，在沙发上躺了会儿后，Z 猛地想起那人原来正是捕鼠场的老板。Z 又试着去回想别的相熟的人，所有的面孔也都一片模糊。Z 知道自己的记忆正在迅速衰退，为了防止把家中的钥匙弄丢，他将它用绳子穿起，挂在了脖子上。

也许是不断喝酒的缘故，Z 感到脑内那个物体的跳动越来越缺乏节奏和规律，时疾时缓，时左时右，唯一不变的，就是每次的跳动都强劲有力，而且有一种不断下沉的趋势。无论白天黑夜，Z 时常感到眼前白花花的，仿佛周围起了大雾一样。由于四肢无力，Z 出门的次数越来越少。

那天，Z 又下楼的时候，发现街上已空无一人。空荡荡的街道上满是各种垃圾，四处都有尿臊味，有的地方还有人的大便。他四处探寻。有些人家的门敞开着，但里边也是空无一人。在 Z 的眼中，小城已变得完全陌生起来——除了已见不到人影，他还忘记了那些曾经熟悉无比的建筑与街道。他甚至觉得自己是第一次来到这样一个地方。到了决定要回家的时候，他这才发现自己已完全忘记了回去的道路。

他随便找了间空屋子，在里面躺下。

黄昏的时候，Z隐约听到了一个声音，一个完全不同于他以往经验的声音。仔细静听，它便变得越来越清晰起来——那似乎是一种水声，柔和而舒缓，而不同于水声的是，它又隐约有着节奏的变化，如同音乐一般。但不管怎么样，Z还是把它视为水声了，因为听的时间一长，他便觉得似乎有一道细细的水流正将自己淹没，又似乎还有水波在不断地柔抚着自己的肌肤，使他感到身体越来越松弛，眼中的那团白色也在一点点地变轻，若不是他过于顽固，Z几乎相信自己很快就会睡去。

他不自觉地朝声音来源的方向走去。那声音还真的是从城边的那条河里发出来的。这是一条只有十几米宽的小河，平时的水位很低，而现在，水流已漫到了堤岸。到了这里，那种使人全身松弛的声音变得愈发清晰。这边的河岸上已密密麻麻地躺满了人——看来，这些人是早已听到了这种水声而来到了这里。他沿着河一直走，终于找到了一块可以躺下的空地。四周所有的人都一声不响地躺着，天地间一片宁静。除了那如在清洗全身血液一样的水声，Z什么也听不到了，而脑内那个不断跳动着的物体，此时竟也逐渐安静下来。终于，Z进入了久违的睡眠。他梦见自己躺在水面上，水波正推着他缓缓前进。水波一直在轻柔地荡漾，有时甚至令他觉得自己并不是在水上，而是在半空中，身下是一张吊床，或者是一朵悠然飘动的白云。

这片梦境消失之后，Z便一直处于半梦半醒之中。他感到眼前一会儿雪白，一会儿碧蓝，脑中的那个物体时而轻轻地跳动几下。隐约中，他听到了青蛙的呱叫，有时还闻到一股奇异的芬芳——似乎有一群蝴蝶在四周飞舞，翅膀扇起徐徐清风，那香味就沾染在它们的翅膀之上。每时每刻，Z都感到有水波在轻抚自己——这样的感觉越来越分明。当他彻底清醒过来的时候，终于发现自己确实已在水中。水已经涨上来了，漫到了 Z 的嘴巴。Z 一张嘴，一道水流便进入了体内。同时，他感到脑内的那个物体又疯狂地跳动起来，并很快地沉到了喉咙那儿。Z 不由自主又吞下了几口河水。随着一声响亮的“唧咕”，Z 感到那个物体同河水一道被吞入了腹中，并立刻在腹中迅猛地奔突。Z 不自觉地摆了一下腰，身子便从原地滑开。为了让自己更加舒适一些，Z 翻过身来，全身都钻入了水中。他不断地吞入河水，水将腹中的那个物体包裹起来——它开始一点一点地膨胀。突然，它猛地爆裂，无数气泡便从 Z 的腹内涌出。Z 全身舒畅地在水中游弋。他看到四周有无数个同类在如他一样优美地滑行。连绵的气泡从他们的嘴角溢出，它们一个个竞相升向水面，又一个个接连爆炸开来。

蓼 莪

我的心里永远装着你
我的灵魂无时无刻不把你陪伴
你要开心的（地）过好每一天
就像我快乐的（地）挥动油漆工具——铲刀，断（锻）子，滚筒一样
去涂装世上的美丽、圣洁与明亮

——《母亲》（“手艺人”祝有棠作于张公岭工地）

祝荣回到老家的时候，奶奶已停灵四夜。家里请来的阴阳先生说她过世的时候是午时，时辰不好，所以得在家里多停几天——还要到后天的巳时，才能下葬。

他们没有从正对大门的那条路进去，而是绕了半圈，走了一条有石拱门的路。石拱门离马路只有几十米，前面是成片的池塘，后面则是挤挤挨挨的房屋，两侧还有石头砌成的矮墙，所以它像是他们这个村小组的门户。拱门被唤作“槽门”，已有两百多年历史，可容两三人并排过去。祝荣不知它究竟

有什么宗族或宗教方面的意义，只知家里一旦有什么大事，回家第一次进门时，就都得从那儿通过。过了拱门，只穿过两幢相对的房屋，就到了他家（更准确地说，是他二叔、三叔家）后面——一幢只有正面贴着白色瓷砖、其他几面刷着灰色混凝土的两层半砖瓦房。

有几个人在正门那边吆喝，气氛似乎还有些欢快。祝荣倒并不感到惊讶，因为在他自己身上，最初的那种悲伤气息，也已如一瓶敞开的酒的气味，随着时日的流逝而消散殆尽了。但此刻，他不知该摆出一种怎样的表情来面对即将见到的那些人。微笑，自然是不可以，哀伤呢，又显得虚伪。所以，他板着脸孔，迈着谨慎的步子（仿佛面临一场严峻的考验）沿墙脚朝前门那边走去。

出去迎接他们并买了一卷鞭炮的父亲越过他，打算去前坪里放炮。但走到墙角那里，二姑父制止了他。二姑父一如既往地容光焕发、衣着整洁，腰间系着一个鼓囊囊的棕色皮腰包。他说："炮等会儿再放，他们在搭棚子。"

那个四四方方、大概有七八十个平方的前坪里，好些人在搭雨棚。大的框架已快搭好，只剩下靠近菜园的，也就是用来放炮的这一头（边上一根电线杆上贴着张白纸，上面有歪歪扭扭的几个黑字：放炮处）。忙活的人里有祝荣的二叔、三叔、小叔，还有大表哥、二表哥，以及几个他不大熟甚至不认识的人。二叔主要负责把已经砍掉枝杈的竹子扛过来，一个老头则用一把柴刀将它们剖成长条，其他人便站在桌子或凳子上，将竹条插到框架上去，用来支撑大张的彩色塑料雨布。没有一个总指挥，每个人都在按自己的意思行事，并不断地指挥他人。他们这边，以及对面四爷爷和左侧二爷爷家的前廊上，都站了人在喊叫和指画。雨一直在下，忽小忽大，坪里的人身上多少都被淋湿了。突然，哗的一响，雨布某处边沿上的水因不堪重负而浇了下来，引发了一阵惊呼与咒骂。二姑父叉腰站在前廊上，像是早就预料到了这一糟糕场面似的，一脸平静地说：“前几天天气那么好，叫你们搭棚子不搭，现在下起雨就来搭了。”

灵堂设在右侧三叔那边的堂屋里——奶奶就是在那里落气的。没人来和祝荣说，但他隐约猜到，还没放炮，他就不能往那边去。母亲抱着他六个多月的孩子，还有妻子都进了旁边二叔家的堂屋。他也进去了一下。里面有一桌人在玩扑克，气氛热烈，其中一个是他表弟，另外三个以及一个陪在旁边的女孩，他都不认识，但看他们与表弟的熟络程度，估计都是表弟的好友。表弟仰头对他说了声“你回来啦”。他点点头。他们牌打得很大，一次的输赢就是好几百。他知道表弟这些年在深圳做一份隐秘的工作，已在深圳买房，又买了两辆好车，二姑一家都因他而衣食无忧，他打得起这个牌，却不知同桌的那几个，是否都像他那样财大气粗。他和表弟一向不怎么亲近，现在更因经济的巨大落差，使他在与之接触时，生出许多犹疑与顾忌。所以他并没有凑到桌边去看牌，很快又回到前廊，站在那儿看搭雨棚。

雨棚没过多久就搭好了，而这时，雨几乎已经停了。父亲将他手上那卷鞭炮在雨棚边的空地上铺开，同时两个祝荣不认识的人，也开始迅速往那儿搬鞭炮和花炮。他们一开始还老老实实地把炮一卷卷铺开，后来干脆就站在前廊上往坪里抛撒。仿佛一条条红蛇从他们手中飞出，有一条还挂在了半空中的电线上。立刻有人喊叫，说不能把电线炸坏了，抛的人便跑过去，跳起来将它扯下。花炮摆成一线，鞭炮纵横交错。祝荣正震惊为何要放这么多时，旁边不知是谁说了一句：“几个外孙买了一万块钱的炮。”

两个放炮的人各据一头，开始点炮。银光乍现，炮屑飞溅。噼噼啪啪的声音愈来愈急促，还夹杂着花炮的砰砰巨响。

脚下的地面似乎在急剧地抖动，而人的五脏似乎也在随之震荡。一团团灰色的烟雾腾空扩散，携带着浓烈的硫黄味儿四处游窜。这时候，不光耳朵听不见（除了嗡嗡声），眼睛看不见，似乎整个心神都被震离了原地。祝荣感到有一只手正推着他往灵堂那边去。一进那屋内，他顿时觉得像是脱掉了一层重压在身上的盔甲，眼耳也都恢复了正常。棺木摆在左侧，前面的一张椅子上摆放着奶奶的遗像。大姑妈和二姑妈正扶着棺木用拉长了的哭腔唱着："我的娘欸，我的娘啊……你的孙子回来了欸……"两个姑妈的喉咙都已嘶哑，加之鞭炮声的掩盖，那声音对他只有隐约的触动，但她们悲戚的面容，以及二姑妈手上那块不断用来擦拭眼泪的白手绢，很快就刺酸了他的泪腺。他一动不动、泪眼模糊地站在那里，直到有人拉扯了一下他的手臂，并朝他呼喝："快磕头。"他才僵硬地跪到遗像前的一个脏枕头上，手撑地，腰往下弯，但只弯到一个不大的弧度，就马上竖了起来。"磕三个。"听到那同一个声音喊，他便又迅速微微地弓了两下。当他站起来时，眼里已没有泪水，头脑也再清醒不过。他意识到了那个一直在旁边提醒他的人，是一位堂叔，并且也看清了刚才一直朝向他伏跪在棺木旁的那两个人，一个是二叔，一个是小叔。

母亲在他之后磕头。不久前还向每一个熟人含笑展示怀中孙儿的母亲，此时脸上的表情，已与两位姑妈如出一辙，并且泪水纵横。她磕完三个头后，身子便伏在了枕头上，哭泣的声音越发响亮，还喊着与姑妈们一样的内容。大姑妈过来扶起她，她则手搭大姑妈的肩头继续哀哭。祝荣在一旁平静地看着，直到突然想到妻子和儿子。他们没有过来，而鞭炮声一直在响。他忙去了二叔那边（他看到那两个人仍在抛撒鞭炮）。堂屋里没有，便上了二楼。在一个房间里，妻子正将儿子的一只耳朵紧贴在自己怀里，另一只耳朵则用手捂着。但儿子还是在拼命号哭，嘴巴大张，眼睛紧闭。妻子一见他，便怒目而视，仿佛这都是他的过错。他也仿佛接受了妻子的指控，垂头将他们一同搂抱起来。

等炮放完，祝荣才和亲人们一一打过招呼。爷爷还住在三叔堂屋边的耳房里。祝荣进去时，他正躺在床上。祝荣以为他睡着了，正要出来，爷爷却呜了一声。祝荣喊了声，他便问：是荣仔啊？声音虚弱而疲惫。祝荣以为他身上哪里正疼痛，想要问一问，却又害怕确实如此。最后他只是问爷爷脑血栓的毛病好点没有，爷爷则说还是现样子，并且补充说，医师们都说是年纪大了，好不了了的。闻着从爷爷床上散发出的一股浓重的仿佛什么东西发了潮的"老人味"，祝荣没有再说什么。见爷爷也再没有别的动静，他便悄悄地退了出来，心里有种仿佛将爷爷抛弃了的感觉。

三叔在用一把竹帚打扫棚子里的炮渣，再将它们往"放炮处"推。他两颊深凹，锁骨棱突，上身只穿一件黑色紧身保暖内衣，扎进裤腰里，显得比祝荣春节期间（一个月前）见他时更为精瘦。曾经他也跟大多数中年人一样，发了福，但因几年前工地上的一次事故，花了不少钱，还四处借贷，眼见着就日益消瘦下来，据说还经常亲自在工地上干活。三叔没扫几下，站在前廊上的小叔就朝他喊："你扫那个有么子用？反正还要放炮的。"三叔哼了一声："嗯，没用。"一个表叔接话道："祝有义是不打牌就手痒呢。你要想打牌还怕没人和你打啊？"三叔则回道："几天几夜都没睡觉了，还打牌！"

大多时候，祝荣都坐在雨棚里面，那儿摆了十几张方桌。这天接下来，并没有什么特别的事情要做，除了偶尔来了客，别人在跪拜的时候，他们做儿孙的需要跪拜回礼，而几个女儿、媳妇，则负责哭灵——都只要有一两个在场就行。上祭是在明晚，所以这天来的客人还不多。而至于其他事情，都有专人打理。按他们这里的风俗，葬礼的各项事宜，都是交给外人来操办，只有少数几个事项需要家里人负责，比如“出纳”是二姑父，“采购”是小姑父和三婶，“保管”则是二婶，还有三位“都管”，其中之一就是曾提醒过祝荣的那位堂叔。

雨棚里几乎每桌都坐了人，有亲人，有帮忙的，也有凑热闹的。有正在那里做事的——在装有檀香的黄色冥包上写上“谨具冥包一大个上奉……”之类，有忙里偷闲在那里歇气的，更有只是坐在那里聊天的。但几乎每个人的嘴都没闲着。祝荣一会儿坐在这里，一会儿坐在那里，倒不是刻意想听点什么，仅仅是因为无聊，在任何一个地方都难以久坐。在别人的谈话中，他知道了之前那场炮就是为他而放的。他是长孙，又是第一个回来的孙子——几个堂弟得明天才回来，于是他就代表着他们这一代。

因为雨棚搭得不规范，不是中间高、四面低，那些搭雨棚的人，又开始用一些木棍钉成支架，将中间的雨布撑高一点。雨时断时续，外面的，以及从雨布四面滑下来的雨水，无处可流，有的便往雨棚下面漫去。三叔在里面挖了几条小沟。小叔则试图用砖头将水挡住，却明显地失败了。他还喊着要人去弄些煤渣来，撒在已经浸湿了的地方，却始终没人搭理。最后三婶回了他一句：这样煤渣子都会粘到鞋底下去，鞋子会好重，路都走不了，一个老头也在旁边附和，小叔这才放弃了这一主张。后来，三叔又开始拉电线，在棚子的两个对角分别绑了个一千瓦的碘钨灯。吃过晚饭，靠近那两盏灯的桌子，就分别开了一桌牌。一桌是字牌，打的人都是上了年纪的。另一桌打扑克，是时下流行的“跑得快”，打的人虽只有三个，但围观的人里外好几层。三叔把那两盏灯开了后，便也开始喊祝荣的大表哥及表弟去打字牌。三叔和表弟都习惯了打大牌，整个家里，只有大表哥勉强可以奉陪。也许是记得自己说过几天没睡觉了不打牌的话，三叔嘴里还不断嘟囔着：不打下子牌，人站着都要睡着了。

三四十个人分布在雨棚里。周边的那些亲戚或邻居，似乎每家都有代表在这儿。他们过来不是为了表示哀悼或帮忙，而仅仅是把这儿视为一个可以打发时间的临时活动中心——或许正因为它不会一直存在，所以很多人迟迟不愿离开。

雨一直时断时续。祝荣隔一会儿就去灵堂里烤烤火。那儿摆着一张桌子，下面有一个小煤炉。母亲、二姑妈，以及几个他不大熟的老人围坐在旁边。而大姑妈他们估计已经睡觉去了。今晚只有他和母亲会一直留下来守灵。下午的时候，大姑妈和二姑妈就先后跟他们说了——他们所有人已连守了几夜，今晚得睡一觉。所以吃过晚饭后，祝荣就把妻子和儿子送到他们自己屋子那边去了。那儿离这里只有几百米，靠着他外公家。

小叔也不时到灵堂里来，在桌上的果盘里抓一把瓜子后，就又出去了。但他几乎不到雨棚下面去，只是有一阵，他试图把打牌的人叫到灵堂里去。“到里面去打啰，去多陪陪她啰。”他一遍遍地喊着，见都没动静，就又从二叔那边搬了张桌子以及一个小煤炉过去。接着他便只去请那几个打字牌的老人。“去啰，去啰，里面还可以烤火。”他们终于被说动了，于是转移到了灵堂里。

小叔在前廊上嗑瓜子、吸烟，来来回回地走。下午的时候，他身上一直只穿一件黑色的长袖 T 恤（祝荣还问过他不怕冷吗，他则说他现在身体好得很），这时已披上一件黑色西装。他的头发接近齐肩，浓密而蓬松，仿佛一页门帘朝两边均匀打开。他时常会突然停下脚步——两手叉腰，头高昂，仿佛一位指点江山的伟人——随后猛地把两臂一展，还大喝一声。或者他会在走动中突然把腰一弓，然后双手快速而凌乱地打出几拳。有次他还在前廊尽头的一面大鼓上猛捶了一下。但几乎没有人去注意他，似乎大家都已经习惯了。祝荣本还有些疑惑，直到有次小叔在吼完之后，像是在对什么人大声地说："深呼吸一下，让气往背冲，只要经脉一通，就可以顶两天的睡眠。"

"你去睡会儿觉啊。"有次他又进来抓瓜子，二姑妈对他说。

"那也要睡得着啊。"

"吃那么多瓜子吃那么多烟，你也不怕上火？"

"我还怕上火！"

祝荣听出来，小叔不是想说自己身体好不怕上火，而是有无视自己的身体将之视为一摊烂泥的味道，并且也不乏表现一下作为老小的任性以及想博人关怀或同情的意味——他的其他一些行为，似乎也都在向人暗示这一点：你们都来看看我吧，我身上出了状况。祝荣多少感觉到了小叔的表演成分，并且猜想他的目的就是用自己种种有点怪异的举动（这些以前是没有过的），去解释或者说匹配他那几乎不可理喻（也几乎不可原谅）的行为：六年都没有回过家，对父母不管不顾。

小叔身上的状况，在祝荣的父母口中，无非就是他赚不了以前那么多钱了——这些年他都没再做包工头，而是自己做工。而这种情况，他们一直都是这样，可即使是在最困难的时候，他们该尽的义务也都尽到了。这话虽然不假，却有着明显的自我旌表的意图。而用小叔自己的话来说——主要是通过小婶之口传到大家耳中，他最主要的状况，就是得了神经衰弱，每晚都只能睡两三个小时。看病花了不少钱，药一直在吃，而且医生给他的建议是一定要静养，不能再多想事情多操心。这几年祝荣在城里也见过小叔几次，除了觉得他变得邋遢了一些，似乎并没有太多异常。因而祝荣一直觉得小叔不过是被现实打回了原形——他本来就不是做包工头的料，最起码一点，他总是拿不到工钱。有次祝荣去看小叔，小婶从柜子里拿出了一个账本，里面记录了一条条欠款。小婶逐一地念给祝荣听，数目加起来有几十万。祝荣知道，这很大程度上是因小叔的包工方式造成的：他没有固定的大老板，而是到处揽活，且每次都是以极低的价格包下来，又作出很多承诺（他认为不这样就拿不到活），而到活干完了检验的时候，对方总会挑出各种毛病来，从而削减乃至拒付工钱。但小婶认为，钱就是应该一分不少地拿回来，因为他们也要付别人工钱，且从来都是“一分都少不了”，而钱要不回来，自然都是小叔的责任。

直到半夜时分，人才开始慢慢散去。后来，雨棚下面以及灵堂里都变得空荡荡的。两个碘钨灯依然照着，但此时的光线似乎显得格外惨白，而藏在暗处的事物似乎也显得格外地多起来。雨已经停了好一阵子，四周却并没有因此而变得宁静，总有些说不出缘由也不知是从哪儿发出来的声音——祝荣此时异常地清醒，脑海里不可遏止地涌现出种种画面来：一扇没有被关紧的窗户在吱吱地摇晃；一片被雨水浇透了的水田正咕咕咕地冒着气泡；一团几乎覆盖了大半个天空的乌云正沉重地喘息着朝他们头顶爬过来……

不久前被油腻的抹布擦拭过的暗红油漆桌面能照出人的影子来。祝荣和母亲相对而坐。母亲的头侧向神龛那边（那上面蒙着一块有花叶图案的嫩黄色桌布），长时间一动不动。她一头浓密而粗糙的短发仿佛一个特写镜头般呈现在祝荣面前，因而他能轻易看清那里面所夹杂的丝丝白发，如同稻田里的稗子，让人有清除的冲动。但祝荣几乎不敢细看，就如同他一直不敢细看棺木前奶奶的那张遗像。他起身朝外面走去。母亲问他去哪里，他说去上厕所。

其实灵堂上面的二楼就有厕所，但他还是往老屋那边走去。过了前廊，是新屋与老木屋之间的一条过道。走完过道，再贴着老屋一直走到尽头，才到达厕所那里。一路上都有灯照着，但光线昏暗，而且好一段露天的地方尽是泥泞。此时的老房子看上去与白天不同，悬挂在墙板上的几个橘黄灯泡，曝显出了它的一个个细部：漆黑而满是裂痕的木板，歪斜的房梁，满是灰尘与蛛网的窗户，墙基边一个个坑洼……这是祝荣生活过十来年的地方，而现在里面除了厨房，其他地方几乎都已被废弃——只有小叔一家回来，才会有人住进去。

厕所那儿散发着浓烈的臭味，而且那厕所的门已经脱落，如果要进去，就得把那扇门搬开，但想到那上面不知留下了多少人的手印，而那些手自然都不会怎么干净，祝荣便又掉头走了回去。

再坐到桌子边，祝荣看了下手机，才零点三十五分。他开始想这个夜晚该如何打发。他手机上有几本电子书，但手机只剩下百分之十几的电了，充电器又不在身边——他问了母亲，她的充电器也没带来。至于去那些有人睡觉的房间里找，自然不大合适。他甚至想过回自己家那边去取，却又想到最好还是不要离开。奶奶就躺在与他咫尺之隔的地方，而他似乎一直都感觉不到她的存在，就如同这么多年以来，他心目中的奶奶似乎一直都只是一个空洞洞的称呼（她患老年痴呆多年，近两三年又全身瘫痪，且不再和人交流），这多少使他感到愧疚和不安。她在家里的时间已经不多了——即使是又想到了这一点，他也依然没有生出多少留恋与悲伤。他能感觉到的，仅仅只是那偶尔冒出头来的一点点的愧疚与不安。

灵堂两侧的墙壁上贴着一副相对的挽联。祝荣身后的是“有药难医慈母病”，正面则是“无药能解儿女悲”。横联贴在了神龛顶上：鲜萎北堂。那个“北”写得更像个“兆”字，所以祝荣一直在心里把它念成“兆”。棺木架在两条长凳上，前端下方摆放着一个白瓷碟，里面有香油和燃着的灯芯；另外还有一只盛了米而又落满了香灰的菜碗，里面插着一根正燃着的檀香。守灵的人要做的，就是确保那“长明灯”不熄，檀香快烧完了就换。没什么可做，祝荣的目光便一遍遍地在灵堂里打转。前面的几根香都是他换的，并且他还往那瓷碟里添了次香油。

小叔不知何时无声地进来了。祝荣看到他时，他已坐在了靠近门口的椅子上。他身子微微前弓，眼睛垂向地面，右腿不停地抖动，右手手指则在大腿上随着那抖动的节奏轻轻拍打。他给人的感觉，似乎是随时都会拍腿而起，然后宣布一个艰难的决定。

“你不睡觉啊？”

母亲问他。

“睡不着。”

“你坐到这边来烤火啊。”

“我现在身上热得很。”

小叔还是不久前的那身穿着。他现在几乎算得上健壮，身上的衣服也都显得合身而干净，比祝荣前几次见到时的状况似乎都要好。不过他的手指明显变得粗糙了，指甲光秃秃的，指缝及周边还有些难以被洗掉的白油漆。他的脸也有了些变化，不仅更黑，而且像是被打磨过了一般，轮廓平板，线条冷硬。

小叔抽起烟来——他的腿依然抖个不停。他每吸一口烟，都将烟子重重地呼出，然后还咳嗽两声——仿佛有话被卡在了喉咙里，他正在努力地疏通。果然，没过多久，灵堂里就回荡起小叔那断断续续的声音：“我还以为她会一直等我回来……呵呵……我本来想她还没有见到我，她就不会走……所以，为什么我不回来……呵呵……我是想要她再多活几年……”

小叔脸上挂着微笑，眼睛半眯，仿佛是从自己的话里获得了极大的安慰与满足。祝荣盯了他一眼，几乎想立刻反驳，但终于还是把冲动压制住了。他扫了下母亲，只见她一脸的平静。

“满叔，你睡不着觉，还抽烟啊？”祝荣感到了自己声音里的嘲弄意味。

小叔将烟斜举在半空，好一阵没动，随后大概是想到了一个很好的回答，又微笑起来：“我也晓得，神经衰弱的人烟是要少抽，可是有时候实在是太烦闷了，抽根烟就可以放松一下。”

像是为了显示自己的烦闷，他将烟深深地嘬了一口。

烟一直吸到尽头，小叔才猛地把烟蒂往门外一甩，随即重重地顿了下脚，站了起来，然后走到门口的前廊上，手背在身后，朝着外面发出了几声巨大的“嗬嗬”。祝荣几乎是怀着期待，想看小叔接下来会做出什么动作。然而他很快就消失了，就像一滴融入了黑夜的墨水。

但没过多久，小叔就又出现了。他又是坐在同一张椅子上，又是晃腿、吸烟。不过这一次，他除了去前廊上踱步、打拳，很长时间都没再离开灵堂。他好几次都像是不经意地念叨：“陪不了她好久了呢。”祝荣觉得，小叔是想让他们知道，他心里时刻都挂念着那尽管已躺在了棺木里的母亲。而祝荣几乎每次都会在心底回道：“奶奶活着的时候怎么就没见你这么挂念呢？”

身体越来越困倦，祝荣不时地会在桌上趴一趴，而换香和添油的事，都是母亲在盯着了。其间，他时而清醒、时而迷糊地听着小叔与母亲的谈话。主要是小叔在说。他说自己这几年如何在调理身体，自己翻医书，自己给自己配药；他本打算调养好了再回家；他找到一种很好的调养方式，就是写诗，随时随地都写，看过的人都说写得非常好，下次要打印出来给大家看看……睡在旁边耳房里的爷爷有一阵醒来了，隔一会儿就发出一声悠长的叹息。祝荣见母亲和小叔都表情如常，以为他们都不想搭理，便忍不住朝那边问道：爷爷你怎么了？爷爷没有回答，小叔则对他说：“你莫管啰，他也伤心的不。”在祝荣眼见和听说的情形里，爷爷似乎早已没把奶奶放在心上，所以他压根就没有想过，爷爷是在为奶奶的离去而伤心。后来爷爷不叹气了，又问小叔老屋那边的灯是不是都关了，昨晚就开了一个晚上，浪费电。小叔立刻说灯都是关了的。但没过多久，他又低声说灯就是应该要都打开，“她回来了好到处看一看”。

祝荣趴在桌上彻底地睡熟了。醒过来时，头脑里一片空白。灵堂里昏黄的光线、浓郁的檀香味以及小叔在屋子里踱步的声音一点点地将他拉回了现实。为了清醒一点，他甩了甩头。虽然想到最好是站起来走一走，却又迟迟没有动弹。

“你回去睡会儿吧。”坐在对面的母亲，看不出丝毫困倦。

他下意识地回说不用，觉得应该坚持到底。看了下手机，已经快五点了。

“你去睡嘛。你守在这里也没什么事。”小叔也在一旁说道。他边走边不时地甩一下腿或扭一下脖子。

“我睡一下就好多了。”

“明晚要上祭，一夜又没得睡的。”

小叔又坐回了椅子上。

“荣仔你平时都没熬过夜吧？”

“他哪里熬过。”母亲代祝荣回答。

“我在他这个年纪的时候睡眠就不行了。一开始的时候痛苦得要命，现在睡得更少了，反而没那么痛苦了。就是要什么都不去想，什么睡不着，什么痛苦，通通都不要去想，就当自己是个机器人一样——我干活的时候也是这样。有时候累得受不了了，还得接着干，那就只能不把自己当个人看……这些年碰到这么多的事，我不是这么想的话，哪还有命在这里？”

小叔又是一脸的笑意，让人觉得他只是在说另一个人的事情。

“最痛苦的时候已经过去了……以后的事情也不要去想。

把现在过好就可以了。”

小叔笑得轻松而惬意，这使祝荣突然意识到一个最真实的小叔正呈现在自己面前：孩子般的稚气与自私。不是现实将他逼成了一个孩子，而是他根本从来就没有长大过：复读了好几届，最后为了圆自己一个大学梦，读了一个只需交钱就能上的学校；工地活很多的时候，他说想休息休息，玩了半年老虎机，把积蓄输了个精光……他的性格决定了他不会过多地考虑家中牵挂他的母亲以及为他分担了责任的那些人；他只是念念不忘他个人的痛苦——然而祝荣立刻感到自己其实也从来没有设身处地地为小叔着想过，就如同他从来都没有去想象过长期卧床的奶奶的痛苦——即使是好几次眼见她在有人与之交谈时淌下了眼泪，他也只是刻意地选择忽视并很快遗忘。他想也许是因为长期不在一起，他们已成为他生活里的边缘人；又也许，从根本上说，他和小叔一样的自私——很快，母亲的一席话又加深了他的这一感觉。

母亲仍在和小叔聊着熬夜这一话题。母亲说：“你晓得的，那时候祝有余身体不好，在家里没做事，还要吃药，荣仔又要读书，靠我一个人在厂里打工。那时候工钱一个月才几百块，加班的话就多一点。为了多赚点钱，我差不多夜夜加班，经常是加到十二点，到了第二天七点就又要上班……”

这是祝荣大学时候的事情。那时候，他像周边的所有人一样，买手机、买电脑、谈恋爱……他从来都没有想过身在远方的母亲在经历怎样的痛苦。

天逐渐亮起来了。母亲又要祝荣回去睡一会儿。这次他没有再拒绝。他走到了外面，世界依然宁静。天空灰蒙蒙的，仿佛一块镜子的反面。路面、房屋、树木，甚至是远处的山脉，都显得湿漉漉的，反射着铁青色的微光。空气里弥漫着初生草叶的清香。祝荣忍不住像小叔那样做了几个扩胸运动。到了家里，妻子和儿子都还没有醒来。他小心翼翼地钻进被子，很长时间都没有睡着。

十点多的时候，祝荣被妻子叫醒，说是大姑妈来叫他了，随即三叔的电话也打来了。匆匆赶过去，祝荣才发现灵堂里彻底变了样。道士已在里面作法——都是中年人，除了一个穿着道袍，在灵堂正中一边摇铃，一边转圈、唱念，其他人的衣着、发式和普通人并无两样，灵堂两侧各坐两个，一个在打钹，离他一两米远的那个在敲锣（他年纪最大，估计已近六十）。在他们斜对面，一个人偶尔吹一下笛子，他旁边坐在最里侧楼梯口的那个却什么也没做，正抱着双手歪头打瞌睡。神龛上挂着三幅道教天尊的画像，两侧的墙壁上则挂着十殿阎王的审判图。神龛下方摆了一架用来做宝台的风车，正面贴有八仙画像，两侧插着灵幡。灵堂正中还有两张拼在一起的桌子作为法案，上面有用碗碟盛着的腊肉、斋粑、豆腐、苹果等祭品以及海螺、朝板、令牌、木鱼等法器。所有的家人都穿上了灰色的麻衣或白色的孝衣，并扎了白布头巾。二婶递给祝荣一件孝衣，又给他把头巾扎上。后来，又有人给了他一条草绳，好把没有扣子的孝衣捆上。

接下来，几乎是一整天，祝荣都待在灵堂里，同父亲及三个叔叔一道，在此起彼伏的乐器声与唱经声里，随同道士的种种动作，或作揖，或跪拜。不时还有客人到来，鞭炮声一响，就又是跪拜。祝荣感到身体越来越难以承受，站的时间一长，就渴望能跪拜一下，而跪拜的时间一长，又渴望能够站起来。

下午三点多的时候，小婶回来了，一同回来的还有五个在城里上学的堂弟、堂妹（最大的那个堂弟即将高考，没有回来）。他们一一来到棺前跪拜。小婶在跪拜之前，就已满脸泪水，磕完头后，就和哭灵的大姑妈、二姑妈站在了一起，虽然并不大喊唱，却不时地用纸巾擦着眼泪。

几个堂弟、堂妹都跪拜过了，小叔便要他的三个儿女都留在灵堂里，大人做什么，他们就跟着做什么。灵堂正中已经站不下人，他们三个就被安排在了门口。十五岁的大女儿始终面带戚容，尽管她应该并没有多少关于奶奶的记忆。十二岁的二女儿以及十岁的儿子则不时紧张地看一眼他们的父亲，似乎老是担心自己做错或漏做了什么。

晚餐是四点半开始。因为晚上要上祭的人几乎都来了，雨棚里（尽管并没有下雨，雨棚还是没有被拆掉）的桌子都已坐满，另外二叔以及二爷爷家的堂屋里也都摆满了桌子。妻子抱着儿子过来了，外公也来了，祝荣和他们坐在一起吃饭。正吃着，突然听到几张桌子外的小叔像是在和什么人争吵。祝荣起身一看，只见小叔端着饭碗站在桌边，一边嚷着什么一边用筷子指指点点。原来是他正在训斥大女儿——她笔直地坐着，双手放在腿上，两行眼泪安静地在脸上滚落。周边的人都只是看着。直到二姑妈从另一张桌子走过去，对小叔说了几句，小叔才一脸怒容地走开了。

晚餐之后，雨棚里及屋子里都挤满了人，四处都闹哄哄的。祝荣坐在雨棚的一个角落里，惬意地感到自己似乎是被遗忘了。听到一些消息，说是上祭还要一阵子；儿子、媳妇上第一堂祭，做孙子的则是最后一堂，大概是第十堂，至少得十二点以后去了。祝荣便想找个地方先躺一躺。然而灵堂里的法事又开始了。祝荣进去后，才发现里面只有小叔他们一家子。他以为是晚上可以随意一点，便离开灵堂，去了二叔家楼上找休息的地方。

楼上的大厅里亮着昏黄的灯光。二姑父正在茶几上算这一天的账目，大表哥和表弟分别躺在旁边的沙发上。祝荣走过去，坐在了大表哥脚边。将裤腰上的钥匙串摘下放到茶几上后，他便尽量地把身子往空余的地方摊开，最后成了一个斜躺的姿势。其他三人都在说话，只有祝荣始终闭着酸涩的眼睛，一言不发。

“荣仔你怎么这么困啊，你也就守了一个晚上不。”大表哥应该是看到了祝荣那一脸想睡而不能的表情。

“昨晚一个晚上没睡，今天又在灵堂里跪了一天，那肯定困不。”表弟代祝荣回道。这实在出乎他的意料。

“这次罗仔哥哥怎么没回来？”祝荣觉得也应该说点什么，想到了表弟的哥哥。

“他走不开呢，事情太多了。”

“深圳也还是太远了。你开车回来要多久？”

“我那天吃了晚饭就出发，整整开了一个晚上才到这边。”

“要这么久？路上应该休息了吧？”

“也就稍微休息了一下。”

他们又聊了一会儿，直到有人在下面呼喊，要他们所有人都下去。

是一种法事需要家里人全部参与，据说是要随同道士去土地庙那边。灵堂里的道士们迟迟没有出发，祝荣便又坐在了雨棚里。天已经完全黑了，那两个碘钨灯炽烈地照着，四周仿佛云雾蒸腾。而此时那铿铿嚓嚓的锣钹声，则像是一种永无止境的呓语。一切都令祝荣感到厌倦而晕眩。他感到自己就像是陷进了泥潭，而身体早已绵软酸痛，因而丝毫不想动弹。所以当看着道士引领着大家往屋后走去，一些穿麻衣或孝衣的人手上拿着各种物什，他也懒得再跟上去。

从土地庙那边转回来后，道士们又接着在灵堂里做法事。上祭的事情还是没有消息。祝荣只偶尔去灵堂里转一下，便又回到雨棚里坐着。只有小叔一家人仍在灵堂里面。现在祝荣只要往那边瞟上一眼，就仿佛看到小叔正如一位严格的体操教练，率领着三个孩子一丝不苟地完成每一个动作；小婶则似乎是要将前几天没有流下的眼泪全部贡献出来。

越来越多的人开始议论起上祭的事情来。原来祭堂是安排在二叔那边的堂屋里。有人说儿子、媳妇那堂祭时间是最久的。又有人说跪的时间很长，得看主持的人想不想把人扶起来——但这说的似乎是另外一件事情——渐渐地，祝荣便知道了上祭的时候似乎有一道程序，他们的方言发音类似于“拉双”。这段时间他都是和表弟坐在一起，而表弟显然很懂“拉双”是怎么回事，还对祝荣说：“你们做孙子的也要‘拉’很久才给扶起来。去年我爷爷去世的时候，我们孙子就和我爸他们一样，也是最后才扶起来的。”旁边有人则说：“‘拉’得多的裤子都要磨破去。有的地方是地上还要撒些谷子的。”另一个人马上接话道：“撒谷子算什么？有的还撒些石子。‘拉’得人膝盖都要磨出血！不过那是特意用来惩罚不孝顺的人的。”祝荣没想到晚上还有这么一道难关，不禁感到一阵心悸。但时间还有那么久，他渐渐也就丢开去了。

终于开始上祭了。祝荣的父母叔婶他们都去了祭堂里——祝荣想也会轮到自己，便没有过去观看。灵堂里的法事还是没有停。祝荣又想去躺会儿了，便跟表弟说他去睡会儿，等快轮到他的时候就去叫一下他。表弟爽快地答应了，还说放心去睡就是，时间还早得很。

祝荣这次去了三叔家楼上。客厅里的小灯都亮着，两张沙发上都已躺了人，是小姑的女儿和女婿。他扭开了次卧的门，一眼就看到床上也已躺了好几个人。然后他打开了三叔三婶睡的主卧，里面没人，被子叠得方方正正。想了想，觉得睡在里面不妥，他便把门拉上，又去了次卧那边。

床上躺着的是两个堂弟，二叔、三叔家的各一个，都已睡着了，没有脱衣服，也没有盖被子。另外还有一个六七岁的小男孩，是小姑的外孙，正趴在那里玩手机上的游戏。嘈杂的游戏声音令祝荣感到焦躁，于是他决定把男孩赶到别处去。

“你的手机是哪里来的？”祝荣沉着脸问他。

“是我舅舅给我的。”

男孩大声说道，头都没抬。

“你爸妈准你玩游戏的吗？”

男孩扭头瞪了他一眼。

“快把手机还给你舅舅去，不然我告诉你爸爸妈妈，说你偷偷玩游戏。我晓得他们就在外面。”

男孩含糊地嘟囔了几声，将手机狠狠点了几下抛到一边，然后顺势扑在床上，假装要睡觉似的闭上了眼睛。

祝荣想只要他不再发出声音来就行，便也爬到床上去，鞋子没脱，脚悬在外面。灵堂里的乐器声还是持续地在空气里震颤，整间屋子似乎都在因之而晃动。祝荣侧身躺着，手臂遮住眼睛（房间里的灯开着）的同时也挡住耳朵。没过多久，他就感到自己仿如一艘摇晃的小船正驶往宁静的深渊。尽管后来听到身边又响起了那手机游戏的声音，但他还是感到自己正乘风破浪，一往无前。

祝荣是被小姑的儿子叫醒的——也就是那小男孩的舅舅。小男孩已不在床上，而两个堂弟依然熟睡着，祝荣估计他们是昨晚玩游戏玩得太累了——父母不在身边，第二天又不用上课，他们多半不会放过这样的机会。

还只是到了十一点半吃夜饭的时间。祝荣的确感到饿了。吃过饭，困意又源源不断地袭来，而离上祭不知还有多久——连表弟他们都还没有轮到，他们是倒数第三堂。这时除了在厨房里做事的人，其他人似乎都待在雨棚里。每条凳子上都坐了人。有几个明显的小圈子，道士们是一个，铜管乐队是一个（他们是下午来的，统一穿着类似白色军装的制服），不同疏近的亲戚又是几个，而祝荣他们自家的人也在一起。小姑妈正趴在桌子上休息——都说她是最辛苦的一个，这些天厨房里的事都是她在盯着。小婶和三个孩子也在桌边，只是小叔不知去了哪里。

不知是如何发展起来的，祝荣意识到的时候，小婶已与二叔争执了起来。

“做人啊，要讲良心的呢。”二叔偏头盯着桌面，小声地嘀咕，似乎只是在说给自己听。他的双脚踩在桌杠上，大腿贴着肚皮，矮胖的身子仿佛一个圆球。

“哪个不讲良心了？要讲有人不讲良心，也是你那样的老弟。那哪里是个人！屋里的老婆子女他什么时候管过？一年到头没给过我几分钱，一回到屋里就只晓得骂人……”小婶越说越激动，两手还不断地挥舞，仿佛正在指挥一个交响乐团。

“祝有田你莫这么多嘴！”大姑妈在一旁说道，“他们两个刚刚才吵了一架。你怎么也这么不懂事？你是要别人都看我们屋里的把戏啊？”

“有什么可讲的？祝有田这个人你们还不晓得。肯定是刚才又喝多了酒！老弟嫂你也是的，一个酒桶的话你也当真！”二婶面带微笑地说完，便往自己屋子那边去了。

“讲得好啦，倒是我要当真的了。有些话谁听了都有气的不……”

小婶又滔滔不绝地说下去，任何人的插话或劝说似乎都只是给了她新的话头，成了推波助澜。她旁边的三个孩子始终规规矩矩地坐着，大女儿抠了好一阵的指甲；小儿子不时会扫一眼周边的人——对他而言，很多面孔都是陌生的。

一个邻居老太太被小婶的声音吸引过来了。她在旁边站了一会儿后，就压低声音问了二姑妈一句什么。

“哪有这样的事！”二姑妈回道，一脸的严峻不容置疑。

祝荣又去了三叔那边的楼上。这回大厅里两张沙发都是空着的。祝荣在其中一张上胡乱躺下，没过多久便又睡着了。当他再次被小姑家的那个表弟叫醒的时候（说快轮到他去上祭了），他感到全身沉重而酸痛，脑袋里还嗡嗡地直响。他在卫生间里用冷水洗了把脸，虽然清醒了点，但眼睛还是有点张不开。

已经快两点了。灵堂里还是一如既往的喧闹，时而是道士的唱念，时而是某种乐器，时而又是所有声音的聚合，循环往复，无止无休。穿道袍的道士已换成之前坐在法案边打钹的那个。原来穿道袍的那人，此时穿着一件蓝色的立领按扣棉衣，身子仿佛小了一圈；钹已由坐在楼梯口的那人在敲打，他则在打有一面是摆放在法案上的镲，嘴里也和其他坐着的道士一样，不时地唱念几句——只是他经常是眯着眼睛，待轮到他打镲或唱经时，眼皮才一阵抖动，却也不会完全地睁开——他似乎已修炼到能将工作与休息合二为一。

小叔一家人都不在灵堂里。祝荣在雨棚里看到了那三个孩子，两个女孩坐在一条长凳上，男孩坐在旁边的另一条凳上。祝荣问他们困不困，然后看着那个男孩——女孩都说不困，男孩却什么也没说，害羞般地垂头盯着地面。

大多数的人都已上完祭——一些人估计已经回去了，其他的则都待在雨棚里。祝荣突然意识到，他们大多都是中老年人，似乎无一例外的面色黧黑、手掌粗大，表情看似平静，实则僵滞，仿佛一群才进化不久的猿猴。

一个老头坐在祝荣对面——是爷爷的一个堂弟，祝荣喊他金爷爷。他身材矮小，紧窄的中山装上每粒扣子都扣着，全身纹丝不动，脸上、手上尽是深深的皱纹，整个人像一只被绳子死死勒紧的螃蟹；他像是不敢与祝荣对视般将脸侧向一边，然而脸上始终笑眯眯的，嘴里又咕咕叨叨个没完，似乎很想对祝荣说点什么，却又怕他根本就不想听，因而声音又小又含糊。

在他们旁边，母亲和金奶奶（她比丈夫还要矮小很多）在说话。她们一直在说金爷爷的大女儿、大女婿——他们曾和母亲在东莞的一个厂里打工，现在他们还在那边，两个小孩则都丢给了金爷爷。金奶奶对女儿女婿一肚子的意见。

终于轮到祝荣他们上祭了。二叔家的那个堂弟已经下来，但三叔家的据说怎么都叫不起。上祭的过程比祝荣想象中的要简单很多——他和二叔、小叔家的两个堂弟一进祭堂，先是站在摆放了各样祭品的祭桌前，听一个六十多岁的穿着铜管乐队制服的老头念祭文，然后是跪拜。后来他和二叔家的堂弟作为代表，又绕过祭桌去神龛底下跪拜，如此两次，再退回来跪拜了几回，上祭就算完成了。

一出祭堂，祝荣就又坐在了雨棚里。里面已没几个人了。灵堂里这时也没有了唱经与乐器的声音，但祝荣知道这只是暂时的。接下来还要做些什么，他已经毫不在意。过度的疲倦似乎使他的大脑自觉地进入了休憩状态——他现在只是凭着一种肢体的本能，行走、坐下，再把视线随意地投向某处，然后长时间一动不动。

不知过了多久，灵堂里响起一阵呜咽般的海螺声，接着是一个道士低沉而又凄凉的唱经声。祝荣感到一阵阵冷风从肌肤上滑过，又感到四周所有的黑暗都沉沉地压在了心头。没多久，灵堂里又同时响起了鼓声、钹声、锣声、笛声，仿佛千军万马即将起征。祝荣看到灵堂里已有好些穿麻衣或孝衣的人，还有一些站在门口，也随时准备进入。他耐心而又不乏好奇地盯着那边，直到猛地意识到自己也应是其中一员，这才起身过去，汇入了那人群之中。

原来这场法事是所有家人在道士们的带领下绕棺行走。穿道袍的道士走在最前面（身后是其他吹打乐器的道士），手上拿着一面灵幡，随着他的唱念而不时挥舞，并且每隔一段时间，他还会双手捧着灵幡朝棺木鞠躬或跪拜，所有的家人便都跟着效仿。绕了一会儿后，祝荣才发现棺木上搁了一条长凳，凳上摆着一排装满米的饭碗，上面分别有一个斋粑，一块豆腐，那豆腐上插着一根檀香，而饭碗里还插了一根点燃的小蜡烛。

因为绕棺的人太多，道士便开始率领大家沿着墙绕大圈。二三十个人紧挨着缓缓移动，在延绵不绝的唱经声与乐器声中，灵堂里的气氛变得肃穆而又凝重，而人的视线又一遍遍地扫过那具小小的黑漆漆的棺木、棺木上摇曳的烛光、逝者的遗容以及墙壁上各种地狱图画，悲伤的气息便一点点地蔓延开来。祝荣感到泪水在止不住地淌下，而四周也不断传来哽咽声。似乎直到这一刻，祝荣才真切地感受到了奶奶的逝去，才真切地意识到，在那具小小的棺木里，还躺着一个小小的几乎已经枯干的身子——她是你生命的发源地，她曾将你抱在怀里、牵在手心，她曾毫不犹豫、全心全意地包容你、庇护你，她曾把你想要的，都尽量地给予你……然而她再也不会醒来，再也不会用一双混浊的眼睛久久地凝视着你，更不可能打着一把锄头或背着一个竹篮，领着你在田间地头出没。在你的生活里，她已被彻底地抹去；而你也已被她彻底地抛弃，你的一切再也与她无关，你的失意心酸再也得不到她的安抚，你的快乐荣光也再也无法使她欣慰。无论你怎么思念，无论你怎么呼喊甚至哭泣，她都再也不会出现，比一个陌生人还要冷漠，比一个复仇者还要决绝。从此以后，你的生命里将永远存在一个黑洞，而这个黑洞将永远提醒着你，有一个人对你而言是多么不可替代，她是那唯一的一个，是那一旦失去就已永远失去的一个……他的眼泪哗啦啦地淌着，仿佛有一股源源不断的水流在体内不断地奔涌，以至于身体在经受一次次的冲刷，逐渐变得轻松而又敞亮。他庆幸自己终于可以如此痛哭一次，但同时又为自己此时此刻还有这样的想法而感到失望——他还没有完全忘记自己，更没有完全地沉入悲伤，他甚至还清醒地意识到，他的，以及身边所有人的悲伤，都不是完全出于对奶奶的怀念，更多的只是因为他们身处这样的氛围。在这样的氛围里，人的悲伤在相互感染，以至于加重了分量，甚至还有一些人，或许只是为了让别人看到自己的表现，从而刻意地夸大了自己的悲伤——二叔就是其中一个。他在队列里发出了越来越尖利的哽咽声，仿佛是被人扼住了喉咙，而当他走到了棺木正前方时，还猛地往地下一扑，将搁遗像的那张椅子撞得一歪。他双膝跪地，额头紧贴着地砖，一边呜咽一边发出呼喊："我的娘欸……我再也没得娘了欸……"在响亮的吸溜声里，应该是鼻涕也淌出来了，然后随着一阵如同开炮般的擤鼻涕声，二叔把一大摊鼻涕喷在了地上。

二叔的表现并没有加重灵堂里的悲伤气息。相反的，许多沉浸在悲伤里的人都被惊醒了过来，以至于开始留意或想到一些别的事情。小叔突然将二女儿拉出了队列，并朝她吼了一句："你哭都不哭啊？"女孩脸上顿时布满了泪水，却并没有哭出声来。没有人去理会，但所有人似乎都彻底地清醒过来了，哽咽声越来越稀疏。在接下来的几圈里，队列始终平静地绕过二叔，也绕过那小女孩——她不时会擦一下眼泪；当二姑妈试图将她拉回队列时，她猛地一甩手，依然站在原地。

二叔被人拉起来时，又呜呜地干号了一阵。地面上的那摊眼泪与鼻涕已漫成一个大圈，似乎由不得人不相信，他是真的伤心了。可祝荣还清晰地记得，那年二叔他们说脱不开身回去，也不愿出钱请小姑妈在家里照顾，便将奶奶带进了城里。他们租住在一栋建于上个世纪八十年代的筒子楼里。沿着狭窄、潮湿且散发着厕所腥臭味的楼梯爬上四楼，再在昏暗的楼道里走个几十米，然后进入左侧的一个房间，估计有二十来个平方，门口左侧是一个煤气灶、一罐煤气，右侧是一张小方桌。左侧靠前一点，是两张顶墙并排的木架子床，与它们相对的另一侧，是顶在墙角的另一张木床。在与门相对的唯一一个窗户下，嵌进了一张书桌，一台老式的大屁股黑色电视机坐在上面。在窗户与门口之间，拉着两排塑料绳，一些说不清是干的还是潮的衣服以及毛巾、空衣架挂在上面。二叔二婶以及一对儿女睡架子床，奶奶则整天躺在那张木床上——那时候她还能走动和说话，然而没有人会照顾她爬上爬下，更不会领着她走入楼下车水马龙的街道。甚至还准备了一个便盆，连扶着去楼梯间里上厕所的程序都免了……然而祝荣还是相信二叔此时伤心的真切，因为他越来越意识到，此时每个人的伤心，既可能是对逝者的悲悯，也可能是为自己的丧失——没有多少人会为不能给予自己什么或对自己没有意义的人的离去而伤心。为逝者，还是为自己，这二者在心中各占多大的比重，只有每个人自己才最清楚——想到这个，祝荣心里又是一阵惶恐与羞愧。

绕棺仪式之后，大多数人又都坐在了雨棚里。祝荣将双腿踩在桌杠上，眼睛毫无目的地一会儿扫视周边，一会儿盯着面前朱红色的桌面，感到了时间的凝滞甚至是倒退——尽管离天亮还有好一段时间，他也已确信这是他此生度过的最漫长的一个夜晚。身体上的疲惫丝毫没有减轻，但大脑则似乎是被冷水清洗过了一般——他异常清醒地感到了自己的疲倦与无聊，同时感到一些之前的画面一遍遍地在脑海里自动回放，而那本已消逝的唱经声与乐器声也仿佛依然在耳边震响。

小叔不知何时坐在了他旁边最靠外的一张桌子旁。他背朝桌子，面向菜园那边，因而祝荣只看到他的背影。他的背微弓着，眼睛盯着地面，长时间没有动弹；雪白的灯光打在他油汪汪的头发上，仿佛一口深潭在幽幽地闪光。

不知是谁喊了一句“拉双”了，紧接着四周就都是一阵

“拉双”“拉双”声，像是大家一直都在期待着这件事情一样。人都往灵堂那边拥去。在门口，表弟还对祝荣说：“你做孙子的就要做好准备啦。”祝荣明白他说的是心理上的准备，然而他觉得不管会发生什么，他都希望它能尽快地到来——这个夜晚，已经过于漫长了。

小叔在他前面脱鞋子——果然如祝荣之前听到的一样，“拉双”时人都要打赤脚。小叔先是将两只运动鞋的后跟磕在一起，然后试图将左脚先拔出来，然而好一阵都没有成功，他便猛地弯下腰去，将手指插进后跟（好几次才插进去），当脚背完全露出来，他才缓缓地起身，将左脚的鞋子甩在一边，穿着袜子的脚直接踩在了地上。接着他再用这只脚踩住右脚鞋子的后跟，脚拔出来后，鞋子又被甩在一边。小叔没脱袜子就进了灵堂，祝荣不知他是故意的还是忘记了。想到地砖上的冰冷，他也想穿着袜子，但看到灵堂里的其他家人都是赤脚，便又放弃了。

准备“拉双”的人都在灵堂里面朝门口站着，父亲站在最前面，其后是二叔、三叔、小叔。祝荣站在小叔身后。后面是哪些人，他没有去理会，但感觉到参与的只是男性。女人们都站在了棺木周边，有的已开始小声地哭唱：“我的娘欸……”有人在问人都到齐了没有，有人在连声地呼喊“都管”。忽然有人从外面抱进来一只母鸡，将它递给了穿道袍的道士。道士抱着母鸡，对父亲说“你就跟着它爬”，然后将鸡丢在了地上，但那鸡还是一动不动，将头高高地昂着——原来有根线从它的鼻孔里穿过，线的另一端被道士抓在手里。随着他一阵唱歌似的喊叫，那些坐着的道士手中的乐器又都震响起来，女人们的哭唱也都扬高了声调。所有的男性都趴了下去。道士开始拉着母鸡缓缓前行，身后的所有人便都跟着爬动——绿色的地砖上早已用米糠撒出了一条十几厘米宽的路线。

没过多久，就不断有人被“都管”扶了起来。而门口还不断有人在喊叫，这个那个也都应该扶起来。祝荣知道这些都与自己无关，只是埋着头往前爬去。双膝逐渐有了火辣辣的感觉，手虽然已伸了出去，膝盖却拒绝往前挪动。他开始试着用双肘撑地，匍匐一般，手压着地面往前一冲，整个身子也就被带了出去。然而这一方式太耗体力，没几下他就再也使不出劲来。他只得又依赖膝盖缓缓地移动，速度稍快一点，就是一阵疼痛。祝荣看到前面的小叔同他一样，大多时候都只是缓缓爬着，偶尔才用手肘撑着前进。小叔始终都只在他前面不远处，但他们与前面几个人间的距离，却是越拉越远了。小叔显然也意识到了这一点，突然发出一声低吼，然后猛地往前蹭去，全身剧烈扭动，有如一条急于逃命的泥鳅。眼见着与小叔间的距离被拉开，祝荣不由得一阵焦躁，一咬牙，便也加速往前爬去，膝盖那儿立刻传来一阵阵剧痛。然而他不管不顾地爬着，什么也不去想，什么也不去看，只当双腿是两截木头，只当那疼痛是发生在另一个人身上……全身的血液似乎都在燃烧，而周围的世界似乎离他越来越遥远，只有那持续不断的乐器声、哀哭声与唱念声，仿佛石磨般一遍遍将他的耳膜碾压，提醒着他身在何方。

直到“拉双”已结束了好一会儿，祝荣又坐在了雨棚里的时候（此时灵堂里的法事已经暂停了，而他的内心也一片宁静），他才突然意识到，“拉双”应该是对出生场景的一种模拟，也就是“爬生”——在他们的方言里，虽然没有“爬生”这个词，但这两个字的发音与“拉双”类似，而且，他也想起曾听人说过，当胎儿从母亲的腹中爬出来的时候，他们感受到的疼痛比母亲还要剧烈。

早晨又一次平静地到来了。天色稍显阴沉，潮湿得仿佛随时会转化为雨水的淡雾迟迟没有散去。七点半吃早饭，一个来小时后，棺木就被人从灵堂里抬了出来，沿着公路绕个大圈送到山上去。小叔手捧遗像，领着棺木缓缓前进。女人们在棺后哀哭，其他穿着麻衣、孝服的人全都在前面倒着行走，几步一拜。一路炮声隆隆，乳白的烟雾遮蔽了道路。

这天晚上，因为要算账和商议如何照顾爷爷（他身患多病，目前已是行走困难），祝荣的父母十点多才回到家里。这次小叔又没有参与，他们一家人下午就都走了，据母亲说，小叔一个人走在前面，隔得老远，小婶和三个孩子跟在后面。账已算清，但照顾爷爷的方案还是没定下来。母亲说还是得有二姑父在——他们一家算完账就回去了，去年就是他的话起了作用。

那就只能再接着商议了。反正迟早都会商议好的。

回　声

我现在来到了这里。这里是——天堂，我身边的人都是这么说的——我来的时间还不长，很多事情都得向别人打听。当然，我对这里的生活还是相当满意的。天堂嘛，不会缺少你想要的东西。不过如果我真的是在天堂，那么这里与我之前的设想还真不一样。这里不就是另一个人间吗？我觉得自己似乎还依然生活在从前的城市，只不过环境有点陌生而已。据先我而来的那些人说，这其实就是天堂的好处：给你一个熟悉而习惯的环境。想想倒也是，假如要我像古人或者未来人那样去生活，我肯定无法适应。虽然他们都没有跟我说——也许他们也并不知道，不过我还是觉得天堂其实有很多个，不同时代的人生活在不同的天堂里，彼此的生活并不交叉。我曾经试图走出我所在的这个城市，可是毫无办法，这城市似乎有无限大。无论我走到哪里，眼前都是数之不尽的街道、小巷、高楼……到处都有东西出售，也有工作人员，但任何商品都不用付钱，我至今还不知道这里的钱长什么样子。还有坐车、吃饭、看电影、桑拿、洗脚等等，都不用付费。有次我在一家餐厅里问服务员，她为什么会干这份工作，她回答得很干脆：好玩。就是这个答案点醒了我，我已经是在天堂了，什么都不会缺少，也永远不会再死去，所以我也得给自己找点事情干干。那么我能干点什么呢？说真的，一开始我什么都不想干。据说这是所有新来天堂者的通病。我们这些人总要休息那么一段时间，以减缓在人间生活的疲惫。在我想干点什么的时候，我就开始看书。你们知道，这几乎是我在人间唯一的爱好。在人间能看到的书，这里都能找到。书几乎是看不完的。不过我想迟早有一天我也会真正去做点什么。对此我已有不少主意。想到什么都可以去尝试，完全不用在乎生命的局限，我的脑袋就有点眩晕，仿佛里面被塞进了超过它容量的东西。因而有时候我几乎不愿意稍作动弹，晚一点和早一点又有什么区别呢？但区别当然是有的。生命在于运动，这句话在天堂尤其是一句真理。现在我已经知道对于天堂里的人来说，最大的威胁就是怠惰。如果有谁一旦沉迷于怠惰，那么他迟早会成为这天堂里的一尊雕塑，虽然没有死亡，但也不能说还有生命。“生命在于运动啊！”这是我们这里的人用来打招呼的一句话。是啊，我说了对于未来做什么已有不少主意，可一个主意总是被另一个主意推翻。选择太多真不是什么好事情。不过说到底问题还是出在我自己身上，因为我总希望找一件更好的事情来干干。

在这里我有一套自己的房子了，还比较宽敞的那种——说起这个我真没有半点炫耀的意思。在天堂里每个人都会有一套适合他的房子，但也不会更多。我知道你们现在的处境，可事实上天堂也将属于你们。在这段时间里我多次思索过自己为什么可以来到这里。每次得出的结论都是：天堂的门槛还真不高；又或者这里根本就不是天堂。可无论如何，你们至少也会来到类似这里的一个地方。这绝不是宽慰，而是事实。当然你们也完全没必要为了房子而急切地想要来到这里，并且这也只能是命运的安排由不得自己做主。是的，人间有人间的好处。现在每天回忆在人间的生活已像是我的一门功课。若是不回忆我担心自己迟早会忘记，而且这也说得上是一种快乐。想想我从前过的是什么生活，再看看现在！我还如此清楚地记得那第一间“我自己”的房子。推开门，除了看到一张床、一个矮柜，就什么都没有了。还有那些蟑螂，想想都令人不快。可是说真的当时我倒并不觉得这有什么问题。那时我找到了第一份工作，完完全全用自己的薪水付房租和打发生活。房间小我一点都不介意，因为它已足够满足我的任何需求。睡觉不用说了，做饭可以用个电磁炉在旁边，洗澡上厕所在同一层楼里有个公共浴室。我最大的乐趣还是关起门来没完没了地看书或用一台二手笔记本上网，没有任何除了吃喝拉撒以外的事情需要操心……

不过我还是跟你们说点更有意思的事情吧。说说我的爱情。对，我的，爱情。就是在这个地方发生的。这也就是我迟迟没有搬离这个地方的原因。我爱上的就是我隔壁房间的女人。她比我大好几岁，一个老姑娘了。她住的房间比我的稍微大一点，而且带独立的卫生间。我们这层楼里还有两个房间，也都分别住着一个单身的青年，他们其中一个显然也对那老姑娘有意思，他和她的年纪倒差不多。我爱上她的原因很简单，因为在我当时的生活圈子里，她虽不是唯一的青年女性，却是唯一一个我觉得可以与之发生点什么的人，说到底只是生理的需求。当时的我以己度人，认为另外那个人也只是如此，只是当时我却没有把这一猜想推进一步：作为一个成熟的老姑娘，她肯定已把我们的内心看得清清楚楚。是的，跟我们在一块的时候，她始终掌握着亲密的尺度，一旦我们有更靠近的意思，她便会机敏地躲开。我们几个经常有机会在一块吃饭、逛街，有时是三个一起，有时是我跟她，有时是他跟她。经常在一起却无法有进一步的举动，而且旁边还有一个随时可能打灭你任何希望的人，所以我体内始终燃烧着熊熊的欲火。这种状态的延续，让我一度以为我真的不可救药地爱上了她，尽管她年纪比我大那么多，长得也一点都不漂亮。为了她我做了不少蠢事，比如在夜里将耳朵紧贴在与她之间的那面墙壁上，听着她在房间里走动、打电话、唱歌、上卫生间；还有在确定她睡着以后偷偷拿来她搁在门口的垃圾，将袋子打开，一面翻看一面想象她一个人在房里的时候做了些什么……现在想起这些，我一点也不觉得羞愧，因为当时我可能真的是怀着一种真挚的爱情在做这些事情，尽管这爱情的动机并不单纯并且它也绝不可能持久，可人的一生能有几次把自己的全部身心都奉献给另一个人呢？她也许自始至终都不知道这些。事实上，在面对她本人的时候，我的表现是如此矜持甚至是庄重，我的那位情敌偶尔还会看似随意地去搂抱她，而她则总是庄重地将他推开。可是这样的压抑迟早会在某一天迸发。就是那天我找了一个借口（说我过生日）邀她共进晚餐。我们走进一家餐馆吃了顿丰盛的晚饭。虽然她给我的礼物仅是一个印有她所在公司成立多少周年的陶瓷水杯，而且就是在吃饭的时候她还嘲笑我不懂礼节把筷子伸到了她那边的盘里，还有我们甚至都没有喝酒，但我还是一根筋地打算在那天晚上表白。

我们没有马上回去，而是去江边散了一会儿步。由于怀着一个重大的目的，我更多的精力都用来克服内心的紧张，所以那天表现得比平时更为僵硬、沉闷。她怎么会看上这么一个人呢？我自己有时都会忍不住地这么想。可我还没有足够的理性让自己清醒过来。也许当时的我已被爱情折磨得过于苦闷，只想着快点爬出这个令人窒息的黑洞，哪怕到时候才发现完全搞反了方向。当我终于带着闷闷不乐的心情与同样一点都看不出是“度过了一个愉快的夜晚”的老姑娘站在了各自门口的时候，我扭过身慌乱地对她说我有件事情想要告诉她。就在那一刻我还在思考到底该怎么说好呢。尽管为了那一刻我准备了或者说等待了整整一天，可是最关键的一个问题我竟然丝毫都没有考虑。虽然已经过去了那么多年，我想我现在都还记得女人当时的表情。她阴沉地注视着我，仿佛在说我最好是不要说出她不想听到的话来。这当然加剧了我的惊恐。其实这时候我已经知道了结果会是什么，但我还是希望一试——既然已经走到了这一步，说不定还有那么一点微小的可能呢。接下来我突然抱住了她——真的是突然，连我自己都没有料到，这恐怕是出于对我那位情敌的拙劣模仿。然而她并没有马上推开我。而如果当时我没有进一步的举动，事情也许就会转向另一种可能？当然这也很难肯定。我当时是将嘴巴伸向了她的耳朵跟她说我可不可以吻她一下。如果当时我是直接吻她而不是希望征求她的同意，那么结局是否也会完全不一样？就在我忐忑地等待回答的时候，她推开了我并且说了一句“你想多了，我们只是朋友”。她的脸依然阴沉着，随后她打开了自己的房门，进去后砰地关上并且门内还吧嗒一响显然是按下了倒锁。就是那个倒锁的声音深深地刺激了我——我对她的情感立刻翻转过来。她在我心目中立刻成了一个平庸甚至是丑陋的老姑娘，而尤其令我反感的是她明显一无是处却还故作清高——真的清高也就罢了，可偏偏又那么随便地与异性来往，而且明明早就看出对方的目的，最后却来一句“我们只是朋友”。所以那晚我会大醉一场，说不上更多的是为失败而懊丧还是为解脱而高兴。当时我立刻就去买了啤酒烧烤。我的行动如此果决，简直就像早就计划好了一样。再回来进了屋关上门的时候，我也重重地按下了倒锁，当时我想这就表明我已按断了与那女人的一切联系。

后来发生的事情，是完全出乎我意料的，甚至于，我根本就不明白这一切为什么会发生。当我清醒过来的时候，我感觉到了身体上的异样。我试图睁开眼睛，可眼皮实在是过于沉重，所以只得放弃。我的眼睛感受到了四周橘黄色的光亮，而后我开始竭力想象自己身在何方，而当我想起来的时候身体上的那种感觉就愈发令我惊诧。那是一只手在抚摸我的身体，从脖子一直到腹部，反反复复，而在胸部的时候稍多一点并会轻微地揉捏，偶尔也会往下深入一些，摩挲着我腹部之下。那肯定是一只女人的手，不大，并且柔软。这时候我感到自己的小伙计倒并没有任何的表示，这可真是万幸。我当时就已能肯定抚摸我的正是隔壁的那个女人，不单是因为她最有可能，还因为我闻到了她身体所散发的气息。她的那种气息我怎么可能那么快就忘记，正是它那么多天来一直引诱着我。可是在那一刻它对我来说已没有丝毫的魅力，也许是因为酒精已彻底麻痹我的欲望，又或者是因为我真的已对她死心。此外也许还因为大量的疑惑在困扰着我：她是通过什么方式进来的？是不是我在喝醉之后还有过什么举动？她为什么要这样？她到底是个什么人？难道她就不怕把我弄醒？可是这些似乎都并不重要了，因为一种极致的快乐攫住了我。尽管我还能清晰地感到身体因为醉酒而产生的头痛、恶心以及疲惫，但那种快乐的感觉是如此强烈。它当然不是来自我那被抚摸的身体，而是来自一种精神上的胜利。想一想吧，一个我一直对其怀有欲望的女人，一个刚刚还拒绝了我的女人，此刻却在偷偷地抚摸我的身体！我不是心理学家，我也无心去详细分析当时产生那种快乐的原因，我只是希望自己能一直记住那种快乐的感觉。说心里话那样的快乐我在今后的很多年里都再没有体验过。而来到天堂之后，你们想这里的一切似乎都值得你快乐，因而快乐也就变得廉价。很多的感觉你经历了就不可能再有——这就是为什么我会一而再地回想那些在人间的岁月。老姑娘抚摸了一阵后就离开了——这也是我的愿望，否则我怕自己真的会生出欲望又或者忍不住地开怀大笑。走之前她把我的衬衣扣子又一粒一粒地扣上，显然她并不想我知道她对我做过些什么。此后我再也没有见到过她——不，还有过一次在楼下迎面相遇，可是我们都别过脸去——除此之外当时我不知道还能做点什么，而她可能也是这么想的。后来不久我就搬离了那里，此后就确实再也不曾碰到过她。

人间确实有很多东西值得怀念，具体是些什么却很难说清楚。不过我清楚地知道自己开始频繁地怀念人间是从哪一天开始的。那天我去了住所附近的一个公园。我已经说过，这里只是一座城市，而且我似乎永远都不可能走出去，可是我在人间的时候总是不断地搬往城市周边，而城市越来越大，我也就越搬越远，一来是出于租金的考虑，二来是出于对环境的喜好——当然完全搬去乡间是不现实的。我总是希望我的住所附近有山有水，这对于城市居民来说已然是一种奢侈，但如果你不在乎住所的僻远以及上班的不便，那这在人间的时候也还是能够实现。不过在天堂——至少对于我所在的天堂来说，要得到一个附近有山和水的房子就需要一点运气，这大概全赖于上帝或者那些隐形的管理者们的安排。在这方面我少了一点运气。从我居住的地方扫视四周，除了建筑还是建筑，有水的地方是楼下的喷水池，有树木的地方是路边的行道树。我也曾试图打听过在这里是否可以再申请一套房子或者与别人交换房子之类，可是听者都大感惊诧并极力劝阻，这让我觉得在天堂哪怕是存在再小的一点不满都是不应该的。几次之后我也意识到自己可能是犯了这里的大忌，于是再也不跟人提起，可是心里的那个念头并不是那么容易打消。这之后我便开始在城里四处寻找公园。逛过几个公园之后，不得不说它们都修建得极为阔大、讲究，而且还完全看不到人间的公园里那种杂乱、喧哗、拥挤、遍地垃圾的情形，只是令我不大满意的就是，它们彼此是如此的相似。当然你可以明显看到它们在布局、大小、设施等方面的差异，可是你将目光投向任何一个地点，都会有一种似曾相识的感觉，比如说你看到一个小湖，心里马上就会想到小湖就应该是这个样子的，看到一片树林，甚至于是一块石头一棵小草，也都会产生这样一种感觉。有时我就想也许我在这天堂里体验到的一切都不过是我在人间印象的一种投影，我希望看到什么或者说我觉得自己正在看着什么，我在人间的那种感觉就会涌现出来。如果真是这样的话，那么这就意味着天堂虽然给予了我无尽的时间，我也不可能活出一种新的样子来。这样的感觉多少令人沮丧。

而就在那一天，当我站在一棵硕大泡桐树下仰头看天的时候，我愈加醒悟到天堂是一种什么样的存在。我亲爱的朋友们，我想你们肯定很难想象我当时看到的天空蓝得有多么透彻，当时的阳光又多么地明亮，还有那一片片在微风中轻轻摇晃的碧绿至极的大泡桐叶，这一切我在人间可是从来都没有见到过啊，可是我内心里竟没有丝毫的悸动，仿佛我所看到的不过是一幅印刷出来的油画或者是电影中的一个镜头。是的，在那一刻我怎么都没办法让自己有一种“身临其境”的感受。而就在我对眼前的一切满怀疑窦的时候，头顶上发出了一个清脆的声响，随即一片可以说是依然完美的泡桐叶慢悠悠地飘落下来，最后在我的脚边躺着，还如喘气一般微微地颤动。虽然说在人间的时候，我也见过碧绿的泡桐叶飘落，可是我知道在天堂里它完全可以不用飘落，即使是那些落叶植物也都可以四季常青——也就是说一切皆有可能或者说一切皆可更改，可是为什么偏偏在我仰头的时候，那片树叶它要飘落却不在别的时候飘落，我绝不相信这只是一个简单的自然现象，因为天堂里的一切都不自然，比如这座走不出的城市，比如不能更换的房子，比如你永远不会更老和死去……所以我想到那一片树叶飘落下来，无非就是为了契合我在人间的印象和感觉，是要告诉我天堂里的一切是多么真实——说白了它就是一个刻意设计的情节。于是我又仰头看天，我想那深不可测的瓦蓝背后一定有一个天堂的主宰者，他就像设计电脑程序一样设计了这一切。可是这又是为什么呢？为什么要把我们安排在这里，为什么要让我们的生活成为这个样子？又或者这一切都只是我的臆断，其实并没有什么主宰者，其实天堂这个样子再正常不过，就如同宇宙无边无际，这虽然不可思议却是一种事实。关于这一点我也很想找人谈谈，一个在天堂里待得足够久的人会对它有一种更深的认识。不过这样的人，我至今还没有碰到过，并且也从来没有在这儿的书籍上看到过有关这方面的阐述。这一点大概也是天堂的一大禁忌，我只能这么去想。要明白这个事情只能依赖自己，但我也许永远都不可能弄懂它，就如同我永远都不可能弄懂宇宙，而哪怕我以为已经弄懂了其实也只是皮毛。

所以我喜欢回忆以前的生活——那么简单，现在看来似乎一切都是透明的。是的，我在人间活得并不长，这是我最大的遗憾。虽然我当时一直不满自己的现状，不断地离职然后再找新工作，从城市的这一角搬到另一角，但我还是逐渐明白你选择任何一种生活都不会完全没有遗憾。或许很多事情依然可以弥补，可是在你想要弥补的时候已经没有了机会。为什么在人间的生活现在看来那么美好？我经常会想这个问题。这似乎是一个很容易就可以想清楚的问题我却一直不断地在想。于是也就不断会有新的答案冒出来。其实平心而论，人间的生活与现在似乎并没有太大的区别。我现在觉得生活中的一切都充满了设计感，也许仅仅是因为我的生活经验已经足够丰富再没有多少事物会让我感到新鲜，因此即便我仍在人间，怕也依然是这样一种感受。如果仔细想想，其实人间生活的重复也何其之多，比如你工作的时候一直在重复你做过的那些事情，因而你总觉得今天不过是又一个昨天；比如你在走路的时候会不知不觉地忘记你在走路因为你有太多这样的经验，而当你撞到了什么的时候就会清醒过来因为这样的经验你还并不太多；还比如你所吃的任何一种食物到了后来滋味都会变淡，最后可能就只是一种纯粹的口腔运动。是的，生命在于运动，可是如果这运动只是机械地循环往复呢？说真的，在天堂里不管你去做什么似乎都无法避免重复，就如同没有尽头的时间本身。所以人间生活或者说过去生活的可贵，最主要还是因为那时你拥有那么多的新鲜感，它们带给你的感觉就像是雪地上的第一串脚印，而无数的脚印踏上去之后，你就会将它们彻底地忽视。说到这些的时候，就忍不住希望自己永远只是一个孩子，一个一觉醒来就几乎把一切都通通忘记了的孩子……如果退而求其次，就是自己曾经拥有一个孩子。

还在人间的时候，有次我来到了住所附近的一个大公园，一路走到了湖边。天气真好，不下雨轻风和煦，天空明亮却并没有太阳。可是说真的我很难确定是否真的如此，或许这只是当时我自己心情的一种写照。是的，我的心情应该是很轻松惬意，所以我在湖边散了好一会儿步，一直都不想离开。后来我跳上了湖边的一艘小船，是那种四个座位的脚踏船用来出租的，花十几块钱就可以踏着它在湖里游上一个小时。我坐上去的时候，它还用铁链系在岸边，不过也许是因为故障，它一直都被单独地系在那里，我上去的时候也没什么人阻拦。坐在船上感受到身体下水波的荡漾以及更分明的从湖面上吹来的清风，我暗想以前为什么没坐上来过而这一次我要长久地坐下去。没过多久，我看到一个六七岁的小女孩从岸堤上冲过来，简直像一个快速滚动的花皮球，让人担忧她会直接滚到湖里去。她的目标很明确，正是我坐的那艘小船。靠近后，她毫不犹豫就跳了进来，然后坐到我旁边，好像是朝站在湖上面的某个人喊道：“呀，这个地方是最好的！”她一眼都没有看我，仿佛根本就没有看到我，而且仿佛她才是这个地方的最先占领者。我盯着她粉嫩的双颊，试图勾起她的注意或者至少让她看我一眼，可是一点作用都没有。她侧过身去弯腰把手伸进水里做出划水的动作，好像这样就可以使船离开，同时她鼓起腮帮连续发出“嘟嘟嘟”的声音，那是她又用上了发动机。我注视着她那纤细的脖子，简直不敢相信它可以如此纤细，还有她的雪白小手以及手指，就像某种鲜嫩植物和它刚发的新芽。我扫了下岸边，她并没有家长陪伴。就在那一刻，我突然生出一种冲动，想要解开那绑着的铁链然后踩着小船带她前往湖中。我马上意识到这意味着占有。是的，我想要拥有这样一个孩子，一个拥有了她你就觉得你也可以傲视一切的孩子。可是你们知道我在人间甚至都没有婚姻，并且我在那之前也一直觉得这并没有多大关系。

可是为什么突然之间竟然想要拥有一个孩子了呢？我当时想也许是因为我已经到了应该拥有孩子的年纪。是的一个人可以打破人生的一切正常轨迹，但到了某一阶段的时候，你还是会不自觉地产生某种渴望，就像性欲、食欲或者睡眠。所以说真正决定我们人生的正是这些潜在的欲望，它们如同在你出生时就已安放在你体内的一个个装置，随着它们的开启你就会有新的冲动。这大概也就是人间和天堂的最大区别。天堂里究竟没有了多少欲望我不清楚，但至少可以肯定，性欲是完全没有了的。你们知道，我现在怎么说也还算是“当打之年”，可是在这里这么多天了，我竟然从来没有过丝毫这方面的念想。我已多次想过这个问题，恐怕最大的原因就是在天堂已并不需要生育，而如果性欲依然存在，就会给这里的人带来无尽的烦恼。天堂里不应该有烦恼这是常识，所以相信也不会有什么人对此提出异议。出于好奇，也出于在人间的习惯，有段时间无聊的时候，我还在网上搜索过成人网站，并且也在一些书中翻找性爱描写片段，可是它们都已消失得无影无踪。我想天堂肯定不是害怕这些，而是这些在这里已经毫无意义，除了勾起你对人间的回忆。我现在还说不清楚天堂对于“回忆”是一种什么样的态度，不过估计不会太鼓励，因为一个人只有尽可能地扔下截然不同的过去才能真正地融入当下。可是当然总有一些事情我们不会轻易忘记也不想去忘记，尤其是你以后再也不可能拥有的那些。

我现在经常回想在人间的性爱，却说实话已完全想象不出它们有多美妙——似乎仅仅只是一种身体的释放，和大小便以及饥饿的时候进餐没有太大的区别。记忆中的性爱只是几个简单动作的反复和叠加，以至于我根本无法清晰地回忆起其中任何一次。第一次的印象稍许深刻一些，不过我清楚记得的也只是所在地点、对象以及所采用的姿势——不，还有动作以及最后射精时所感受到的那种失望——完全没有我所憧憬的那般美好。真正让我印象深刻的，反而是那几次没有成功的经历，来到女人的股间却被阻止或者在进入前便已倾泻，这样的遗憾恼恨羞耻远比一次水到渠成的满足更能在心底留下印记而且是黑色。可是正如满足不一定是快乐而遗憾也不一定是失落，就像我和老姑娘的那次——此外我还想补充另外一个例子。那是我在相亲期间发生的一件事情。其实我对婚姻一点都不排斥，也不知道有什么理由要排斥，我没有结婚并不是由于我个人的主观原因。就是在那一段时间，我反而觉得婚姻是一种堡垒，进入里面就可以阻挡屡屡来自他人的似乎理所当然的好奇关心以及怜悯甚至是怀疑。结婚是把自己交给了一个人，而不结婚自己就还是所有人的，所以为什么不结婚让自己更清静呢？当然我知道这仅仅是一个围城外的人想要进入前的心理，进入后也许想法就会截然相反。

我和女孩在一家咖啡馆里碰面。人是一个同事介绍的，地点也是他选的。她真的还只是个女孩，大学刚毕业，穿着一件绿色的颇为宽大的连衣裙掩饰着微胖的身材。我猜想那是她最满意的一件衣服，不仅仅是因为她穿着它来相亲，还因为什么具体我也说不清楚。她是那么急于把自己嫁出去，开门见山地问我工资房子家庭条件这些事情，尽管我的回答估计任何女孩都不会满意，可她似乎仅仅只是按程序问一下而并不是要将之作为参考。接下来她马上又说她结婚以后不想找工作不知我介不介意。我说这没有关系，养活她没问题只是不能过多好的日子。但她对这一点似乎也早就胸有成竹，又滔滔不绝地说起自己与母亲的关系。听到后来我逐渐明白了，她是毕业后一直没找到工作大概被母亲说了几句，一气之下决心把自己嫁掉再不靠母亲生活，而暂时的挫折已摧垮她的信心觉得自己以后再也找不到工作了。“你找对象不和你家人商量的吗？”我终于在她的话隙里插了一句，她立刻回答结婚之前会带我去见一下她父母的。到这时候我已经完全清楚，这是个还没有长大的孩子，而我有幸成为了她编排中的一个故事的主角。后来我所有的言语都用来暗示她应该更理智一些，可她始终浑然不觉。当我想要立刻结束自己那莫名其妙的角色时，就说了句不在她剧本上的台词：“我觉得我们好像并不合适，我们以后还是做朋友怎么样？”她脸上那些憧憬未来的光芒顿时消散了，并垂下头去很长时间一句话也没有。我也什么都没再说甚至没怎么看她，还不时把目光投向玻璃窗外，因为我担心任何关心的表示都会引起她的误解。“没事啊，那我们就做朋友啊。”出乎意料她微笑着抬起头来，不过我疑心那微笑是强装出来的。同时她站了起来似乎马上就准备离开，我也只得站了起来。“谢谢你，我要走了……有可能我会回老家去，以后我们就再也见不到了——你抱一下我行吗？”这突然的请求令我惊讶，脑中飞快想着她为什么要这样，可没有答案只是进一步感到了她的幼稚。看了看四周，有几个人已经在盯着我们了，可我怎么能因为尴尬而拒绝一个女孩这样主动的请求？我抱住了她，感受到了柔软以及来自一具纯洁身体的清香。我暗暗祝她好运同时竟感到了担忧与失落：现在的她多么需要人保护，而如果她一定要嫁人，这个人为什么不可以是自己？可是我已没法把自己刚才的话收回。

她离去后，说实话我一直都在思念她，有次还梦见她被人欺骗生活凄惨，而在梦里我竟然毫不怀疑这都是我造成的。所以当仅仅半个月后，我又接到她的电话她说要来找我，我的心情真不知该如何去描述。在等待的过程中，我已将她视为我的女友甚至妻子，并也开始计划起我们以后的生活。我怎么能想到自己也会成为她那部荒唐剧本的合作者呢？这一次见面，女孩似乎完全忘记了我对她说过些什么，反而似乎是相信我们上次就已约定了要在一起，于是我也就假装事实就是如此。当天晚上她留下来了，我们躺在唯一的那张床上。我忍不住脱光了她，首先就是上次她穿的那件绿色长裙，她本打算穿着它睡觉。她没有拒绝也没有羞涩，只是身体僵硬双手一动不动，我将舌头伸进她嘴里也不见任何回应，而当我不停地吸舔她的乳头时她依然如此甚至于还问了我一句“你在干什么啊？”我差点就泄了气，难道她连这个都不懂？而且怎么会没有感觉这真的是个正常人吗？为了释疑我立刻将手摸下去，找到阴蒂后一阵抚弄终于听到了呻吟。这时候我内心腾起一股征服的欲望，更加卖力地挑逗她，她的呻吟越来越大，同时身体开始焦躁地扭动。她还终于闭上了那一直好奇地注视着我的眼睛。我再次吻向她饱满而坚挺的乳房，小小的粉色乳头已经胀大、硬实，舌头在上面的每一次划过都能带起她身体的一阵颤动。她的肌肤雪白滑腻，身材丰腴而不失匀称，似乎一切都出乎意料的美好。当我怀着前所未有的巨大渴望将下体贴向她的时候，身体的快感一阵接着一阵，以致终于控制不住精液全都喷在了她那门口。记不清是多久之后，我开始感到后怕，并庆幸自己并没有给她最后一击，那无疑也会是给我的一击，因为我越来越清醒地意识到我不可能娶她——虽然我知道不可能有完美的妻子，可是至少也不能是她这样连交流的可能都没有，而且和她在一起需要我付出的精力和责任，肯定也会远超我的预期。她洗了澡把衣服又都穿上了，再次来到床上的时候，只是待在床的边沿。于是我明白了刚才发生的事情并非她所愿，只是她自认为不可以拒绝因为她目前正依赖于我。所以接下来仅仅是出于自尊，我也不会再碰她。睡觉前我还劝她躺进来一点，并申明什么也不会再发生了，可是她回答说没关系的她那样就很好了，分明是受了伤害的样子，而且也并不相信我。她难道觉得只有通过这种方式才能表明自己的态度？我甚至想如果我真的还想继续，她恐怕也依然不会直接拒绝。想到这些，那种想要保护她不被人伤害的情感又回到我身上，只是这一次我很清楚我并不要为此去做什么，只要保证自己不去伤害她就已足够。考虑她的未来这已超出了我的能力范围，我只能祝福她以及至少让她平静地度过这一夜。我不知道是什么时候睡着的，而她似乎始终一动不动地待在床沿。一大清早她就惊醒了我。她似乎早就起床了，见我醒来就说她要走了。“这么早你去哪里？”我只是礼貌性地问她。“回家啊。”她的声音似乎显得欢快，不知道是为什么。“哦，那你注意安全。”“我会的，谢谢你啊。”我正想说声不客气，她又补充了一句“你是个好人”，于是我就什么也不说了。她走的时候我没有送她，甚至都没有起身。她是如此急切，想必昨晚根本就没有睡着，早上还故意吵醒了我，而且她肯定也在庆幸昨晚并没有真的发生什么，而且我是个“好人”。经过这一晚上，不知她会长大多少，不过她迟早会成熟起来的——想到这个我又感到失落，并且确信她再也不属于我。后来的日子证实了我的判断。她再没有出现过，可我则一直对她怀着思念。我想念她那美妙的肉体以及纯真同时幻想着她某一天又会突然出现在我面前。我不知道这算不算是一种爱情，可是这一点对现在的我已毫无意义，除非那天晚上我真的做了什么以至继续与她保持着关系，那样她就不再是我生命中一道擦边的曲线而是至关重要的一环。但这是不可能的，因为我可是个好人。所以后来我没有主动给她打电话，就是害怕自己真的会伤害到她。可是她真的会认为这是对她的一种伤害吗？无论如何她都不会永远纯洁，她不是生活在真空之中——可我是个好人。朋友们你们大概也是这么认为的吧——也许这就是为什么我现在来到了天堂。

天堂里的人确实都是好人。在这里我遇到的每一个人都是如此友善，还有这里的一切都井然有序，各种规章制度也都是如此文明，这些你们都可以想象。我也许永远都不会忘记自己来到这里的那一天：我从自己家中的床上醒来，睁开眼睛后看到了一张亲切的面庞，它虽然是陌生的，就如同当时我眼中雪白的墙壁、粉色的窗帘以及窗外仿佛有一架直升机盘旋的连续不断的轰轰轰的声音——后来我知道那源于我楼下街道上的车流。那张面孔的主人属于L先生。见我醒来，他便以一位精彩解说员的风范告知了我应该知道的一切。“这里真的是天堂吗？”我忍不住反复地询问，L先生也许担心我会过于激动，只是微笑着点头，而他即使不说话，那张脸也是流光溢彩。那天我眼中的一切都是如此辉煌，于是心想永生以及永恒的幸福就应该是这个样子的，这里确实是真正的天堂。那天L先生长久地陪伴着我，又解答了我不少疑问，其中包括他的身份是我们这栋楼里的新人“引导员”。不过后来我还经常看到L先生在打扫楼道的卫生、帮人解决水电安装维修问题甚至是通厕所等等，我已经说过在天堂里做任何工作都是出于喜好，想必L先生也是如此。待的时间一长，我就越来越能理解L先生，似他这般每天忙碌也正是我所需要的，而我的邻居中就有太多的典范，比如一位老先生每天出去在路边找人下棋，一位老太太每天马不停蹄地准备三餐，再邀请我们出席，还有的每天去打麻将去购物去遛狗玩游戏唱歌跳舞练习演讲变魔术做演员……似我这样每天只是看书，在他们看来是危险的，于是纷纷劝我找点真正的爱好。我当然会去找自己的爱好，可是那么多的选择我还需要想一想。我想起在人间看过的一个电视节目，那是一群人在滑雪：一个人先站在积雪的峭壁边，看吧哪怕只是站在那里不动俯身看一眼，都会让人胆战心惊。他跳了一下更靠近了一点，然后身子一倾。后悔已经来不及想要停住也已来不及。如同一片树叶掉进了湍急的水流。看吧那飞溅的雪将他淹没，可他依然急速地前进，时左时右身体在晃动。随时都有凸起的石头或者断沟以及过于陡峭的崖壁，你看前面就有一道障碍，过去了就将临空下坠，可是你看他真的冲了上去在空中旋转旋转。哈，掉下去了，根本不可能站稳，翻了个跟头然后还在翻，也许会撞到什么那他就完了。而这时镜头又投向了下一位，是个女人。她也没有丝毫犹豫，最后还是在翻跟头……我经常想起这个，我最想尝试的恐怕就是这个。虽然我知道自己绝对没有胆量，而且现在这里只是城市没有雪山，而即使有雪山，天堂恐怕也不会允许这种危险运动的存在。是的，天堂也有它的遗憾。它只是一座你走不出的城市，并且没有爱情没有你想要的很危险运动。另外我想说的是这里也没有孩子——也许他们是在另一个专属的天堂里，有玩不完的游戏天天乐此不疲。不过说到这些当然是我太求全责备，不可能事事都如人所愿，归根结底人的欲望是无穷的，所以我现在唯一要做的就是好好享受我所拥有的这一切。每天一起床想到你什么都可以不用去做，也什么都不用去操心，这是多么惬意。你随时都可以出门去散心，走路也好坐上公交或巴士也好——是的我现在还没有自己开车，可是迟早我也会去拿驾照再从随便哪个店里开出一辆。不过说真的我还是喜欢走路，因为我不需要赶时间而且这样更随意：随时可以钻进哪条小巷或者爬上某座屋顶。我对住所附近已经越来越熟悉，但好在这城市是无穷的，不会缺少我要去的地方。现在想一想我还真的是去了不少地方了啊——看吧我穿过城市的街道各种车辆红绿灯阳光普照阴雨绵绵，穿过陌生的男女大把大把和蔼的面孔，穿过形形色色的建筑尖的方的圆的扁的，穿过商场吃的穿的不用付钱拿起就走，穿过餐馆穿过菜市场穿过公园穿过隧道穿过大桥小桥以及别人的脚印……我就是这么大摇大摆逍遥自在穿行在这茫茫无边的城市。是的我是茫茫宇宙的一颗星啊永远都不会停止旋转，想到这个还真是让人眩晕。所以我不愿意去多想未来，而只是想想人间生活那么短暂匆忙一目了然。不过最近这样的回忆也会出点问题，有时我就搞不懂有些事情或感觉到底是什么时候发生的，比如在路上看到一个似曾相识的地方，我就搞不清到底是在什么时候有过类似印象，不知是在人间还是在天堂；有时我见到一张眼熟面孔的时候也是心里打鼓，在想也许他是我在人间的老相识，又或者只是在天堂里有过一次擦肩。是的我知道这都是因为我在天堂待得越来越久，而这样的情况只会越来越频繁地发生，说不定有一天我就再也无法清晰地区分回忆里的天堂与人间。其实这也没多大关系，因为它们都是我的过去，无论什么事情只要它值得回忆我就去回忆。当然人的记忆也是不可靠的，有时你就说不清有些事情是真的发生了还是仅仅出于你的想象，甚至于有时候你都不知道某件事它并没有发生，只是你想它应该会发生就以为它已经发生了，比如有时我一起床就想着要刷牙，结果没有刷就出了门还以为自己刷了并且清晰地回忆起刷牙的情形，其实那只是从前的，而同样有时我也会忘了吃饭却以为自己已经吃过了，忘了去社区活动室和人打牌却以为已经去过了，忘了看一场球赛却以为已经看过了……生活在重复，我的记忆也在重复，因而有时候我简直分不出真假，就像我走在路上，两旁都是熟悉的街景脚下是熟悉的频率身体是熟悉的感觉，因而一时恍惚不知道自己是真的在走，还是仅仅是对过去的一种回忆乃至是对未来的一种感应。所以亲爱的朋友们，我已经说过的那些事情也有可能从来就没有发生过。可是这又有什么关系呢，反正你们什么都不会看到，我们之间根本就无法联通。事实上我只是在说我想说的话，我可不在乎它们有没有意义。是的，我不在乎什么意义并且在乎又有什么意义呢？

是的是的那就这样子了吧——

拯救者

李君圣走近校门口的时候，左右两边各来了一个穿棕色夹克的人，一胖一瘦，同款或许还同样大小的夹克，在他们身上显得一小一大。李君圣不自觉地停下了脚步，心里想着可以把他们身上的衣服调换一下，但随即意识到问题并不在于衣服。那两人的手几乎是同时捉住了李君圣的胳膊，在手肘上面一点。他心头一凛，想要挣扎并大喊一声，但对方显然训练有素，在加大手上力度的同时，那个胖子发出一声威严的低吼："别出声！"李君圣竟然条件反射般地顺从了。

当两人将李君圣挟向附近一辆蓝色别克商务车时，李君圣脑海里翻过一些电影里的片段——难道这就是绑架？他心底几乎没有一丝恐惧，有的只是好奇：自己这样的小人物，有什么值得绑架的呢？再说自己也一向安分守己，自然也就劳驾不到某些神秘的执法者。车里除了一个穿黑夹克的司机，就只有他们三个人了。上车之后，那两人就松开了李君圣的胳膊，将他推向后排，他们则坐在当中那两个隔开的位子上。李君圣完全可以从后面夹住一个人的脖子，或者是在随便哪个脑袋上砸上一拳，但在事情没搞清楚之前，他不想让局面变得不可收拾。所以他只是一边揉着被抓酸了的胳膊，一边以一种商量的语气问前面的人是不是搞错了，他只是一名普通的初中历史老师，马上就到上课时间了，学生们还在教室里等着他去上课呢。

李君圣的询问没有得到任何回答。前面的司机只顾着开车，那两个“棕夹克”则全都直视前方，仿佛早已把李君圣抛在了脑后，而事实也正是如此。

“我叫李君圣，木子李，君子的君，圣人的圣。你们确定要抓的人是我吗？会不会是一个和我长相相似的人？我这里有身份证，你们好好看一下好不好？”

李君圣从裤兜里掏出钱包，取出夹层里的身份证，然后将它伸到那个胖子眼前。胖子将手一挥，那张身份证就被打落到了过道里。李君圣屁股离开座位，想去把身份证捡起来，这时那个胖子又发出一声低吼：“老实坐着，不要动。”胖子那巍峨的身躯以及那张粗糙黑脸上透出的严峻，使得李君圣感到一股无形的压力，屁股不自觉地就落了下去。但这一次，李君圣为自己的顺从感到羞耻，而羞耻又马上转化成了愤怒。要不要朝那张黑脸擂上一拳？他瞪向那张黑脸，仿佛在寻找落拳的部位，而手指上已提前生出一种灼热的感觉。

这时候那个瘦子弯下腰去，在过道里拾起了李君圣的身份证。他将身份证的正面端详了一番，然后朝李君圣转过脸来。李君圣这才清楚地看到他的长相。那是一张白脸，脸很长，鼻子很大，这让李君圣感觉找到了一个绝佳的打击目标。

“君子的君？圣人的圣？嗯——好名字。”

瘦子边说边点头，脸上还带着笑意。李君圣搞不清他是真心夸赞，还是故意讽刺。

“你放心，我们是不会搞错的。”瘦子始终面带微笑，仿佛心情很不错，而且似乎随时都会吹起口哨来。

李君圣已能完全确定瘦子是在调侃自己了——如果要让自己放心，就得说是他们搞错了；而如果说他们肯定不会搞错，那他怎么可能放心呢？李君圣感觉自己正面临身体与智商的双重欺辱，但之前的那股反抗的冲动，却怎么也找不到了。也许是对方那种完全不把他放在眼里的态度，让他意识到自己绝不能再恼羞成怒，眼下只有冷静和克制，才能为他保留住最后所剩下的那点尊严。

别克商务车朝着城北一路驶去，过了区别于城内外的二环线，依然继续向前。道路两旁的建筑物越来越稀少，取而代之的是一个个小山头、一块块荒地。深秋时节，山头上的树木依然葱茏丰茂，荒地里的野草则开始泛黄，显得稀疏起来。早晨的鹅黄色阳光或在草木上跳跃，或如雨水一般流淌在漆黑的路面。李君圣觉得这真是一个郊游的好日子，如果此时与自己同车的是自己的妻儿，那就再美好不过。想到正在商场里上班的妻子，尤其是那个几乎和自己长得一模一样的儿子——他此时正在幼儿园里蹦蹦跳跳，他心里就一阵恐慌，生怕再也见不到他们，而即使什么事都不会有，他也不想他们为突然找不到他而担心。他想到应该给妻子打一个电话，如果有可能，还可以打给学校领导，一方面告知情况，另一方面希望他们能够有所行动。手机是和课本一起放在一个青色帆布公文包里的。他记起自己被两个“棕夹克”抓住之后，那个瘦子立刻夺去了他的公文包，但至于他是如何处理它的，他就毫无印象了。他是带到车上来了吗？这种可能性不大，因为李君圣在上车之后，就一直没见那个瘦子手上有什么东西，而且他那座位上也看不出搁了一个公文包的样子。包不算小，即使是藏起来，也难免露出些边边角角，何况那瘦子根本就没必要刻意去藏。难道是扔掉了？李君圣觉得只有这种解释才说得通。难道他们知道我那个包里有手机，故意不让我带上车？他们是怎么知道的？是不是已经盯了我很多天了？李君圣又想起瘦子说的那句“我们是不会搞错的”，心中的疑惑便越发地多起来，而最大的疑惑则是不知自己为什么会被这些来路不明的人给盯上。

虽然李君圣想过要再次向那两个“棕夹克”发问，如他们为什么要抓他，他的公文包去哪儿了，他们这是要去哪里之类，但他知道对方肯定不会回答，因为如果换作自己，也不可能对自己抓捕的人每问必答，这不光是为了保守秘密，也是为了保持自己的威严以及优越感。他并不希望自己的行为唤起两个“棕夹克”的权威意识，所以一直保持沉默。而为了给自己打气，他还一直在心里表达对那两个人的蔑视：两个打手、狗腿子而已；力气或许是有一点，可脑袋里会有些什么呢？如果有什么，他们就不会做别人的狗腿子了！当然李君圣也还是客观地分析了两个“棕夹克”可能的身份：由于穿着统一的服装，行动又干脆利落，而且还有专车接应，所以他们及背后的人肯定不是乌合之众。而他们的行为并不光明正大，所以很可能不是官方的组织——至于秘密的官方组织，他认为自己肯定不会和他们扯上关系。那么剩下的可能就是，这是某个民间组织或私人的行为，难道是某些或某个人看上了自己的专业知识？又或许是自己无意中欠下了一笔巨资？又或许是与妻子有关，他听她说起过他们商场老板四处融资，还以高提成为诱惑，鼓励员工们为他这么干——可妻子如果真的融过资，他起码也会知道点风吹草动……想得越多，他越感焦躁，只希望车子能够快点到达目的地，哪怕一开车门，眼前就是地狱的入口，他起码也能舒上一口气。李君圣觉得眼下连呼吸都是困难的，因为车窗紧闭，因为车内沉闷的气氛，而且车内隐约还有一股让他感到不安的消毒液的气味——一开始他还并不肯定，以为那可能源自一种比较特别的香水，但渐渐地他就十分肯定了。在车里面喷消毒液，这是什么缘故？难道这车子里面曾发生过需要喷消毒液的事件？想到车子正朝着郊外越开越远，李君圣的心就一阵阵地抽缩起来。

过了被称之为三环的绕城高速不远，商务车左转进入了一条才修好不久的沥青路。路面油光发亮，路边的那些碗口大樟树刚刚从别的地方移栽过来，枝叶稀零，树下还有一圈新鲜的黄土。靠近路口，即有一个小山头，山头上有一道白色的围墙；围墙后面隐约有几幢最多三层的建筑，贴着毫不打眼的白色瓷砖。当商务车拐上一条上山的水泥路，李君圣立刻意识到那围墙里面应该就是他们的目的地。尽管他曾经多次路过这个地方，对那山头上的围墙及建筑却从来不曾留意，也不知是不是最近才修建起来的。而他想即使从前留意过，也肯定会以为那里不过是一个水厂，或者是一个小型仓库。只往上开了一百来米，商务车就停在了有着一道电子伸缩门的大门口。司机轻按了下喇叭，那电子门就徐徐收缩。在等待的过程中，李君圣发现那门口并没有任何招牌，而门内也毫无人迹和声响，仿佛那里还处于一种尚未被使用的状态。

车子进了大门，眼前就是一个有花坛和树木的小广场，广场后面是一幢三层小楼。车子开到了小楼的台阶边上，那瘦子拉开手边的车门，率先跳下去，然后那胖子也从同一侧跳了下去。李君圣知道自己别无选择，也起身往门口走，顺带扫了一眼瘦子坐过的地方，并没有发现自己的公文包。难道真的是扔了吗？李君圣对于公文包尤其是手机的丧失感到懊恼，心里只希望有人能够捡起来送到学校里面去。他此时对于自己的人身安全倒不怎么担忧了，因为车子并没有开到什么烂尾楼或深山老林里面去，而且眼下这个地方虽然没有招牌，却也并不像会发生血腥事件的场所。当他的双脚踏在地面之后，内心就变得更为沉稳、安然起来。温煦的阳光、清新的空气以及头顶淡蓝色的天空，都使他的感官瞬间变得灵敏，这是他正在活着的证明，也是他将继续活下去的证明。四周是一个小型办公场所的样子，大概是附近某项大工程的临时指挥中心。难道是他们在挖掘工地的时候发现了什么文物或古迹？李君圣想到自己作为一个历史老师，和考古工作虽然能沾上点边，却也依然算是一个门外汉，而且对方找他过来的方式也实在令他费解，所以他提醒自己既来之则安之，没有再去多想。这时两个“棕夹克”已又抓着李君圣的胳膊往那栋小楼门口走去。其实这时候即使两个“棕夹克”已经离开，李君圣也会主动往小楼里面去的，因为与恐惧相比，他心里的好奇还更多一些。

小楼门口两扇暗红色金属大门只有一扇敞开着。到了门口，那个瘦子便松开了李君圣的手臂，先让胖子和李君圣并排进去，随后就一直跟在他们身后。一进门内，李君圣就又闻到了一股消毒液的气味，而且比刚才车子里面的要浓烈很多。楼里面一片沉寂，而且光线有些昏暗。李君圣很快就确认了一楼没有一个房间，只有几个吧台式的东西将它隔成了几个部分，几个靠窗的地方摆了几张西式风格的深褐色绒面沙发。地面是白色瓷砖，墙面也是一片雪白。楼层很高，天花板上吊下好几架庞大的水晶灯。一切都显得整洁而又庄重，仿佛随时会迎来一大批贵宾。胖子带着李君圣朝正前方的电梯走去。电梯敞开的时候，李君圣立刻想到了医院里的电梯，也是又宽又长，而且四壁光秃秃的，完全没有小区电梯里的那些广告招牌。三人都进去了，瘦子在那排竖着的从 3 到 –1 四个数字中按了“2”。电梯门慢悠悠地合拢，然后无声地升上了二楼。

一出电梯，对面就是一排办公室的样子，但每个房间的门都紧闭着，门边门上也都没有牌示。走廊里也是消毒液的气味，也是白色瓷砖、雪白墙壁，只是顶上是银色铝扣板和四方形的 LED 灯。李君圣被推到了几步外一扇暗红色的木门前。胖子在深呼吸了一口气后，轻敲了几下门。“请进！”里面传来一个不大却异常清晰的声音。胖子按下门把，将门推开，然后朝李君圣横了一眼，随后摆了下头，显然是命令他进去。李君圣嘴角撇出一个冷笑，很想告诉胖子他不来那一套他也会进去。他的脚比意识快上一步，人已到了门内，随即一声轻响，门就在李君圣身后合上了。

李君圣身在一条一米多宽的过道里，右侧是一个卫生间的样子，一扇不透明的玻璃门关闭着。走了几步后，李君圣就看到了余下房间的全貌，眼前宽敞而明亮，甚至可以说得上是华丽——尽头是占据了墙面一大半的窗户，可以看到外面的小广场，几棵樟树的顶端枝繁叶茂。窗台上摆放着好些花草，或栽在盆中，或插在玻璃瓶里，有向日葵、矢车菊，以及绿萝兰草之类，色彩鲜艳，生气盎然。靠窗垂直放着一张暗红色的大办公桌，桌后是一排暗红色木质书架，透过玻璃窗，可看到里面插满各类书籍。书桌对面则摆放着一张长形沙发，也许是很少使用，上面整齐地覆盖着粉蓝色碎花纱布。靠近卫生间的那侧还有一张一米来宽的小床，床单和被子都是粉红色的，床单一丝不苟，被子也是方方正正地码在床头正中。

一个五十出头的小个男子坐在办公桌后。他身上也是夹克，不过是藏青色的，不仅比那两个“棕夹克”的显得合身，布料也更为雅致。见到李君圣进来，他立刻从黑色皮质办公椅上跳起，然后几乎是蹦跳着绕到沙发那里，将那沙发上的碎花布掀开一大半，然后一迭声地请李君圣坐过去。他身子微弓，声音里几乎是透着喜悦，仿佛是迎来了自己渴慕已久的梦中情人。

那是一张淡绿色的皮质沙发。李君圣往上一坐，感觉整个身子都陷了进去。这时候，那小个子已在沙发边的一台饮水机那儿用一次性纸杯接水。小个子把水杯递给李君圣时，还体贴地要他小心，水还有点烫。

李君圣有些恍惚，不知为何来到这里后，待遇竟会截然不同。眼前这人大概就是那两个“棕夹克”的主人，或者说是他们的上级，而他有什么理由要对自己如此客气甚至殷勤呢?

“开门见山吧，你们找我来有什么事?”李君圣的语气并没有因对方的客气而显得温和；也许，正是因为对方的客气，才让他觉得有了强硬的资格。

“他们没有太放肆吧?”小个子坐回到了椅子上，隔着办公桌和李君圣说话。尽管李君圣几乎比小个子高出一头，但因为在沙发上陷得太深，而对方的椅子又比沙发高，所以他们基本上处于平视的状态。小个子不光身材小，头以及头上的所有部件都显得小，仿佛只是正常人的袖珍版。

从小个子的表情上，李君圣看不出他到底是真心关切还是随口一问。他顶着一头茂盛的短发，其间刺出不少银丝；脸色红润而光泽，眼角却已有了较深的皱纹，整张脸上的皮肤也已有了下垂的趋势。他一直面带微笑，但眼中则始终看不到什么光彩，仿佛那不过是两眼深井中常年不见天日的死水，如果与之长久地对视，恐怕任何人身上都会泛起一股寒意。

“什么叫放肆?如果是说他们有没有拿枪顶着我的脑袋，那倒没有。”李君圣陡然感到一阵厌恶。无论是小个子的长相还是他做出的种种样态（他此时已认定小个子的殷勤都是虚情假意），都让李君圣感到某种怪异的不安，因为那些都是不正常的——即使是和那两个“棕夹克”待在一起的时候，他也始终没有生出这样的感觉来。他恨不得立刻夺门而去，只是因为想把事情彻底搞清楚，才勉强克制着自己。他决定不再直视小个子，视线就在他的周围打转，但他觉得眼中所见的一切，也全都显得不正常起来——那些花草的色彩过于鲜亮，那排书架里的书全都是精装版，宽阔的办公桌面上空空荡荡，只有一台十七英寸的显示器和一个不锈钢银色水杯……

“好吧，那我们就开门见山好了。”小个子保持着他和蔼的风度，一个细微却富有穿透力的声音，让李君圣觉得耳朵里正被敲入一颗颗钉子，“我确实是很高兴你能够来到这里。这次或许是我的幸运，因为你是个学历史的——”

“学历史的和来这里有什么关系？”李君圣不由自主地又将视线挪回到小个子的脸上。

“没有任何关系——你先听我慢慢说，有什么疑问可以等会儿一起再问。”

李君圣把头扭向了窗外。

“你知不知道这个世界上有那么一小部分人会得一种很奇怪的病？你点头就代表知道是吧？在这些病里边，有些是对他人没有危害的，有些则有危害——危害有的大一点，有的小一点；有的比较明显，有的不怎么明显。打个比方说，二〇〇三年的‘非典’事件，你是经历过的是吧？我所说的这种有危害性的病，就和‘非典’类似，因为它是有传播性的。直接点说，就是你身上也有一种具有危害性和传播性的病——”

“我有什么病？”

李君圣从沙发上跳起，身子朝办公桌那边扑了过去。

小个子仰视着他，脸上不动声色，这让李君圣备感自己的孱弱，于是又坐回到沙发上，同时提醒自己不要再显得过于惊慌失措。

“有些病是根本没有名字的，或者说是暂时还没有名字，因为发现得极少，甚至是前所未有。你的病就是这种情况。”

“那这样的病对别人有什么危害？”

“目前还不清楚。”

“还不清楚！”李君圣差点又跳了起来。

“确实是这样。”

“那你们是怎么知道我有病的？”

“我们有我们的方式，而且是非常准确的方式。”

“那就是你们绝对不会搞错啰？”李君圣又想起瘦子说过的话。

“那当然。”

李君圣笑出声来。

“我想你肯定清楚，你这么说是肯定说服不了我的。”

“我并不想说服你，我只是想坦诚地告诉你所有的事实，然后再请你做出自己的选择。”

“什么选择？”

“这个等一会儿再和你说。”

“还要等什么？”

“我再和你说另一个事实吧——就在你眼前，我自己。你是不是觉得我的身材有点奇怪？我现在的身高是一米四七，但三十年前，我的身高是一米七八。”

“缩小症？”李君圣随口一问，带着幸灾乐祸的快意。

“你可以给它取个这样的名字，不过我想补充的是，我这种症状也会对身边的人产生影响，就类似于传染。你有没有发现我们这整栋楼里都没有别的人？就是因为一旦有人和我接触，就可能受到传染，而且传染起来非常容易，就是你和我面对面地这么说话，也会受到传染。”

“你的意思是我也会被你传染？”

“是这样的。”

“那你为什么不早提醒我？”

“因为我要让你看到事实。”

“难道我马上就会缩小？”

“应该快了。”

李君圣又想笑，但这次没有笑出来。

“你不是跟我开玩笑吧？”

“我为什么要跟你开玩笑呢？”

李君圣透过小个子虚浮的笑容，直视他那双死水一般的眼睛，感觉至少是那双眼睛里的寒意，已传染到了他身上。

李君圣感到了全身骨骼的疼痛，就好像它们正被什么东西来回刮擦一样，随即整个身体开始发烫，有几个地方的皮肤还又痒又麻。李君圣想到可能是刚才喝的水的问题，便拿起已被他搁在办公桌上的纸杯。那里面还剩下一点水，他拿着杯子摇晃了一下，那些水显得透明而又坦荡，根本看不出任何问题。

“不是水的问题，这水我天天喝。”

“那是什么问题？”李君圣勉强张开嘴巴，只觉得口腔里喷出了一股热浪。

“我已经和你说过了，你已经受到传染。以我的经验来看，最开始的时候，你基本上每天都会感到骨头和皮肤在收缩，当然会伴随着一定的痛感或别的反应。还好每天的时间不会太长，只是偶尔一阵一阵的。过段时间之后，你身体上的反应就会越来越弱了，因为你的身体会自动地去适应那种收缩，就跟你习惯了冷热，慢慢地就不觉得冷热了一样。”

李君圣将后背靠在沙发上，痛苦得闭上了眼睛。在一阵与痛苦抗争的过程中，他恍惚觉得自己正在迅速缩小，最后整个躯干都已不见踪影，只有一颗正在熊熊燃烧的脑袋依然搁在那里。

小个子朝李君圣走过去，拿过他手里的纸杯，去饮水机那里接满冷水，然后将杯子伸到李君圣嘴边。

“多喝点水会好点。”

李君圣机械地将嘴张开，小个子就将水朝他的嘴巴里灌去。一杯水见底，李君圣合上嘴巴，然后又张开来，呼哧呼哧地喘气和呻吟。

李君圣睁开眼睛后，过了好一会儿才明白自己身在何方。随后，他便在自己身体上摸索起来，想要知道自己到底缩小了多少。

“你一下子是看不出来的。”小个子还是坐在李君圣对面，也还是与他平视，但李君圣觉得对方有了一种高高在上的姿态和语气。

“那你怎么能让我相信呢？”李君圣猛地站起，朝着小个子怒吼。太多发怒的理由让他再也无法克制。

“身上不痛了吧？”小个子仍是一种关切的语气。

“别来这虚伪的一套——”李君圣挥了下手，“你老实跟我说，到底想要我干什么？”

“你先坐下来嘛——刚才你的表现就很好。”

李君圣“哼”了一声，却还是坐了回去。

“我想要你做的事情，其实就和我一样——比如说，发现像你一样的病人，再把你找来，跟你说明情况。你知道，和病人交谈还是比较耗费心力的，因为病人的情绪一般都比较激动，而我现在年纪一大把了，只想能够平静地迎来我的晚年——”

“就这么简单？”

“你觉得这很简单？——哦，有些事情我还没跟你说，就是你今后都只能待在我们给你安排的地方，而且你只能一个人独处——”

“那跟坐牢有什么分别？”

“事实上，坐牢比这要轻松很多，因为你只能独处，还完全不能让外界知道你的存在。甚至于你还有生命危险，因为你可能会被病人传染某种快速致命的疾病，不过这种可能性不大，因为我们所发现的，都是发病之前的病人。”

“那这样活着还有什么意义？”

“意义就在于，你可以通过自己的工作拯救很多人。我们再说到‘非典’，如果第一个‘非典’病人在发病之前就被你发现了，你是不是可以拯救很多人？”

“那你们当时怎么没有发现他？”

“对此我们深感愧疚和遗憾，但任何工作都不可能是圆满的。”

“你们发现的那些人都去哪儿了？”

“那要根据病人自己的选择来定。”

“什么意思？”

“有两个选择，一种是配合我们，成为我这样的人或有别的安排；另一种，我想你自己也能够想到。”

“解决掉？”

小个子在桌上敲了下手指。随后，他又抬起手来：

“我们得为更多的人负责，所以必须根除后患。”

“你选择哪一种？”在经过几分钟的沉默之后，小个子大概觉得时间已到，开口询问。

李君圣几乎还没有想过选择的事情，哪一种他都不愿意。此刻在他脑海里翻腾的，几乎全是妻子和儿子的形象。他还完全无法想象自己竟然会再也见不到他们。

“你们还根本不知道我得了什么病，就要我做选择？”李君圣注视着窗外的一棵樟树，想着自己为什么不能像那棵树一样自由自在地生长。其实那棵树也没有自由自在，它一定是从别的地方移植过来的，李君圣很快又想到了这一点。

“你的心情我能理解。三十年前，当我面临选择的时候，我的表现比你要慌乱和狂躁很多，也许是因为那时候我比你现在更年轻。说实话，我当时可以说根本就没有做选择，因为我头脑里只有一个念头，那就是活下去。只有活下去才一切皆有可能嘛，有些病是可以治疗的。除此之外，你还经常可以通过一些科技手段远程看到你的家人——你很希望能再见到他们对不对？”

“如果我什么都不选呢？”话一出口，李君圣便意识到自己说了一句胡话。他知道自己的头脑已经不够清醒了。

“能不能过几天再选？”

“只怕会来不及。”

“你之前提到我是学历史的，这和我做选择有什么关系？”

“因为你是学历史的，我想你会更懂得一个人对历史意味着什么。”

“意味着什么？”

“什么都不是。”

“所以我会选择去死？”

“死是容易的。如果你懂得了人在历史中的渺小，你不会那么急着去死，因为你迟早会有一死。所以你会选择活下去。”

“你这是在引导我做出选择。”

“我只是提前说出了你内心的选择。”

“你还没有想好？”小个子又催促起来。

李君圣依然在盯着窗外的那棵树。他看着它那些呈现出红黄蓝绿多种色彩的纷杂树叶，那些经受过日晒雨淋的黑白交错的枝干，一切都呈现出不完美的形态，并不是图画里的样子，也不是一般文字里的样子，而是一种切切实实的存在。

“我不会做出选择。”李君圣面朝窗外，好像是在和那棵树交谈一样。“因为我一旦做出选择，就意味着我相信了你。但直到目前为止，我依然对这一切心存怀疑。虽然你在某种程度上让我看到了某种事实，但眼中所见的事实并不一定就是真相。我是个学历史的，而历史最让我感受深刻的一点，就是一切都是值得怀疑的。你不是老提‘非典’吗？‘非典’的历史就告诉我，很多真相是没有透露出来的。”

“你怀疑我在对你撒谎？”

“难道没有这种可能？”

“那我为什么要撒谎呢？”

“撒谎的理由有多种，有的还特别奇怪，或者是出于喜好，又或者是出于习惯。”

“如果你坚持不选择，那其实也等于是做出了选择。”

“我知道，但这就成了你的选择，与我无关。”

“好吧，虽然这样会让我觉得惋惜，但我不得不这么做。”

“那是你的选择。”

“你难道不害怕？”

“你不是说人迟早会有一死吗？”

“但你的人生还可以更有意义。你的名字不是‘君子的君，圣人的圣’吗？一个人怎样才能成为君子或圣人呢？”

“名字又不是自己起的。”

“是你父亲起的吧？”

“他是胡乱起的。”

“那可不一定。”

“你又不认识他。”

“我们是同代人嘛。”

“对，你们确实是同代人。”

李君圣知道自己可以离开了，却迟迟无法把身体从沙发里面拔出来。他从来没觉得窝在沙发里会那么舒服，所有的骨骼和肌肤都处于放松状态，仿佛重力再加大一点，它们就很可能崩塌成一摊烂泥。他的眼睛也在贪婪地汲取一切颜色和形状，窗外的树木，窗台上的花草，书桌，书架，似乎全都变得生动而完美，不可能再是另外一个样子。难道这就是临死前的感觉？但他也还几乎并没有想过自己马上就会去死。外面的阳光依然鲜亮，空气也依然清新，而心跳也还那么急促，怎么可能马上就会去死呢？

然而，当李君圣的视线再次投放在小个子身上时，他对于自己的不死的信心就没那么坚定了。不知从什么时候开始，小个子已彻底卸下了笑容，那脸上只看得到坚硬的线条，并且还散发着丝丝寒意，仿佛一张刚从冷库里取出来的钢铁面具。李君圣感觉得出，那不仅仅是一个拒人于千里之外的表情，而且还夹带着一种憎恨，是那种对外界的一切全都不加选择也不问缘由的憎恨。也许，死神的样子就是如此——李君圣感到全身泛起了寒意，不由自主地站起，并迅速朝门口走去。

一拉开房门，那两个“棕夹克”的身影就闪现在李君圣面前。李君圣扫过他们的脸庞，心底又升起一个念头：难道他们就是黑白无常，或者是牛头马面？他意识到自己可能真的在劫难逃，心又往下沉了沉。两人抓住了李君圣的手臂，然后将他拖向电梯——李君圣此时似乎已经忘记该怎么走路了。进了电梯后，那个胖子按下了那排按钮中的“–1”。李君圣盯着那个发亮的血红数字，好一会儿才明白过来他们是要带他到地下室去。地下室里会有些什么呢？漆黑的暗室里滴血的刑具以及受刑者凄厉的喊叫掠过他的脑际，他顿时感到五脏六腑一阵翻腾，食道里涌起呕吐的冲动，与此同时，他全身一阵发软，头和膝盖都往下垂去。

不知出于什么原因，电梯门迟迟不见敞开。一开始李君圣以为是电梯发生了故障，随后又觉得可能有一种神奇的力量在阻止电梯开启，从而使他获得拯救。这后一种想法让他充满了狂喜，头开始四下扭动，恨不得立刻就能看到拯救者的真身——那个人说不定就是上帝本人。也许上帝会告诉他，一切都不过是对他的一种测验，现在他过关了，可以重新恢复以往的生活了——

“你现在还有最后一次选择的机会——从现在开始，你还有一分钟的考虑时间。”电梯那排数字下方的喇叭口里，突然响起一个仿如往人耳朵里敲打钉子的声音。李君圣头脑里正在幻想的上帝，瞬间就被替换成了小个子的形象。

陌生人

从跨进店里的那一刻起，我就觉得自己选对了地方。座位都像是从老式火车上搬来的，背靠背，绿色的椅套，每个位子上可坐两人。每张原木餐桌上都垂下两个罩形的吊灯。几个挂满绿萝的木架，将大厅里分隔成好几个空间。与大门相对的尽头，是一整面玻璃墙。沿着玻璃墙只摆放了一排座位。那儿还只有一对情侣模样的人，在差不多是正中的位子上相对而坐。这天是我和妻子结婚一周年的纪念日。我提前一个小时下班，来到了这家酒店里的牛排店。妻子喜欢吃牛排，曾经我们常去的，是一些商场里的连锁店。来这里还是第一次。之前我在网上了解过，这家店里的牛排质量和环境都很不错。环境这一点已得到了验证，尤其是坐在窗边，从我所在的二十九楼望下去，可以看到广阔而平静的江面——平静得仿佛并没有流动。江边的道路上有不少缓慢移动的行人和车辆，由于距离遥远，它们（他们）也显得如此平静，如同被某只看不见的手操控着，本身并无目的和方向，只是按部就班地一步步前进。尽管已是黄昏，夕阳也已西沉，但窗外的光线依然充足，而且似乎还将一个劲儿地充足下去。时间难道是静止了吗？或者是它通过这个节点的时候对自身发生了怀疑，有点举棋不定甚至是不知所措。或许这就是等待的滋味。

我掏出了手机，在微信上对妻子说：我已经到了，等你。妻子的回复马上就来了：在路上了，还要几分钟。

没想到来到我身边的，是一个陌生的女人。窈窕的身材，脸颊却显得饱满，也就是有点俗称的婴儿肥，皮肤白皙而光洁，眼睛明亮，年纪大约二十五六。染成棕色的短发笔直地垂在肩上，带黑色竖形条纹的白衬衣扎进一条黑色七分裤里，脚上是一双墨绿色休闲平底鞋。她将一个白色小肩包扔在我对面的椅子上，然后大大方方地在我对面坐下，问我是马上点餐，还是再等一会儿。我愣了好一会儿，才问她是不是搞错了，因为我等的是我妻子。她立马笑起来，一双大眼神采奕奕，说我总算有了点幽默细胞。我又说她一定是搞错了，而且我妻子马上就过来了。她朝我翻了个白眼，问我有几个妻子。这句话激怒了我，所以我沉下脸来，一言不发地瞪着她。这倒使她显得更加兴奋起来，一脸喜色地说我演得真不错，同时扫视四周，似乎是希望有更多的人来观看我的表现。我想着妻子随时会过来，没什么兴致和她纠缠，于是掏出手机拨打了妻子的电话。一阵并不熟悉的手机铃声在对面的椅子上响起，只见她抓起那个白色肩包，从里面掏出了正在欢叫的手机。她一滑开接听键，两个陌生的声音便在我耳畔响起：我亲爱的老公，你现在在哪里呀？

我的头脑里闪现出多种可能性：我对面的女人拿了我妻子的手机；妻子和我开了一个目的不明的玩笑；妻子和另一个女人交换了记忆；我自己的记忆被人换走了……但这些可能性都

微乎其微。而现在摆在我面前的问题是，我是否还要继续面对这个不是我妻子的女人。如果这确实是一个玩笑，我可不愿奉陪。是的，我是一个缺少幽默细胞的人。于是我立刻从座位上站起，头也不回地朝门口走去。

那个陌生女人马上跟了出来。走到门口的时候，她挽住了我的手臂，同时在我耳边嘀咕：你是不是真的失忆啦？她的身上有一种完全不同于我妻子的气息，而且她明显比我妻子高了好几公分。她的表情已显得有些焦虑。我试图脱离她，但她又加了一把劲。我只得拖着她前行。我说我没有失忆，我清楚记得我妻子的样子。那她是不是比我好看呢？她立刻询问。我没有回答，因为这不是问题的关键，但女人的逻辑总是这么让人无奈。

接下来，陌生女人主导了我的一切行动。她又变得兴奋起来，急于证明她就是我的妻子。她拦了一辆出租车，准确地说出了我家的地址。在车上的时候，她依然紧紧地挽着我，仿佛我随时会跳车逃跑一样。不得不承认，她确实长得很好看，至少比我妻子要好看，但我丝毫感觉不到欣喜，而且时刻有将她推开的冲动。到了家门口，她率先掏出了钥匙。门顺利地开了，然后她以一位女主人应有的从容与熟练，从家里一些隐蔽的角落翻出了我和她的一些合影，还有我们的结婚证书。你看看吧——她以一位胜利者般的得意，将它们扔进我的怀里。我在那些照片上看到了我和她的亲密身影，而在那张结婚证上，名字、日期全都符合我的记忆，只是照片上的她，和我记忆中的妻子却完完全全是两个人。

我像被电棍击中一样瘫倒在沙发上。种种迹象表明，这一切都不是玩笑，那么这也就意味着，我失去了我所熟悉的妻子。妻子现在去了哪里呢？是被卷入了某个神秘的时间虫洞，还是她根本就没有存在过？不，她一定是存在过的，我记忆里有关她的那些画面依然如此生动和鲜明，但她在现实里的身影，则已凭空消失，消失得那么突然和彻底，即使在那个自称是她的陌生女人身上，也已不见丝毫踪影。因为悲伤和恐惧，我蜷缩在沙发上簌簌发抖，那个陌生女人则紧紧地搂着我，不断在我耳边说着我在这里，我在这里。但她每说一次，都使我更加地肯定：她已不在这里。

陌生女人煮了两碗挂面作晚餐。我没有动筷，她也吃得不多。她一直在叨叨不止，分析我为什么会出现这种情况，并反复建议我明天就去看医生。她还宽慰我说，这种状况只是暂时的，说不定睡一觉醒来，我就能够恢复正常了。我很想跟她说，我感觉自己再正常不过，而不正常的很可能正是她自己。但我知道这样的话她肯定不爱听，如果换作是我，我也不爱听。

晚上她睡卧室，我睡沙发。她问过我几次，是否确定不和她一起睡。我说很确定。我感觉得出，她反复地询问不过是想考验我。果然，最后她对我说，我的坚定让她很开心，因为目前她在我眼里，毕竟已经是一个陌生的女人。我想，女人的逻辑真是很可怕的。

我整晚都没有睡着，脑子里始终在想着问题到底出在哪里。我想在没有把这个问题搞清楚之前，我今后恐怕都会难以入睡。夜里我几次悄悄溜进卧室，借着手机屏幕上的微弱光线，俯身端详沉睡中的那个陌生女人有没有发生变化。什么变化都没有。夜晚无比漫长，而我既不想看电视，也不想玩游戏。眼看着窗口开始发白，我又跑进卧室里去打量那女人的脸庞。还是没有变化，这使我对自己的一夜无眠深感沮丧——如果是睡过一觉醒来，结果是否就会不一样呢?

陌生女人从卧室里出来后，我们对视了一眼。她无疑也和我一样失望。她在去上班之前，说我的气色很差，最好不要去上班，不过可以去看下医生。我只同意她一半的观点，因为我觉得自己并不需要医生。

我决定在微信上向主任请假。找到主任的微信号时，我发现他的名字没变，头像上的照片却是另一个人。于是我再看其他人的头像或发在朋友圈的照片，也全都是一些陌生面孔。我扔下手机，站在窗边俯视楼下。尽管是在十二楼，楼下的那些身影还是可以分辨。站在那里好长一段时间，一个熟悉的人我都没有发现。我突然感到一阵强烈的眩晕，仿佛自己正往楼下坠落，而楼下的那些事物则都飘浮到了半空。我闭上眼睛，头抵在窗户上，竭力抗拒着从脚底升起的一阵阵寒意。

中午的时候，陌生女人打来电话，问我有没有去看医生。我说我还在家里。她又问我下午会不会去，我没有作声。一阵沉默之后，她说了声“那好吧”，随即就挂掉了电话。其实我很希望她能再跟我说点什么，因为如果她真的是我的妻子，她完全可以命令我下午一定要去，而我则很可能听从她的命令，尽管我依然相信自己并不需要医生。

在冰箱里找了点吃的，一瓶酸奶，还有几根火腿肠。火腿肠我只吃了一根，其他的又都放了回去。整个下午，我都躺在沙发上，处于一种半睡半醒的状态。在那些短促的梦里，我一次次梦见自己又恢复了以往的生活，醒来之后发觉自己的眼眶已经湿润，不知道是因为幸福还是伤心。

听到门锁的一阵响动，我抬头盯着门口。进来的依然是那个陌生女人，而在她身后，还有好几个陌生人。一位五十几岁的妇女一马当先，越过陌生女人来到我身边。她先是打量了我一番，然后将手背贴在我额头上。“没发烧啊！”她朝其他人嚷了一声，还试图把手搭在我肩膀上，但我缩了下身子。“你连我都不认得了啊？”她从我身边弹开，也不知是出于惊恐，还是想让我看得更清楚一点。我把目光转向陌生女人，想要从她那儿寻找答案。在一阵慌乱的叫嚷声里，我明白过来，身边的人是我的母亲。这一点我当然无法怀疑，于是我马上从沙发上翻起身子，端端正正地坐在角落里。想不起来了吗？我母亲挨着我坐下，手搭在我的肩膀上。我想把她的手推开，但好歹忍住了。她的眼睛里已涌出了泪花。一个三十多岁的男子也来到我身边，说他是我的哥哥。我差点就对他说声“你好”，但马上意识到这会显得很傻。事实上，从母亲和哥哥看着我的眼神中，我已感觉自己成了一个不折不扣的傻瓜。所以我对他们说我不是不记得他们了，只是他们的样子和以前不一样了。母亲和哥哥全都皱起眉头，并快速地对视了一眼。很显然，他们不仅没有听懂，而且很可能觉得我是在把属于自己的责任推给他们。所以我决定尽量不再开口，因为不管我说什么，都会显得很傻。

嫂子和我七岁的侄儿并没有走到我身边来。在我们彼此看来，这显然并无必要。但母亲还是招呼他们，要他们也过来让我看一看。她或许以为，让我多看几个人，认出的概率就会高一些吧。嫂子只是朝我点了下头，小侄儿则在喊了一声“叔叔”后，继续好奇地打量我。这个陌生的孩子长得很可爱，似乎也很懂事，但我并不感到亲切，甚至还有一点害怕。我转过头去不理他，嫂子就把他给拉走了。

我们全家人一起去外面吃饭。在电梯里碰到一个和母亲差不多年龄的妇女，她和母亲打了个招呼，然后视线在我们的脸上打转。我感到母亲有些紧张，连问了她几个问题，她老公怎么样，她女儿女婿怎么样。母亲是在转移她的注意力。出门后，那妇女和我们分开了，母亲立刻小声地问我，是不是也不认得那个阿姨了，我说不认得了。母亲点了点头，好像对这个结果很满意。

饭桌上有些沉闷。小区边上的那家饭馆我是熟悉的，但人都已不认识。我一个劲地打量那些服务员，也打量旁边的那些顾客。家里人都只是埋头吃饭，显然都不想在公共场合讨论我的事情，而别的事情，又似乎全都无关紧要。记得从前我们一家人一块吃饭的时候，话题总是源源不断，从彼此的工作，到小侄儿的教育问题，琐琐碎碎一大堆。我怀念那样的时刻，所以情绪越来越低沉。而母亲和陌生女人隔一小会儿就扫一眼我，这让我更加难以忍耐。我推说去上卫生间，把自己锁在卫生间里很长一段时间。出去的时候，发现陌生女人在卫生间外等着我。她说母亲他们已经回去了，又说母亲明天还会再来看我。看她那样子，好像随时都会哭出来。我想如果她是我熟悉的妻子，我一定会拥抱她，并且想方设法地宽慰她，但现在，我甚至觉得自己比她还要委屈，仿佛是她，以及其他那些人，把我原来的生活给偷走了。

第二天我还是没有去上班。昨天我已在微信里向主任请了几天假，说是家里有事情要处理。以我对主任的了解，他不会问我有什么事情的，但现在这个陌生的主任马上就问了我。我想了一下，然后回复说，是妻子身体方面的问题。我不喜欢撒谎，确实是这么一个问题，只是我说得比较含糊，而且对方也不好再问。主任果然没有再说什么。早上我打车去了单位那边。我让司机把车开进了大门，然后让他停靠在能看到办公楼的路边。我没有下车，而是坐在后排打量进出那栋大楼的人。全都是一些陌生人。因为害怕被人发现，没多久我就要司机把车开出去。车子驶出大门的时候，我有了一种永别的感觉。

晚上我和陌生女人在家里吃过饭，母亲过来了。她带来了不少东西。一些吃的东西，她说是给我补脑的，一些她说是从寺庙里求来的灵符，要我把它们贴在家里的门上。还有一把桃树枝，是用来给我驱邪的。她先是盛了半碗水，然后把桃树枝在水里蘸一下，接着就用桃树枝在我头顶挥舞。做完这些之后，她隔一会儿就问我有没有效果。我说没有，她就说应该每天都试一下。我说这个恐怕作用不大，她就显出伤心的样子，说试都不试，怎么会知道呢？她又说起一些别的办法，比如杀一只公鸡，把血抹在我的脸上，或者是从老家抓一把土，包起来放在我的枕边。我没有再反驳她，因为我感觉她似乎更在乎自己做了些什么，而不是在乎对我有没有效果。

母亲走后，陌生女人又和我说起看医生的事。我没有再抗拒，甚至还和她商量起来。我说我先去看一下精神科，她却说应该要先去看脑科。我问为什么，她说我的精神肯定没有问题，也许只是大脑里的血管有些堵塞，类似于脑血栓，而脑血栓是会导致失忆的。我说我没有失忆，过去的事情我全都记得。“可是你不记得我了啊”，她一脸的委屈，给人的感觉好像是我记得全世界，偏偏就不记得她。我知道跟她没法聊下去了，便说我明天就去看脑科。

因为是周末，陌生女人陪着我一同去了医院。对面一个四十来岁的男医生，我说了自己的状况，陌生女人在一旁补充，并暗示可能是脑血管方面的问题。医生频频点头，而且始终面带微笑，仿佛一副很有把握的样子。我不禁心动，觉得或许还真的是脑血管方面的问题。听我们讲述完了，医生便问陌生女人可不可以先出去一下，他想和我单独聊一聊。女人出去后，医生起身去把门关上，然后坐在椅子上板着脸孔，问我是不是假装失忆。这让我大失所望，几乎是带着怒气回答说我并没有失忆，而且我也不知道自己为什么要假装。医生倒是又笑了起来，不过是换成了冷笑。他说我这种情况他听说过，某个地方也有一个男人，因为在外面有了情人，想要和妻子离婚，就假装失忆不认识妻子了，妻子当然受不了，就主动和男人离了婚。最后他建议我有什么事就和妻子好好商量，不要采用这种见不得光的手段。我回报给他一个冷笑，随后气冲冲地摔门离去。

我到了医院门口，才发觉陌生女人并没有跟来。我想她可能是在向医生询问出了什么事情，而医生也很可能会把自己的看法告诉她。所以我觉得没有必要再等她，便先回了家。陌生女人直到很晚才回来。一看她的脸色，我就知道自己的猜测是正确的。她什么话也不说，还故意不看我，自顾自地洗漱了一番，就把自己关在了卧室里。我想她正在气头上，所以最好不要去跟她解释，而且她也并不是我的妻子，我似乎并没有必要跟她解释。然而卧室里传来了哭泣声，断断续续，仿佛是被压抑着，又仿佛就是不想压抑。卧室的门并没有锁，所以我还是选择了进去。陌生女人扑在床上，脸朝床头那边。我在床头坐下，手触到她湿润的脸庞。我要她不要再哭，有什么事情，我们可以好好聊，她却哭得更大声起来。也许是为了方便痛哭，她还从床上坐了起来，把背向着我。我看到床头柜上有纸巾，给她抽了几张递过去。她用纸巾擦了脸，然后掷到地上，我便又给她递纸巾。如此反复几次，她终于止住了哭声。

我感觉时机已到，便说我并没有情人，她应该要相信我，而且以她的精明，我要是有情人，不可能骗得过她。“我知道你没有。”她凶巴巴地回应我。“那你这是为什么呢？”“那要问你自己。”她的逻辑还是让我无所适从。“你看，我就知道是这样。”我不知道她知道什么。“你连话都懒得和我说了。所以——”我害怕她说出“所以”后面的话来，但我不能堵住她的嘴巴。“你是不爱我了——这就是问题的根源所在。我不知道你是不是真的失忆了，但有一点我很清楚，那就是你根本就不爱我。”

对于一个陌生人，我当然不能说爱，但对于妻子，我又不能说不爱。所以我无话可说。而我的无话可说，对于她来说，就等于不爱。

“你到底还爱不爱我?”她朝我甩过来一张泪水涟涟的脸庞。我又给她扯了张纸巾，但被她一把推开。

“你说啊——”

我知道只要我说一声“爱”，事情就会圆满解决，但我的回答是:

“爱是要看情况的，如果你现在还是我熟悉的样子，那我当然爱你，但现在的情况你也知道——”

我还没有说完，她就又哭哭啼啼起来。我感到厌烦，便起身走了出去，给她关上门，又回到了沙发上。

接下来的日子，陌生女人每天都是很晚才回来，看到我也是视若无睹。母亲也很少再过来，因为她发现我并没有按她的心意把灵符贴在门上，桃树枝也不见了踪影。偶尔母亲过来看一下我的时候，只是坐在离我很远的一张椅子上，一言不发，一脸的悲伤。我想她肯定也以为我不爱她了。我很想跟她说她没有必要再来看我，如果不想来，或者来了也没意义，就完全没有必要再来。但我知道这样的话只会让她更感伤害。

主任给我打来电话，问我为什么还不去上班。那陌生的声音让我感觉他是在说另一个人的事情。我说事情还没处理好，可能还需要一段时间。一阵冰冷的沉默后，我挂掉了电话。主任可能生气了，但我并不在意，我想这就是和陌生人打交道的好处，不需要太在意对方有什么样的感受。

我经常在晚上出去。每次坐电梯或穿过小区的时候，我都生怕碰到认识我的人，所以有时候我会选择走楼梯，在小区里也总是走在昏暗的地方。而每当碰到什么人，对方又似乎想和我打招呼的时候，我便假装并没有看到，或者是装作在看手机。我想自己一定给很多人留下了冷漠的印象，有时心里也会感到一阵不安，但我始终无法对那些陌生的面孔作出亲热的表示。我最常去的地方是商场，而且是离小区较远的商场。我去商场既是为了买第二天的食物，也是为了让自己不感到寂寞。一个人待在家里，尽管有各种方式打发时间，但我还是会不时想到外面世界的精彩和热闹。

商场里那些陌生的面孔让我感到亲切，因为我知道他们全都不认识我，不会对我显得亲热，而我也不必回报以亲热。我们对彼此的冷漠显得理所当然，谁也不会在意。有时候我甚至会想，如果他们中有谁想要和我说说话，我一定乐意奉陪，或者有谁想要我帮个忙，只要我力所能及，我也多半不会拒绝。我自己就多次想和身边的某个人说点什么，但最终还是无法克服内心的羞怯。

有天晚上我去了母亲所在的地方。她和哥哥他们住在一起。哥哥住的是联排别墅，小区里环境很好，保安也很严密，陌生人轻易无法进去。我尾随一个中年女人，想要和她一同进去的时候，门卫把我给叫住了。他警惕地盯着我，问我想要干什么。我突然感到一阵恼怒，大声地说出我要去的是哪一栋。“您是业主吗？”我没有回答，他便又问了一句。于是我要他好好地看看我，看认不认识我。他将我仔细端详了一番，突然像想起来似的“哦”了一声，然后主动给我打开了大门。哥哥这里我来过多次，门卫或许是真的想起我来了。

哥哥家楼外有一片小树林，我就坐在那里面的一张椅子上。我盯着哥哥家那边，只见一楼和二楼都亮着橘黄色的灯光。那温暖的灯光让我怀念曾经和家里人一块待在里面的场景。其实就当时来说，那并不是多么美妙的体验，因为每次我和妻子都多少有些拘谨，总感觉无论我们做什么，都需要顾忌哥哥尤其是嫂子的感受，但因为母亲的缘故，我们又不能不去那里。

我试图再和陌生女人好好谈一谈。我想跟她说，虽然我的状况暂时无法改变，但我们还是可以和谐相处，一起去面对一些问题。当然她依然可能会和我说爱不爱的问题，而我依然无法给她一个满意的答案，但我可以把话说得更加清楚一些，她也不可能完全不讲道理。由于她回来得很晚，所以那天我发微信给她，要她回家吃晚饭。为了表示我的诚意，我打算做几样她最喜欢吃的菜。想当初她同意跟我在一起，和她喜欢吃我做的菜有很大关系。不过我有点担心她的口味是否已经改变，因为据我的观察，她的许多习性都已和从前不一样——这也是我一直无法接受她是我妻子的一个重要原因。她在微信上没有回复我，我便给她打电话。前面两个电话都没接，我再打的时候，电话里每次都说用户正忙。我想她很可能已把我拉黑，便一心等着她晚上回来。

她回来的时候已近半夜，显然喝了酒，脸色酡红，身体还有些摇晃。我试图去搀扶她，被她推开了。我挡着她去房间的道路，她倒没有抗议，几步跨到了沙发那里，猛地坐了下去。我问她喝了多少酒，她没有回答，我又说她这么晚了喝酒不安全，她应该叫我去接她。你有那么关心我吗？她对着我笑，笑得有点狂放。我想到妻子从来不会这个样子，心里一阵悲凉。“你不是要和我好好聊聊吗，怎么又不说话了？”“你今天喝醉了，我们可以下次再聊。”“我没有喝醉，我心里很清楚。”她也许确实没有喝醉，但我已没有再聊的欲望。“我心里很清楚，你这个人就是冷血，而且还很虚伪。”我虽然并不认同她的观点，但我无力反驳。“你看，我说对了吧？还说要和我好好聊聊，现在又一句话都不说了。”“我们明天再聊吧。”“明天？明天我就不回来了。”“你要去哪里？”“反正不是这里。”说着她就站了起来，朝着卧室那边走去。我依然可以拦住她，但我知道拦住了也没有意义。这次她猛地关上了房门，并且还传来了按下倒锁的声音。

第二天她果真没有再回来，打她的电话，也还是“用户正忙”。

母亲也没有再过来。每天我都独自在空荡荡的房间里走来走去，每看到一个地方或一样东西，都想起曾经的一些事情。妻子的身影似乎布满了房间的每一个角落，让我的大脑一刻都无法安宁。我越来越频繁地外出，即使是夜晚，我也会突然走到外面去。我在一些街道或公共场所随意乱走，或者是随便坐上某趟公交车，坐在靠后的位置，看一些人上来和下去，看窗外闪过各种各样的事物和风景。让我感到不安的是，妻子的身影也随时会出现在我眼前的任何一个角落。

那天黄昏的时候，我走在一条陌生的街道上。路上人很多，也许是因为到了下班时间，但我又不大确定那天是否是工作日——我已有阵子没有工作日和周末的概念。突然一个三十来岁、戴着黑色塑料框眼镜的男子挡在我面前。他发出了一声惊呼：“你怎么在这里啊？”我本能地想要躲避，但对方脸上的那种喜悦让我心生犹疑，甚至还有些感动。也许对方是我一个很要好的朋友吧，而且能和什么人说说话，也是我现在求之不得的。于是我回应给他一个微笑。“你现在是要去哪里？”他继续一脸喜悦地问我。我说不去哪里，就随便逛逛。“那你和我一起去吃饭吧，还有好几个人。”他接着说出了好几个我所熟悉的名字。我曾经确实偶尔会和那几个人聚一聚，而眼前这个人的名字，我也大概猜测出来了。“最近过得怎么样？”我主动问他，想要从他的话里找到更多信息。“还不是老样子，你呢？”“我也是老样子。”“我们有多久没见了？”“有好几个月了吧。”“我们还是应该多聚聚。”“是啊，要多聚聚。”聊了几句无关痛痒的话后，我还是无法确定他的名字，但无疑我们已显得十分亲热，一起亲密地朝聚会的地方走去。

聚会地点已经有好几个人，都是男性，年纪都和我差不多。我的出现引发了一阵喧闹，有人说我最近不知躲到哪里去了，给我发微信也不回。我想起确实收到过一些微信，但为了避免麻烦，我一律没有理会。我向他们表达了歉意，说最近手头有一件急事，忙得没怎么看手机。他们便嚷着要多罚我几杯酒。我酒量一般，从前总是尽量躲酒，但这回我毫不推却。我的爽快让朋友们很是满意，一个个不断地夸赞我，好像我为他们做了很大的贡献一样。从大家的交谈中，我把每个人的名字都搞清楚了，于是为了掩饰心虚，我开始不断喊出他们的名字，后来便改呼为“兄弟”，他们也全都亲热地回应我。不知不觉，我们的情绪达到了顶点，说出的每一句话都让人动容，谁也无法怀疑我们的亲密。

分手的时候，我早已晕晕乎乎，几乎忘记了眼前是一群陌生人，而且想要和他们每一个人拥抱。他们也想要拥抱我，所以我们就一一拥抱了下，并定好了下次聚会的日期。这样的感觉真好。在离开人群一段时间之后，我才发觉回到人群之中的可贵。我突然急切地想要和那个陌生女人以及所有的亲人重聚，他们诚然是陌生人，但我依然无论如何需要他们。我深知自己的过去已经坍塌，但我的生活还将继续。一个人的生活，我是无论如何都无法维持下去的。我随时都可能失去工作，丧失经济来源，而更重要的是，我必将无法承受那日复一日的寂寞——迟早有一天，我会走向那些陌生人，去和他们说话，去和他们建立各种各样的关系。我决定明天就去那个陌生女人工作的地方（我已知道明天是工作日），我要告诉她我爱她，今后无论她还会变成什么样子，我都会爱她。除了爱她，我别无选择，但这个我不会告诉她。我想我还会对所有的亲人朋友，所有单位里的同事，以及小区里碰到的任何一个人，展示我的礼貌和热情，如果他们中也有人问我爱不爱的问题，我会说：我爱。

第二天一醒来，我便记起了昨天的那个决定。我把自己好好修饰了一番，面对镜子一次次练习微笑，随后就带着微笑走出了家门。我坐上了出租车，希望能尽快见到那个陌生女人。当出租车驶上横跨江面的大桥，透过敞开的车窗，我看到了火球般红彤彤的朝阳、天地间被金色光芒驱赶的淡雾、泛着粼粼波光的江面。在含着水汽的清爽晨风的吹拂下，我全身舒畅，感到自己正从一个长长的梦中醒来。我瞪大了眼睛，打量着四周的一切，包括出租车内那破旧而肮脏的椅套、冷冰冰的金属隔栏、一个黧黑而眼睛通红的中年司机。我发现这一切都是可爱的，而我为什么就不能爱上这一切呢？是的，我需要爱，我不能不去爱。十几分钟后，我走进了妻子工作的那栋办公大楼，对每一个撞见的人，无论保安、保洁阿姨、前台小妹，还是那些只是前来办事的人，都展示我的微笑。不久我就推开了妻子所在的办公室大门，径直来到了她的办公桌前。她正坐在那里，这时朝我转过脸来。我还没有说话，却听到了她那礼貌的柔和声音："先生，您找谁？"

小镇外史

一

对于鸬鹚镇的大多数居民来说，每天有两件事是不得不做的：一是晚上 8 点准时收看《挑战梦想》这一电视节目，二是讨论观看该节目的感受、体会。这一风气不知始于何时，也很难说清楚为什么会延续下来。事实上，若是要鸬鹚镇的人们坦陈心声，不少人肯定会说《挑战梦想》并没有他们一直声称的那么好，甚至于是一个很糟糕的节目。可是没有人会把这样的话说出来。“挑战梦想”已是鸬鹚镇人们生活中一个重要组成部分。好比身体上某个不可或缺的器官一样，大家除了接受、欣赏，似乎再没有别的可能。

然而也有人对此心生不满。这样的人是难以统计的，因为你从表面上完全看不出来，说不定，他（她）对该节目表现得比大多数人都更为痴迷。将不满表露出来了的，主要是些年轻人。他们无一例外都落下了不好的名声。

镇中学里新招进来的语文教师小C就曾公开批判过《挑战梦想》。小C是本地人，在外地受过几年高等教育。他刚回鸬鹚镇的时候，很明显感觉到了自身的变化，而对于鸬鹚镇居民们这种一成不变的喜好，他理解为一种思想上的保守与眼界的狭隘。难道你们不知道有比《挑战梦想》好看至少一百倍的节目吗？难道你们不觉得这个节目是多么地庸俗和浅薄吗？——在课堂上，小C屡次向自己的学生提出这样的反问，并向他们讲述自己在外地的种种见闻。这些话，他在课堂以外也曾说过，但每次都碰了钉子，相比之下，课堂里的学生们就好比一盆盆任凭他浇灌的植物。他相信，只要启发了足够数量的学生，鸬鹚镇这种陈腐的风气早晚会焕然一新。然而他始料不及的是，某天校长把他叫到了办公室，直截了当地向他宣布了一条禁令：不许再在课堂上向学生们谈论《挑战梦想》——这是你应该讨论的事情吗？——你居心何在？——除了你，难道其他人就都是傻瓜？——莫名其妙！——校长彻底撕下了平素和蔼可亲的面庞。小C胆战心惊地听着，当场就保证（不乏赌气的情绪），以后绝对不在课堂上再提半个字。从校长办公室出来后，小C对自己的表现失望透顶——他应该向校长据理力争；不管怎么样，大不了就是辞职而已。但后来，小C又总结出这次的失败原因主要在于缺乏斗争手段：通过课堂灌输的方式过于直接。于是他自觉停止了在课堂上谈论《挑战梦想》，并将这一习惯保持到了课堂外的任一场所。而为了彻底撇清与《挑战梦想》的关系，他对电视上的《挑战梦想》连瞥都不再瞥一眼。

小C将他的精力转移到了对鸬鹚镇历史文化的挖掘上。他认为如果让另一种文化的影响超过当前这种，人们便会自觉地转变观念。他对这一新的方向充满信心——鸬鹚镇素有古镇之名，只要对它的历史渊源、与之相关的历史名人以及富有特色的风俗景观等予以搜集整理，再通过一定的宣传，鸬鹚镇便很有可能声名远播，成为热门的旅游景点。到那时，鸬鹚镇的人们想不转变观念都难。为了这一目标，小C开始不断上图书馆或在网上搜寻有关鸬鹚镇的所有记载，偶尔也走街串巷，从老人们口中打听有关本镇的故事传说。没过多久，一本拟命名为《鸬鹚古镇》的书已在小C心中酝酿成型。他毫不怀疑该书对鸬鹚镇有着非比寻常的意义：它是第一本全面而系统地介绍鸬鹚镇历史的著作，而且它将以大量确凿的史料证实鸬鹚镇的“古镇”地位——“鸬鹚”得名于300多年前，因为穿过此地的资水当时曾大兴鸬鹚捕鱼。而在“鸬鹚”之前，此地名为“鳊鱼渡”，既盛产肥美的鳊鱼，又是船只停靠的渡口。“鳊鱼渡”这一名称的记载最早可见于1000多年前。那时此地还开设了驿道。还有大量的历史名人曾途经甚至长居此地。如今镇上的一些地名，如踏歌湾、闻香街、东林阁等，都与这些名人有关。除了陈述史料，小C还打算将自己对那些久远年代的想象与情感融入其中——诗一般的优美！诗一般的激情！小C对此已有过无数次激动的想象。该书的另一组成部分，将是有关鸬鹚镇本地历史名人的一些故事传说。其中，小C打算重点介绍他的一位叔公——当年曾担任过鸬鹚镇商会会长，后来还当了镇长，本地至今还保留着多处与之相关的遗迹。

二

在《鸬鹚古镇》的编写过程中，小C遇到了一点小障碍：鸬鹚镇似乎并无什么可供渲染的风俗。说到此地的特产，怕也并不比别处的更有特色——本应提及的鳊鱼，且不说很多地方都有，现今从镇中心穿过的资水在很长时间里都几近干涸（主要是上游兴建了很多水坝）。河中的渔船已消失多年，加之不断的污水排放、垃圾倾倒，水中的鱼虾恐怕也濒临绝迹。为此，小C每次从河上走过，都会忧心忡忡地盯着河面：大概是养料充分，水底密密麻麻地长满了绿油油的水草；水草之上是一层仿佛凝结的深蓝污渍，因而几乎看不出河水的流动；那层污渍上又随处可见各种垃圾浮物。小C不时暗想，无论别的地方有多好，就是这一条河，也会使人对这个地方全盘否定。然而他坚信，一旦鸬鹚镇的名声响亮起来，本地人将会立刻对它予以整治。

小C只得将描述的重心放在景观方面。人文景观自不必说，凡是古籍中有记载的，他都一一推断出了原来所在的地点，并多次去现场进行了考察。虽然大多数地方已完全成了另外一个样子，但他认为将来可以在那些地方做一些标识，比如“古××处”。鸬鹚镇的自然景观在古籍上罕有记载。的确，相比那些名山大川，鸬鹚镇的任何一处风景都显得小儿科。一番思量之后，小C决定对鸬鹚镇进行一次彻底的勘察，然后选择几处最佳的风景，并为它们取上几个雅致的名字——可以统称之为“鸬鹚八景”，或者，“四景”也可以。

要在鸬鹚镇找到几处赏心悦目的景观并非易事。资水将其切割为两半，沿河的两条大路即为主街，另一条主街穿过资水上的大桥（大桥上下游各还有一条小桥）。每一条主街上除了过往的车辆，还遍布着用板车或箩筐陈列的水果摊、蔬菜摊，或者用一块塑料布铺在地上的衣物摊、玩具摊，此外还聚集着卖肉的烧烤的擦鞋的补桶的……主街以外便是一些迷宫般的巷道——这些巷道宽则两三米，窄的仅容一个成年人侧身过去。小C尽管是土生土长的本地人，但当他走在这些巷道里的时候，有时也感觉像是到了一个完全陌生的地方。有时他沿着一条巷子走，结果发现尽头竟是一户人家的大门，而有时他走出了某条小巷，前面则猛地闪出一片无路可走的稻田。在巷道里穿梭了几天之后，小C觉得自己最大的收获就是认识到了默默存在于本地的一种“黑色文化”（小C暗自为之命名）——在那些小巷子里，几乎随处可见用黑漆喷出的文字：枪支迷药办证贷款……随附一串电话号码。

小C想起已经废弃的一个小公园来。十多年前，鸬鹚镇兴起过一阵投资热，许多外地商人涌入，陆续在此开办了冰棒厂、绣花厂、水果加工厂、茶厂……其中就有人租了一个小山坡，将其整饬一番后又搬了些娱乐设施进去，说是公园，命名为“欢乐谷”，收了一阵子门票。没过多久，所有工厂包括“欢乐谷”，就跟赛跑似的纷纷倒闭。前几年，鸬鹚镇又兴起房产热，镇里边可以利用的空地似乎都竖起了四五层的高楼。从前的“欢乐谷”尽管是坡地，其周围也有不少地方被铲平建起了楼房。“欢乐谷”营业的时候，小C曾去玩过很多次。他至今仍记得在那儿骑过木马，在一张气泵床上与别的孩子滚来滚去。“欢乐谷”倒闭后，他怎么也不愿相信，直到又去了一次，看到那些好玩的东西都已被拆走，便发誓再也不去那里。小C对那儿环境的印象已经模糊，因而觉得有必要再去探寻一下。

这天是周日。小C吃过中饭后从家里动身。出门走了一段路，他才注意到天空灰蒙蒙的，似乎随时会下雨。他想回家拿伞，但又觉得镇上哪儿都可躲雨，何况雨还未必会下，于是加速往前走。他主要从小巷子里穿过，直到那条穿过资水的大路。沿着路一直走，不过十来分钟就到了。小C觉得“欢乐谷”周围倒没什么太大变化，对面依然是一排只有一层的门面，每一个店铺都灰扑扑、乱糟糟的。其中有一个是卖轮胎的，还有一个是做防盗窗的，刺耳的不锈钢切割声老远就能听到。但“欢乐谷”的变化还是令他惊讶——大门只剩下两根孤立的石柱，它们上方曾挂着“欢乐谷”招牌的那部分已不知所终。大门附近的围墙包括售票室也已不复存在，四处散落着一些附带水泥的砖块。门内迎面的石头假山像是刚从泥潭里钻出来的一般，黑乎乎的。小C猛然发现假山下面有个人在活动，于是本能地以为这儿还有人在打理，但立刻又觉得荒谬——事实也证明了这一点。那是一个挥动锄头的黑脸妇女。她显然是在开垦一片新的菜地。在她旁边已有一块菜地，里面的蔬菜长势正好。妇女也发现了小C。她立刻朝他摇了摇手，并大声地嚷了一句什么。小C觉得她应该是告诉他公园不开放了。小C没有理她，从假山的另一侧拐了过去。假山后面是一小片开阔地，当年那些娱乐设施大多就摆放在那里，现在已长满灌木和杂草，但有一条小路从中穿过，直到山坡脚下。山坡十分陡峭，一条之字形的石阶小路通向坡顶。奇怪的是，只有刚上坡的一小截路才有扶手。石阶上尽是枯叶，踩上去"窣窣"地响。在一个拐弯处也有一片不大的平地，那儿有两张石桌，周围各有四条石凳。小C想到当年他们在下面玩耍的时候，一些家长就坐在这个地方，随时可以俯视他们。现在它们都脏得要命，但外形依然完好仿佛是个奇迹。小C边走边上下打量，四周还有不少被踩出的小路，生活垃圾也随处可见，看来还是时常有人来这里。这里树木的种类和所在方位都杂乱无章，而且长得也并不茂盛。大概是因为天气的缘故，四处都显得萧索、阴冷。然而这里并不安静，大路那边不时传来汽车的声音，防盗窗店里的切割声则如蝉鸣一般嚣叫不停。在快到坡顶的时候，路分成了两条，其中一条继续往上，另一条先往下一点，然后又继续往上。也就是说，有两个坡顶。小C的内心突然一阵激动，然后毫不犹豫地往下走去。他记起那边坡顶上有一个熟悉的地方，不知现在成了什么样子。他很快来到了那里，但眼前的一切令他简直难以相信——山坡的另外半边完全不见了，一道几乎成90°的黄土陡坡立在他面前。在坡那边，是好几排一模一样的5层大楼，每层楼上都有太阳能装置。小C记忆中的那个地方倒依然躺在他脚下：一个建在地下而没有盖顶的迷宫。现在看来，它显得那么小，也就是一个20来平米的空间里砌了很多堵墙。但在当年，他感觉里面大得几乎令他害怕。他还记得自己曾在里面做了些记号以便能快速地走出去。但现在已不可能再进去了。迷宫的另一面空荡荡的临着陡坡，似乎随时都有可能扑下去的样子。小C朝另一个坡顶望去，只见那边的凉亭也还在，但也是孤零零地立在陡坡上。小C顿时意兴阑珊，背包里的相机都懒得再拿出来。猛地一阵风吹来。也许是风太大，小C一开始并未发觉已经下雨，待皮肤上有了凉凉的感觉，便立刻决定从原路返回。

在岔路那里，小C突然发现下面有一个匆匆下坡的身影。是一个年轻女孩。他死死地盯住她的背影，同时加快了步伐。白上衣、黑长裤；淡黄色头发，一个小髻翘在脑后。令小C难忘的是她那匀称的身材，尤其是柔软的细腰。她走路的样子就像被风吹送着，又轻又快。直到追出公园，女孩已不知所终，小C也还是没有看到她的正面。但他肯定，她一定是整个鸬鹚镇上难得一见的美女。他渴望能再次遇见她。

三

晚上10点，超市准时歇业。第一盏灯熄灭的时候，七七就走了出来。但她还得和另外三个女孩相互监督，锁好门才能走。她站在马路牙子上，盯着门口那边。另外两个女孩也很快手挽着手出来了。她们停在门口小声地聊着。另一个女孩不知还在里面做什么。七七压抑着喊唤的冲动，却不自觉地蹭着脚。起码过了一分钟，那个女孩才跑出来。她在门口按下开关，最后一盏灯熄灭。拉下卷闸门，再加上两把大铜锁。看到一切都弄好了，七七这才迅速朝家的方向走去。

她急着回家收看《挑战梦想》的重播。直播10点结束，10分钟的广告后，开始重播。走到家里五六分钟就够了。大路上已没什么车辆行人，烧烤摊也都冷冷清清。她感到天气真的转凉了，在超市里的时候还不觉得，刚才在风里站了一会儿，全身就有了寒意。她用快走来为自己取暖。从大路拐入巷道，她开始小跑起来。在昏暗的巷道里，她总是害怕前面突然会有个什么东西扑出来。到了家附近，又是那股熟悉的猪粪味。这气味在这夜晚的时候尤其分明。母亲租下了自家对面的一个小杂物间用来养猪。周围的邻居多少都有些不满，就连七七也时常抱怨。

家里客厅的灯亮着，响着电视声。她拍了拍门，又叫了一声“妈”。等待了一会儿，铁门闩一响，门开了。

母亲头发蓬乱地站在门口。

“我都睡着了。”母亲说。

“你去睡吧。”七七说。

“电视开着呢。”

“我知道。”

“你快点吃饭。”母亲边说边往楼梯那里走。

“知道了。”

“看完早点睡觉……”

“知道了！”

电视上还在放广告。七七扫了一眼茶几上的两碗剩菜。听着母亲上楼进了房间，她便轻快地跑上楼去。二楼就两个小房间，一间父母的，一间她的。她从自己房间里找了件外套披上。外套被压在箱子里几个月，一股潮味。

下楼后，她进厨房盛了一碗饭出来。饭还有点热，菜却凉了。她懒得再去热，坐在茶几后面的长椅上，盯着电视边吃边看。随着《挑战梦想》主题音乐的响起，七七屏住了呼吸。电视上，一个手拿话筒戴黑框眼镜的男子猛地从一阵烟雾中钻出来，紧接着右手食指指天，头也高高扬起：“挑战梦想，成功成功！”现场立刻掀起一阵掌声的巨浪，还夹杂着“成功、成功”的高呼。七七仿佛也身临现场一般，心开始狂烈地跳动。这时，主持人反而异常平静地紧绷着脸，薄薄的嘴皮快速地切动：“欢迎大家来到《挑战梦想》现场本节目是由冠军乳业冠名播出喝了冠军你就是冠军……好啦！”他终于换了一口气，“接下来是一小段广告大家千万不要走开精彩马上继续！”

当画面从广告又切换到《挑战梦想》现场时，主持人已微笑而待：“欢迎大家回来！哈！今天我们会带给大家什么样的惊喜呢？请大家睁大双眼，千万不要错过接下来的一分一秒！马上你就将看到有史以来最令人震撼的‘胃王’争霸大赛！来吧！向我们的胃发起终极挑战！挑战挑战，成功成功！”他话音刚落，《挑战梦想》的主题音乐随之响起。只见舞台后方一阵烟雾喷出，紧接着有三个男人从里面走出。待他们走到舞台中间，主持人介绍说，他们是从全国三大赛区竞选出来的三位“胃王”。从左至右，他们的腰际分别挂着 1 号、2 号、3 号的红色圆牌。1 号肥嘟嘟的，始终面带微笑；2 号几乎可以说是个瘦子，个子最高；3 号个子最矮，胖瘦在 1 号和 2 号之间，他似乎有点紧张，一直低着头。接下来，主持人开始逐一与他们谈话，每次都问对方为什么要来参加《挑战梦想》。1 号微笑着说：“来《挑战梦想》，是我一直以来的梦想。”2 号大概早想好了答案，快速说道：“我相信我才是最棒的，我要在《挑战梦想》证明自己！”3 号则吞吞吐吐地说：“呃——那个——这个，是我女朋友叫我来的——她最喜欢看《挑战梦想》了。”“哈哈，看来我们节目还是蛮受观众喜爱的嘛。”主持人笑着说道，“好的，感谢三位，祝愿三位在今天都能发挥出自己的最佳水平！我们的比赛马上开始！”接下来，就是三辆满载馒头的小车被推了上来，每辆车上还有好几瓶矿泉水。三位裁判也上来了。他们穿着统一的黑色运动装，每人拿着一个记录器。主持人宣布规则说，裁判会分别记下三位选手所吃馒头的数量还有时间，在数量相等的情况下，以所花时间少者为胜。此外，比赛的时间限定在一个小时之内，如果一个小时内三位选手都表示不能再吃了，比赛提前结束。三位选手站在各自的小车前，随着主持人的一声“开始”，便纷纷行动起来。1号吃得慢条斯理，先用手将馒头撕开，一片片地往嘴里送，表情一如既往的快乐；2号没急着吃馒头，而是先喝了一口水，吃馒头时双手捧在嘴边，一小口一小口地快速咬着，馒头眼看着就变短了；3号吃得最为粗野，张嘴就将馒头咬下一大口，手还不断将露在嘴外的往里塞。看着电视上的人如此猛烈地进食，七七却一点胃口也没有了。她将碗搁在茶几上，眼睛依然死盯着电视。恍惚间，她感到自己的肚子越来越胀，似乎有什么还堵住了喉咙。三位“胃王”面前的馒头堆逐渐矮了下去。七七估计，他们大概每一分钟能吃掉三个馒头。四五分钟后，他们都明显放慢了速度，尤其是3号，也开始如1号一般将馒头撕成片再送进嘴里。他们喝水的次数也越来越多。越往下看，七七越有这样一个念头：以后再也不吃馒头了。又过了一阵，选手们的进食几乎已经停顿，而进入他们体内的每一点馒头，显然都是他们硬塞进去的。他们将馒头伸进嘴里的同时，也将手指尽可能地往里伸，实在没办法的时候，便马上喝一口水。1号不断被噎出了眼泪，隔一小会儿他就将眼泪擦掉。突然间，3号像犯了羊癫疯似的猛然扑倒在地，然后大口地呕吐起来。工作人员早有准备。立刻有几个大汉从旁边冲了上去，将3号搬起就往后台跑。在一阵颠簸下，3号呕吐得更为猛烈，一条长长的白色呕吐物带从半空飘落。主持人打着手势，立刻又有拿着撮箕抹布的工作人员跑上来，伏着腰迅速将地面清理干净。这时，主持人对着话筒一声长叹：“实力不俗的3号‘胃王’已经败北，大家看到我们今天的比赛有多么精彩激烈了吧？请大家不用担心3号‘胃王’的健康问题，这对于专业选手来说是不可避免的。当然，如果是非专业人士，请切勿模仿。让我们继续关注1号‘胃王’以及2号‘胃王’的精彩表现吧！”1号还在不断擦眼泪。2号的腹部已明显鼓起，脸部也仿佛胖了一圈，嘴巴四周的肌肉不时地抖动，而他的眼睛大大地鼓起，仿佛也是被食物撑开了一般。他们的嘴巴都始终张开着，手指则机械地往里塞着撕下的馒头。他们的发挥显然已逼近极限。主持人一眨不眨地盯着他们，仿佛是被眼前的场景所震撼。而现场观众的热情此时也高涨到了顶端，他们挥舞着双手，朝着台上不断高喊：加油！加油！……

终于，两位选手都疲惫地做出了停止比赛的手势。

主持人率先鼓起掌来，然后是裁判，然后是整个现场的观众。在前所未有的热烈掌声里，1号的眼睛里又闪出了泪花，2号则露出了自比赛以来的第一次微笑。主持人不失时机地说道：“无论比赛的结果如何，在我心目中，他们两位都是胜利者！我要向他们致敬！谢谢他们，谢谢他们如此精彩的演出……”裁判向主持人示意结果已经出来了。主持人走过去和他们细语了一阵，然后庄严地转过身面朝观众：“现在我宣布，今晚《挑战梦想》的成功者是——”就在他要喊出结果的刹那，画面又切换成了广告。

在广告播出了好几分钟后，七七才发觉自己已经满脸泪水。电视上的主持人终于宣布2号是这场比赛的获胜者，他在18分9秒的时间里吃下了32个半馒头，而1号在几乎相等的时间里比他少吃了1个。接下来播出的是对2号的颁奖仪式以及关于他的一个短片集锦。那些短片记录了2号目前的生活状况以及他的成长经历。在最后一个短片里，2号被记者问道，如果他在《挑战梦想》中获胜，接下来最想做的事情是什么。2号毫不犹豫地说："上卫生间。"记者愣了一下，马上又问："为什么？"2号摇了摇头，大概是遗憾记者连这点常识都没有："当然是把吃的东西都吐出来。"

四

在多阿姨眼里，每个日子都是一场盛宴。无论她走到哪里，都有人朝她微笑，或用亲切的眼神注视着她。在杂乱的菜市场，她也像行走在舞台上一样敏捷、优雅。她穿着一件石榴红的长袖连衣裙，身子轻轻一晃，长裙的下摆就仿佛要旋动起来。这时的菜市场还没有下午那般脏臭，鲜嫩的蔬菜甚至还散发着一股含着水汽的清香。肉摊上的肉还是粉嫩的，所有的水果都还鲜艳，摊贩们的吆喝也都还响亮清脆。多阿姨挎着小菜篮，微笑着迎接每一位摊主、顾客的问候。

"多阿姨，转一个！"

"转一个！"

"转一个！"

面对这种近乎无礼的热情，多阿姨依然面带微笑。她知道，对于菜市场来说，每天她的到来都如同一场盛大的仪式。很多的摊主与顾客早已翘首以待。当她真的出现在他们面前时，他们又怎会错过向她表达情绪的机会？

"再见，多阿姨！"

"多阿姨，明天再来！"

买完了菜，多阿姨走出菜市场。摊主们恋恋不舍地将目光挪回，有几个顾客则始终跟随着她。在回家的路上，多阿姨身边的人越聚越多。

“多阿姨，转一个嘛！”

“转嘛！转嘛！”

……

他们不断请求着。

“啊，转一个？”

这是多阿姨已经同意的一个信号，她搽了粉底的脸颊泛着红晕。

“转一个、转一个……”所有人都请求起来。

多阿姨先将菜篮放在一条石凳上，然后走到两棵桂花树间的空地那儿。她已经在那里转动过很多次了。她先环视了一下观看的人群，以中老年人居多，很多都是熟人。她将双臂斜着向下打开，翘起兰花指，然后很快地朝逆时针方向转动起来。她的裙摆随即飘起并旋转，于是她赤裸的小腿就展露在大家面前。它们既健壮又光洁，很难想象它们属于一个已经50岁的女人。多阿姨有点胖，加之每次抬腿都较高，身体随之剧烈地晃动，看上去就像一只笨重的企鹅。有人打开了手机上的音乐，这无形中影响了多阿姨的节奏。也不断有人在多阿姨身边尝试着转动，可总是很快就因眩晕而退回人群之中。多阿姨始终半眯着眼睛——她相信眼睛是一个人的灵魂，所以画好眼影，使眼睛在半眯的状态下也可以显得立体、有神，这是她每天必做的一件事情。

在转动中，多阿姨留意到周围的人越来越多。但她的注意力更多的是为桂花的香味所吸引。一蓬蓬馥郁的桂花就在她头顶。有一阵子她觉得自己就像一只蝴蝶，正一点点地朝着那些桂花飘飞而去。于是她更用力地张开了手臂，直到终于发现这只是徒劳，双臂才耷拉下来。

和以往一样，十来分钟后，多阿姨停止了转动。

多阿姨微笑着将双臂搭在身前，像谢幕时的样子，等待着大家的掌声与赞叹。

掌声与赞叹一直都存在。不过这时，众人倒发出了一阵阵惋惜声。

“多阿姨，再转一个啊！”

“再转一个嘛！”

“下次吧！下次吧！”多阿姨快速地摇着手，同时穿过人群，来到石凳那儿提起了自己的菜篮子。

五

七七没想到多阿姨会朝自己走过来。看完多阿姨的表演后，她还有些迷恋地站在那里。

“小姑娘，我经常看到你呀。”一股香粉的味道扑来。七七不知所措地看着多阿姨，愣了好一会儿才小声说道：“多阿姨好！”

“你叫？”

“叫我七七吧，多阿姨。”

“五六七的七吗？——是7月7号出生的啊？”

“不是。是生下来的时候7斤7两。”

“呀，那可够重的。现在一点都看不出来，这么瘦！”

“这还瘦啊？”

“瘦！”

多阿姨仔细打量着七七。七七扭着头，假装在看桂花树上的黄色小花。

“桂花好香呢。”多阿姨说。

“嗯。”七七垂下了头。

“七七啊，去阿姨家玩呗。中午一块吃饭怎么样？”

“啊？”

“来，我们现在就去吧！”多阿姨的手搭在了七七手臂上，七七不自觉地跟着她往前走了几步。

“多阿姨——”七七停下了脚步，“谢谢您啊，可是我等会儿还要上班呢。”

“上班？几点上班？”

“12 点多。”

“那也得吃了午饭嘛！没关系的，我们早点吃饭。”

“那——我还没跟家里说呢。”

“家在哪儿？”

“河那边去了。”

“那就给家里打个电话。”

七七犹疑了下，还是掏出手机来打给母亲。对于多阿姨的邀请，母亲显得异常地高兴。“要懂礼貌啊……不要乱说话……”母亲像叮嘱小孩子似的。七七只得不断说“好的”。

挂掉电话，七七这才彻底肯定自己真的是要去多阿姨家了。七七觉得这种感觉很奇怪——倒不完全是因为意外，更主要的，是自己经常来看多阿姨的表演，却竟然一次也没想过其实是可以和多阿姨说说话，甚至是去她家坐一坐的。

“哦，七七，还不知道你喜欢吃什么菜呢！”多阿姨朝七七抬了下菜篮子，“我喜欢吃小菜，买的可都是小菜。要不你在这儿等我一下，我再去买点？”

“不用了多阿姨，我也喜欢吃小菜！”七七连忙摆手。

“那怎么行？年轻人要多吃点肉！你看你瘦得——你在这里稍微等我一下——”

多阿姨挽着菜篮子又往菜市场走去。看着她匆匆的背影，七七不禁在心底问自己：那个真的是多阿姨吗？

六

从早上起，多喜就开始想去哪里理发的问题。头发不得不理了。好一阵子以来，有一侧的头发不时往下掉，有时还碰着了眼睛，导致一阵酸痛。但去哪里理发是个问题。上次的那一家肯定不能再去。那天他辗转找了个小店，理发前，理发师说起他的发质问题。

"头发好油啊，一般多久洗一次呢？"

"一天一次。"他不想说太多。

"洗得这么勤快，那平时头发掉得厉害不？"理发师一股子热乎劲儿。

"还好吧。"

"这还好？你看你额头上方这块，都快掉光了。"

"头发油是不是就容易掉头发？"他忍不住问道。

"掉头发跟油不油倒没什么关系，主要是你经常洗头，对头发的伤害就比较大。"

多喜不说话了，但在心里嘀咕：头发油当然就得多洗，你这么热心，那就给我推荐一种好的洗发水呗。他等待着。但也许是意识到谈话的气氛始终未能轻松且如果持续下去也难以轻松，理发师竟也不说话了。他的梳子和剪刀在多喜头上快速腾挪，仿佛他的注意力已全在那上面。多喜这时有种被人抛弃的感觉——不是你找我说话的吗？刚才还叽里呱啦，现在怎么就一声不吭了？很快他又觉得，造成这种局面的正是他自己。为什么突然就不说话了呢？这是一个好机会，说不定就可以解决令自己烦恼不堪的油发问题。可是，刚才还不搭理别人，现在主动再开口，这多尴尬——他决定等待，等到理发师再度开口。然而理发师仿佛突然之间成了一个哑巴，即使是要他偏头，也只是通过手的动作来完成。

“头发油用什么洗发水好呢？”他还是没忍住。

“什么洗发水都差不多。”

没想到自己费了好大劲才提出的问题只换来这么一个答案，多喜很是失望，于是马上又问道：

“头发油是怎么造成的？我以前没这么油的，是不是上了班后天天对着电脑的原因？”

“和电脑也没什么关系，主要还是你到了一定年纪，”理发师停顿了一下，“成熟起来了——”

他接着又抑扬顿挫地强调道：“成熟了呗——”

多喜顿时觉得全身火热，脸上那几颗青春痘一阵奇痒，仿佛有什么东西迫不及待地要从里面喷射出来。多喜恨不得马上就扯下围裙从店里跑出去。他知道理发师说的也许仅仅是一个事实，没有任何暗示甚至嘲弄的意思——是啊，他为什么要这样呢？他们素不相识，何况自己还是他的顾客。但他抑制不住羞愧，他没法不去想那句话可能含有的种种言外之意，况且，理发师和他年纪相仿，见他又是油发又是青春痘的，怎么可能不多想点什么？

所以，对于这次去哪里理发，多喜更为忧虑：

第一，不能找女人理。这是一直以来的大前提。

第二，不去大店子，那儿人太多了。

第三，不去认识的人那里。也就是说，要去一个新地方。

第四，不要年纪差不多的人理。这一点是吸取上次的教训，新加上来的。

然而他想，这样一来，也许走遍整个鸬鹚镇，恐怕也找不到一个可以理发的地方了。有一阵多喜还想到可以尝试着自己给自己剪。但他很快又想到，要是剪得不好（这是极有可能的），自己的形象便会雪上加霜。油发倒在其次，最可怕的是那些痘痘。这么多年来，它们在他脸上从未消停过。他不由自主地在脸上摸着捏着挠着压着挤着，突然一阵尖锐的疼痛。下巴上一个刚刚发育起来的小包被他弄破了。他连忙翻出纸巾，将伤口紧紧按住。

这时候，镇长走进了他的办公室。多喜慌忙将纸巾丢开，并快速用手背在下巴上扫了一下。镇长似乎并没有在意多喜在做什么。他显得如此匆忙，仿佛准备给多喜布置一件十万火急的事情。

“小多啊，上午跟你说的那几点你要这样子写。”

他将一张写了字的稿纸摊到多喜的办公桌上，胖乎乎的食指在上面移动，同时快速地说道：“第一，种植业生产要走绿色优质之路……水稻的生产要继续加大人力物力，要提高耕种的机械化程度之类，别的你再补充。第二，要抓好养殖业和多种经营生产……”多喜站在旁边，将手贴在下巴上频频点头，对于镇长所说的却一个字也没有听进去。多喜只觉得镇长那庞大的身躯、快速而响亮的声音以及手掌不断下切的手势，都给他一种无形的压迫，使他的头脑里一片混沌，唯一清晰的就是希望镇长快点离开。

“你写好之后就再拿来给我看一下。”

“好的好的马上——”

说完之后，多喜立刻意识到自己犯了个错误：这个报告并没有那么急迫，为什么要说“马上”呢？完全是脑袋短路的缘故。这样一来，自己就得抓紧时间把它做完，而明天，说不定就又会有什么事情布置下来。最近一段时间，镇长老是频繁地亲自给他布置任务，甚至还亲自过问其中的一些琐事。

镇长的字简直无从辨认。看着它们，多喜想到了一群乱爬的螃蟹。横竖撇捺，都是些螃蟹脚。看了好一阵，多喜总算大致明白了镇长的要求。但一想到要把那些要求变成具体的文字，多喜的脑中又是一团乱麻。这不是简单的替换问题。他原来的思路总会不时地钻出来，跟镇长的那种外来思路纠缠在一起。恍惚间，他觉得像是有两个大脑在同时指挥着自己。

没修改几个字，母亲打来了电话。

“多喜啊，跟你说个事啊——今天我叫了个小姑娘回家吃中饭。蛮好的一个姑娘，长得清清秀秀的，很懂礼貌，个子也蛮高——”

“妈，我正做事呢！”

“你先听我说说——”

“回家再说好不好？好多的事……”

“好吧好吧，你都这么大了，该上心的事还是要上点心——”

“知道了，我挂了。”

挂掉电话，多喜发现自己已是全身燥热，额头还冒出了汗水。他又感到一阵羞愧，仿佛刚刚做了一件很丢脸的事情。尽管努力地克制，但他还是不时地想起母亲电话里的内容。很长一段时间，他都一动不动地坐在那里，同时却感到体内一股滚烫的液体在不断地奔涌，其中一部分还透过头皮钻到了头发里，而所有的头发则在一点点地发烫和油腻，似乎还在发出即将燃烧起来一般的“吱吱”声。“成熟了呗！……”那个理发师的声音也开始不断在耳边回响，与母亲的声音混杂在一起：“你都这么大了！成熟了呗！这么大了！成熟了！……”他觉得也许所有人都看到了他这一点，并在暗地里议论纷纷：他成熟了，需要一个姑娘，姑娘……

下班前几分钟，他总算把报告修改好了。镇长接过报告后，匆匆扫了一眼就说道：“对，对，这样改得好，很不错……”多喜本来还打算向他解释，为什么个别地方并没有完全按照他的意思去做，但可以不说话，他当然求之不得。他欣喜地发现，镇长对于他的油发，对于他的青春痘以及别的令他感到羞愧的地方，似乎都毫不在意。他只是耷拉着眼皮，不停地夸赞着，一副心不在焉、另有所思的样子。

七

七七站在“圣其士”奶粉专卖柜的独立收银台后面。每当听到从超市另一面传过来的小声争吵，她就忍不住微笑。本来呢，每次讨论《挑战梦想》，另外三个女孩都有点联合起来针对七七的意思。七七每次都有自己坚定的看法，一旦有哪个女孩和自己的观点不一样，她就会与之争论不休。但这一次，她突然变得沉默。于是争论很快在其他三个女孩中间展开。尽管事实已经摆明，2号是昨晚的获胜者，却有两个女孩认为1号更应该获得胜利。她们反复强调：1号的肚子更大，可以装下更多的东西，昨晚只不过是他没有发挥出最佳水平罢了。另一个女孩则坚持认为：2号更有比赛技巧，哪怕再比一场，他依然会获胜。

从多阿姨家出来后，七七就感觉到了自己身上的变化。尽管她走的还是熟悉的道路，走进的还是熟悉的工作地点，面对的还是熟悉的脸孔、货架、收银机……但她已感觉不到它们一直以来向她发射的那种强烈讯号：这就是你的一切。一直以来，它们一成不变的存在就仿佛一种野蛮的提醒。日复一日，不知不觉，她真的相信了它们就是她的一切。可是现在，她不再这么认为。一切随时可能改变。多阿姨不就是个例子？她说转圈只是她的爱好，从没想过会上《挑战梦想》。这是真的。七七觉得自己的生活会很不一样，而变化已经开始。如果以往的一切注定要摆脱，要离开，那么以往所坚持的事情也就变得不那么重要了，比如说在讨论《挑战梦想》时坚持自己的看法；甚至于连有没有看法也都不再重要。

八

下班的时候，多喜又接到母亲的电话。

“下班了吧？事情都做完了吧？”不待多喜回答，她马上又接着说，“我跟你说，那个姑娘真的蛮不错——”

一听到“姑娘”，多喜就头皮一紧。

“喂，听到吗？”

“听到了呢。”

“我叫人家明天中午还来家里吃饭，到时候你也得回来，你自己亲眼看一看——听见没？”

多喜没作声。

“喂喂，听见没？”

多喜恨不得立刻挂掉电话，但他知道母亲马上又会打过来。

“什么？信号不太好，回家说好不好？”

“那你快点回来！”

“听不清！我还要加会儿班，你自己先吃饭吧！我挂了啊！”

“你早点回来！”

“好啦好啦！”

一挂掉电话，多喜嘴巴里就发出了一种怪异的声响。这声响多少分散了他的思绪。在思维再度清晰的瞬间，他明确意识到：不能再待在办公室里；他必须出去走走，他必须尽可能地动用所有的身体器官——眼睛、鼻子、耳朵、四肢……就是不能用大脑。他急匆匆地往外走，埋着头，对所有熟悉的面孔仿佛都无暇一顾。他沿着大路一直走，直到过了大桥，依然继续往前，只是渐渐放慢了速度。在看到路边有一家粉店时，他毫不迟疑地就钻了进去。

在粉店的时候，他又接到多阿姨的电话。他回答说还在加班。挂掉电话后，他看了下时间：18:55。从粉店出来后，多喜开始慢悠悠地往回走。天已经完全黑了。与不久前天色还有点余光的时候相比，这时的街道更显亮丽。那些流光溢彩的招牌是如此分明，灯光之下的脸孔也都呈现出丰富的表情：在店铺门口招客的人笑容灿烂，急着赶回家的人平静中带点疲惫，摆摊的人迅速扫视着每一个路过的人……一个十来岁的男孩站在路边左顾右盼，像是在等什么人过来。他的皮肤黑黑的，眼睛异常闪亮。多喜见他好一阵子一直都在那里，身子不停地打转，表情显得焦躁，又有点犹疑的样子。他突然想到男孩也许是迷了路，或者是和亲人走散了。于是他朝男孩走了过去，在他身边突然停住。男孩像受到了惊吓似的往后一躲，一双晶亮的眼睛仰视着他，但眼睛的背后明显空洞而迷惑。“小朋友，怎么不回家啊？”多喜的话音刚落，男孩就朝他翻了个白眼，然后迅速朝旁边的一条小巷子里跑去。他跑得如此果决，显然不是一个迷路的孩子。多喜愣在原地，想着为什么男孩会这样——因为很少与小孩子说话，也许语气有点生硬，被对方理解成了责备？还是脸上的痘痘使自己看起来不够亲切？不管怎样，多喜都恼恨起自己刚才的举动来，并暗下决心，以后不管碰到什么人，还是不主动搭理为好。他继续往前慢走，猛地扫了一下马路对面，一个网吧的招牌使他豁然醒悟——那男孩刚才多半是在迟疑要不要去那个网吧，自己的询问则立刻把他吓跑了。男孩那个白眼在他心里的重量顿时消失了一大半，但他始终念念不忘男孩眼中那乌黑闪亮的瞳孔。

他在桥上站了好一会儿，感到了风的流动。风小的时候，它们在手背上轻快地滑动，仿佛用其中一只手在另一只上面一压，就可将它们逮住；风大的时候，整个身子都被风裹住了，它们像是要抱着他往某个地方走，他毫无反抗的余地。映着灯光的水面波光粼粼，但无论有没有光亮的地方，都显得深不可测，而一种腐臭的气味不断从水面飘送过来，使人疑心整条河里都填满了腐烂的东西。

将近 8 点，多喜才走向回家的那条路。路上，他又经过了几家他几乎每天都要留意的理发店。这次他依然透过玻璃仔细打量里面的理发师，心中却不再似以往那样不停地比较、揣测。现在，理发似乎已经成了一个可以暂时搁置的问题。

开门进屋的时候，母亲果然已经在看《挑战梦想》了。五个人都在将手伸进水缸里，五个水缸上都有个温度显示表，此时皆显示为 67℃。多喜马上就明白，水温会不断地增加，那五人谁能坚持到最后，谁就是获胜者。多喜只看了几秒就感到厌倦。《挑战梦想》的每一期节目都令他感到厌倦。他假想自己若是参赛者，无疑丝毫不会觉得快乐，所以他一直不解母亲在转圈中体会到的那种满足感。他想要的是一种源源不断的新鲜感，譬如旅行，譬如艺术，譬如波澜起伏的人生经历，不过，他知道自己可能永远没法拥有它们——而这个想法，尤其使他对一切都感到厌倦。

在以往，母亲在看《挑战梦想》的时候，即使是家里进了小偷，恐怕也难以令她把头扭转一下。但今天母亲明显地心不在焉。多喜一进屋，她就从沙发上弹了起来，然后一声不响地快乐地盯着他，仿佛在等待着多喜给予她应得的奖赏——一个快乐的微笑或者一个感激的拥抱。

多喜原本打算一回家就悄悄钻进自己房间，现在只得站在那里，仿佛是被《挑战梦想》所吸引。他虽然猜测到了母亲的期待，却决定装作对一切都一无所知。

“怎么样？”母亲按捺不住了。

“什么啊？”多喜平淡地回应。

“明天啊，那姑娘来家里吃中饭。”

“那就来呗。”

“你也得回来！”

“嗯。”

“自己的事也不上点心！”母亲嗔怪道，但语气马上又柔和了，“还没吃饭吧？”

“吃过了。”

“真的？那你再喝点汤，炖了好多！”

“还不饿。我还要做点事，先做事了啊。”

多喜往自己房间走。

“那你等会儿喝啊！”

“再看吧。”多喜一进门，立刻将门关上。灯没开，只有窗户那儿透进对面房屋的灯光。客厅里的电视声嗡嗡不绝，上下以及对面的楼房里不断响着脚步声、喊叫声以及开关门窗、婴儿啼哭等，街道那边也不时传来涨潮一般的车流声以及零星的喇叭声——这一切都使多喜感到安妥：母亲以及外面世界的所有人都在专注他们自己的事情，没有谁会留意他在做什么。他把灯开了，然后很轻慢地将门反锁上——弹簧锁最终发出一声响亮的“哒”，使他的心一阵狂跳，几秒之后，门外并无异样，他才彻底松弛下来。

然而他不知接下来可以做些什么。房间是如此狭小，衣柜、床、书桌、木椅，这就是全部。从他一住进这个房间的时候起，它就是这个样子。去年他上班之后，书桌上多了一台笔记本，这才稍微改变了一下格局。但笔记本的存在，似乎使房间显得更为狭小——每天除了坐在书桌前上网，他不知还能做些什么。

他又打开了电脑。电脑桌面是一片晴朗的蓝天，蓝天里飘浮着几朵散漫的白云，它们就像被砸烂在玻璃上的几团雪球。蓝天下，两个女孩站在齐腰的淡黄色深草里，分别穿着红、黄色的T恤，戴着一样的白色草帽。她们在仰望最大的那朵白云。看不到她们的脸，只能看到她们交叉在脑后的双手——手臂白皙而圆润，暗示着那些未曾裸露或看不到的地方会是什么模样。多喜忘记了为何会用这样一张图片作为背景。现在看来，它似乎也在不经意间暴露了他内心的欲望——姑娘……哦，姑娘。

关于母亲口中那个姑娘的想象突然决堤而来——清秀，个子高，当然毋庸置疑还有一头秀丽的长发，白皙的皮肤，丰满……在数秒的时间里，多喜就拼装出了“她”的形象，而且还迫不及待地想要见到“她”。他知道“她”在哪里：迅速点开电脑E盘，恢复隐藏文件，在一个“新建文件夹”里找到了他所要的视频。视频一打开，他马上将音量调小。这时画面中一个赤裸的女人仰躺着，接着画面晃动了一下，然后一个赤裸的男人扑到了女人身上，女人发出一声尖叫，随后是一声声低沉而压抑的呻吟……不觉间，多喜的手在膨胀的下体部位揉捏，随后脱下了外裤和内裤，用手自由地套弄。快感是如此强烈，以至于多喜的每次套弄都只维持匆匆数秒，一次次即将冲射而出的精液又一次次倒流回去。再也无法自控的时候，多喜加快了手的动作。但当精液喷射而出时，他并没有感受到那种期待中的快感——大脑皮层仿佛早已因之前的一阵阵快感而麻木。看着精子们仿佛是从某个无知无觉的玩具里一点点涌出，多喜不禁生出将下体一刀割下的念头——是的，虽然它每天暗地里带给他一点点短暂的快慰，他却几乎要为此付出一切。是的，一切。为什么不摆脱它？为什么不把它割下？他想象着鲜血喷溅的画面，然后是一声声痛苦却不乏快慰的喊叫——这将是他最后的快慰——不，他将拥有更纯净更充实无疑也将是更轻松愉悦的生活；他将一个人生活，永远一个人……终于，他对这样的念头也感到了厌倦。

九

听到楼下的争吵后，七七彻底地清醒过来。她记得自己早就醒来过了，重又睡着后，中间还断断续续地醒来过好几次。每天一大早，她都会被吵醒，随后如果再睡，就如同躺在声浪上一样。房间几乎谈不上什么隔音，门底下一条大缝，门上的方孔里只隔了一个铝合金隔栏。楼下的客厅，也四处都是孔缝。最主要的是，楼房就在一条巷道的拐弯处，周围也都是楼房。每天只要天一亮，住在四周的人，从楼下巷道经过的人，还有母亲喂养的那两头猪，就开始不断发出声响，而尤其在有摩托通过的时候，在有孩子们的尖叫、哭闹以及大人斥骂的时候，再深沉的睡眠也会逐渐裂成碎片，随即人便从一种支离破碎的梦境中醒来。

七七很快听出来，是母亲和一个邻居在争吵：邻居在责怪母亲说过她一句什么，而母亲则坚持自己并没有说过，是对方听信了他人的谣言。多简单的一件事啊，好好说一下不就清楚了吗？七七恼恨地想道。她想象着自己立刻冲下楼去，对双方都是一顿责备：有什么大不了的呢？就这么点破事，值得这么大吵大闹吗？但她知道自己不会下去。在她眼中的小事，她们不会这么认为。她们这一辈子，都已经无数次为这样的事情而争吵；很大程度上，她们就是生活在这样的事情里。她想，她和她们不一样——是的，她会和她们不一样。对于未来，她已经有了一定的预见：最起码，她会离开现在这所房子，这所简陋的、连睡个好觉都是一种奢侈的房子；她想象中的房子是一个两居室的套间，旁边没有大路，也没有巷道，一个宽敞的客厅，奶白色的沙发，宽屏液晶电视，整洁的餐桌，精致的吊灯……是的，这就是多阿姨家的房子——昨天晚上回家时，母亲旁敲侧击地对她说：你见到多阿姨的儿子没？个子高高的，在镇政府上班的。她立刻明白了母亲的意思，进而也明白了多阿姨对她如此亲热的缘故。这也许就是她的未来，她想，但还有最后一个问题：那个在镇政府上班的人会看上自己吗？

楼下的争吵愈演愈烈。母亲每一声凶狠的咒骂都令七七感到羞愧。她情不自禁地拿母亲与多阿姨做对比，同时想着若是多阿姨或者那个人正好路过这里，她在他们眼中将会是一个什么样子。她没法继续忍耐下去，于是匆匆穿好衣服，然后跑上三楼。三楼一半是储物间，另一半是平台。站在平台上，声音的确小了很多，只要不刻意去细听，心情倒不至于更糟。旁边连在一块的，是她二叔家的房子，格局与这边一模一样。那边的平台上方覆盖着一张黑色塑料网，是夏天用来隔热的。四周还有好几家的屋顶都盖着这样的塑料网。一侧十多米外有一个老太太在给屋顶上种植的蔬菜浇水。七七站到里面一点，不想让她看见自己。那边屋顶的角落里种着两盆生姜，都长到了一尺多高，修长的绿叶酷似长剑。有风的时候，两棵生姜轻轻摆动，而它们相对的几片叶子则你来我往，像是在击剑一样。

不觉间，耳边已只有平素的那种喧闹。又倾听了会儿，确定吵架的邻居确实已经离开，七七忙奔下楼去。母亲肯定还在生气，或许也在责怪她为什么一直不下来，竟然任由他人上门挑衅。是的，她偷偷躲起来，已经很过分了，如果这时候还不下去，那么母亲会怎么想？母亲已在厨房，正将两个玉米放到锅里去蒸。

"妈——"七七在门口喊道。

"啊？起来啦？玉米都凉了，我再给你蒸一下——吃玉米可以吧？"母亲脸上看不出丝毫对七七的不满，相反，她如此过度地殷勤，仿佛意识到刚才发生的事情已令七七难堪，而这时应该尽量弥补。

“吃玉米蛮好，你吃了吧？”七七很想从这种怪异的氛围里走出来。

“吃过了，早吃过了！”

“爸呢？”

“也早吃了做事去了。”

“还在大姨那边啊？”

“还在那边，那边还要做好几天。”

不由自主地问着这些自己完全清楚的问题，七七分明感到自己在没话找话，仿佛一位客人不得不和主人客套一下。而自己之所以这样，完全是因为母亲早已制造出来的客套氛围——无疑，这都是因为她昨天去了多阿姨家，而今天还要再去的缘故。昨晚是不是不应该对母亲说的呢？七七忍不住想，说不定只会让她空欢喜一场。是啊，母亲，还有她自己，都很有可能空欢喜一场。

“多阿姨不上班了是不是？”母亲突然问道。

“应该是吧。”

“那也好，她做了几十年阿姨，退休工资应该有吧？”

“这个我怎么知道？玉米好了吧？”

母亲关了煤气，掀开了锅盖。

“去的时候记得买点水果，别空着手去。”

“知道了。”

“不早了，吃了玉米就去吧，别要人家等。”

“妈你别操这么多心了——”七七走到锅前，直接伸手去抓玉米。

“小心烫手！”

“不烫！”七七将玉米在两手间迅速倒换，最后还是将它扔在了砧板上。

“我说吧！老是这么急躁！”

“谁急躁了呢?”七七几乎想喊叫起来，但马上意识到这样倒真显得急躁了。于是她抓起砧板上的玉米往楼上走去。

“锅里还有一个呢!”母亲在她身后喊道。但她并没有搭理。

十

大桥旁边有一个儿童游乐场，在河与大路之间。这时候里面一个孩子都没有。七七路过这里时，一个怪诞的念头突然在脑海产生了：她带着自己的孩子来这里，然而真正在游乐场里玩耍的并不是孩子，而是她自己。但转念一想，她又觉得这并不荒唐：她没来这儿玩过，而且从小到大，她还没有玩过任何的游乐设施，如果有机会，为什么自己就不能玩一下呢?可是自己哪来的孩子?马上就会有吗——可是“马上”又能有多快?——七七觉得有必要让自己的思绪平定一下。游乐场边有不少红色的塑料凳，是供家长们坐着等待孩子用的。七七走过去坐下，将刚买的水果（一个柚子，两斤葡萄）放在脚边。时间不知还够不够，她掏出手机来看——因和母亲赌气，她出来得稍微晚了点。离 11 点还有几分钟，但多阿姨家已经很近了。

七七看着路边的那一排店铺。有家卖衣服的小店叫“衣新衣异”，有一家饭馆装饰得古色古香，招牌是鎏金的——“鸬鹚老店闻香来”，就在它隔壁，一家小粉店取名为“新一家”。七七把能看到的招牌都斟酌了一遍，在想到必须得赶去多阿姨家时，却还是不愿动弹。她突然发觉，从昨晚到现在，她想的事情已经够多了，却还有一件至关重要的事情没有去想——也许正因为她想得太多太远，结果反而忽略了眼前的事情——多阿姨为什么会要自己再去她家里呢?仅仅是和昨天一样一起吃个饭，还是会有别的安排?那个在镇政府上班的人今天会在那里吗?在的话那么他会怎么看自己呢?他如果和自己说话，会说些什么，自己又怎么回答？如果他对自己不满意，那么一切不都成了空想……

七七终于从一种恍惚的状态里回过神来，同时下意识地起身往多阿姨家那边走去。走了几步，七七才发现太阳不知什么时候出来了。连续好几天，天都是阴沉沉的，不久之前，天空也并无一点晴朗的迹象。现在，整条大路上都铺满了金灿灿的光亮。而好久没有接触到阳光的皮肤此时好像都张开了毛孔，暖和而舒畅。七七觉得这是一个好兆头。

敲过门后，多阿姨给七七开了门。多阿姨似乎比昨天更加地兴奋和殷切。“多喜，客人来啦！”随着多阿姨瞧向沙发那边的目光，七七看到了一个坐在沙发上的年轻男子。他的头发有点长，皮肤显得苍白，脸颊上有几个粉红的痘痘和疤印。他匆匆往这边扫了一眼，随即转过头去，并将头下沉了几分，脸上还泛起一片红晕。转瞬间，七七就抛开了心底所有不安的揣测，同时生出一种强烈的自信：她轻易就能将这个在镇政府上班的人牢牢地攥在手心里。

十一

自从在“欢乐谷”看到一个女孩的背影后，小 C 连续很多天都往那个地方跑。他回忆起当天的情形，觉得那个女孩应该是先他来到“欢乐谷”，并一直待在坡顶的那个亭子里。于是，他每次都直接奔向那里，并在里面待上很长一段时间。他不断猜测着那个女孩的身份——像是穿着职业装，那么是某个场所的职员或服务员？银行宾馆还是超市饭店？小 C 还不断想象着若真的与女孩碰上了，他将如何与她搭讪——有时他觉得应该表示惊讶，装出只是与对方偶遇；有时他又觉得还是直接向对方表白为好：我在这里等了你好多天了……小 C 还随时随地留意起女孩们的背影来，而这使他更加地确信：整个鸬鹚镇都找不出第二个那么有吸引力的女孩了。

这期间，小C勉强凑齐了“鸬鹚四景”。它们皆分布在鸬鹚镇周边，分别被小C命名为“古木逢春”——那是一棵需要两人才可合抱的大泡桐树，树身底部裂开了一个大洞，可以钻进一个五六岁的孩子，但此树依然枝繁叶茂；“长湾落日”——资水在穿过鸬鹚镇前拐了个大弯，弯口处较为宽阔，小C那天在落日时分经过那里，看到水湾里躺着一颗红彤彤的落日；“双峰驼岭”——走到小镇的外围某处，可以看到前方并排的两个小山岭，看上去酷似一头骆驼的双峰；“思源古井”——一口青石围盖的老井，目前还有人从中取水，它本身并无名字，小C便为它取了这个。小C给这几个地方都拍了不少照片，打算到时再择优放到《鸬鹚古镇》里面去。

十二

小C的大伯父六十大寿这天，连续多天未见的太阳在中午时分出来了。一大家子人这时正好从家里出来，打算到附近的一家餐馆去。小C觉得可以借这个事情向大伯父说些吉利话。但他逐渐发现，其他人对于出太阳这事似乎并无什么特别的反应，就连从大城市里赶回来的两位堂姐、堂姐夫，也都只顾着招呼大家坐到他们的车上去。大伯父坐上了他大女儿的车，而其他乘客，都是一些小孩。也许，祝酒的时候可以说说吧，小C这么打算着。

在一个大包间里，全家人坐满了一个大桌和一个小桌。小C坐在大伯父旁边。大伯父没有儿子，小C觉得，在某种意义上，自己就是他的儿子。而这一点，长期以来，似乎也得到了所有亲人的默认。饭桌上，等到其他人都向大伯父敬完酒后，小C才站起来，举着酒杯对大伯父说：

“大伯，今天是个好日子，真可以说是双喜临门——一喜呢，是今天您老过寿，二喜呢，是今天终于出太阳了——”

一声清脆的笑声突然响起，是小桌子那边的一个堂妹发出来的，一个高中生。“不懂事！”她的母亲呵斥一声后，也抿着嘴笑了。

“出太阳了，”小C虽有些沮丧，也只好继续说下去，“这说明什么呢？说明您老人家吉星高照！连老天爷都这么赏脸，您老人家还不有福气？我敬您啊，今天我们都沾了您老人家的福气！”

“说得好呢！”

“还是大学生会说话！”

“做老师了呢！”

……

如小C所愿，祝酒的气氛因自己而达到了高潮。但小C隐约觉得所有的夸赞都变了味，仿佛只是一种表面的客套，甚至只是对他的一种安慰。究其原因，倒并非堂妹的那声大笑，而是自己的表现实在太“大学生”了——这虽不是问题，但问题是，当场就他这么一个大学生。不管怎么说，小C觉得这次的祝酒是彻底地失败了。

吃完饭回大伯父家。两位堂姐夫在客厅里组织了两桌牌局，房间里的电脑被以高中生堂妹为首的一大群孩子占据。小C没有玩牌的习惯，更不屑于和小孩们争抢电脑。百无聊赖，他这里坐坐，那里站站。当二姑夫因手气背而离开牌桌，呼唤他去替代时，他略一犹豫就过去了，觉得既可打发时间，又多少可以减少亲人们认为他只会读书的印象。

牌打得不小，小C牌技不好，手气比二姑夫还臭，才十几分钟，身上的一千来块差不多都给了出去。看小C牌的人都说没见过手气这么背的。小C不好意思说没钱了，又不想在这个时候说不玩，免得别人觉得他输不起。心里一乱，牌更不会出了，手指还忍不住哆嗦。

“算啦算啦，别跟他们打了，你工资才几个钱啊，还不输死！”站在一旁的二姐突然将小C手中的扑克夺下，扔到桌上，顺手还从二姐夫手边的钱堆里抓起一把塞到小C手上。小C感到全身发烫，心里说不出是对二姐的感激还是埋怨。

离开牌桌后，小C努力地保持平静，并不断告诉自己：这只是一件小事；打牌嘛，不过就是一场游戏，对他们那几个经常泡在牌桌上的人尤其如此；而且，大家又都是这么亲的人，何必耿耿于怀呢？但小C总觉得家中原本那种轻松、愉快的氛围已不复存在。每一次扫向那些熟悉面孔的时候，以往的那种亲切感似乎也已荡然无存，取而代之的是一种胆怯，甚至还带点厌恶。

趁没人注意的时候，小C走出了大伯家。他想在外面走一圈，或许会让自己的神经松弛一点。楼底下停着两位姐夫的车。算不上什么好车，但它们足以让小C汗颜——自己这辈子恐怕都买不起车——一想到这个，小C更感到虚弱，同时更加后悔不久前那个打牌的决定：你不是打牌的料，你也没必要向别人证明自己这方面的能力，这只会让你进入他们的生活轨道，以致在与他们的对比中显得一无是处。看，现在就是后果，内心如此慌乱，如此空虚。他知道自己应该返回自己的世界，那个简单而富足的精神世界——眼下唯一要做的，就是尽快把《鸬鹚古镇》的书稿完成。

十三

每天晚上10点之前，多喜都会来到超市，等待七七下班后送她回家。在旁人眼里，他们似乎已确立了恋爱关系，但多喜对此还是没有一点把握——尽管自己每次都满怀热情，七七则始终保持一种不冷不热的态度。七七虽然默许他陪送自己回家，却每次都回避与他的身体接触，甚至也委婉回绝了与他在白天单独约会——哪怕只是一块吃个中饭。几天之后，多喜意识到，唯一能唤起七七热情的，就是与她谈论《挑战梦想》。于是，多喜也每天都关注起《挑战梦想》来，并随时在脑海准备着可以与七七谈论的话题。

这天，从超市一出来，七七的情绪就显得有些低落，无论多喜说什么，她都似乎懒得回应。

“你怎么了？是不是身体不舒服？”多喜忐忑不安，唯恐七七说出不想和他交往的话来。

“没什么，就是有点累。”

“要是太累了，就请假休息一两天吧。”

“哪能请什么假啊！”

“连假都不能请吗？”多喜并没有说出来。

“就算找人替班，下次还不得替别人，到时更累！”

多喜不知该说什么好。但他知道，问题已说到了点子上，只要七七愿意开口，什么都好办——工作的问题，可是这个问题怎么解决呢？

“要不，换个工作吧？”在好长一阵沉默后，多喜开口道。

“换什么工作？”

这一点，多喜还没来得及想。但他不希望谈话再停顿了，于是立刻说道：“自己开个店吧，自己做老板，至少自由一点——”

七七停下脚步，直直地看着多喜。

“至于资金呢，”多喜唯恐七七先提出这一问题，马上接着道，“你不用担心。我妈现在退休了，也正想找点事干，她也很想开个店什么的，到时候她还可以帮帮你——”

多喜感到心惊胆战——事实上，母亲并无开店的念头，而家里是否有足够开店的资金，他也并不明了。但这样一来，七七就俨然成了他们家中的一员，只是不知七七是否愿意。

“那开什么店呀?”七七的声音前所未有的柔软，多喜觉得里面几乎还有了点撒娇的味道。

“随便你啊——”多喜以同样的语调说道，同时激动地朝七七伸过手去。七七这次没有躲闪，身体轻轻地与多喜贴在了一起。

十四

在忙着编撰《鸬鹚古镇》的过程中，小C对在“欢乐谷”见到的那个女孩依然念念不忘。偶尔他还是跑到那里去，却总是失望而归。这日，他突发灵感，觉得可以在自己的书稿中敷演一篇与之相关的故事，即使今后再也见不到那个女孩，也不枉自己的一番念想。主意一定，便立刻行动起来，所撰文章大意是：数百年前，在“鸬鹚镇”还被称为“鳊鱼渡”的时候，镇上有一书生，本为乡绅子弟，后来家道衰落，过着穷困潦倒的生活，但他每天好学不倦，立志要考取功名。某一天，书生到附近的一座小山上去散心，山顶上有一个小凉亭。正当他欣赏周围美景时，突然来了一位绝色佳人，书生立刻觉得她并非凡人。果然，女子说她是云罗仙子，专司在人间搜寻有望名列仙籍之人，她看书生是个可造之材，所以前来点化。书生问她如何点化自己，女子只将衣袖一挥，书生就感到头晕目眩，待清醒过来时，女子说要做他的妻子。书生求之不得，把女子带回家中。从此以后，两人相亲相爱，同时在女子的帮助下，书生不仅有了钱，而且还考取了功名，之后又得到了官位，短期内多次升迁，成了当朝的红人。书生居住在京城的高门大宅内，每天前来向他请教诗文以及欲与他结交的人络绎不绝。在他家中，天天笙歌鼎沸、高朋满座。一日，女子却突然离去，书生日日思念，还经常告假还乡，来到他们最初见面的那座小山，既是重温旧梦，又希望女子能够再次出现。然而一切都是枉然。渐渐地，书生对女子也就有些淡忘了。他开始把目光转向那些以前很少关注的美女，发现凡间的女子也自有一番风味，于是接连娶了几房美貌妻妾。身边的每一位女子都对自己百依百顺，加之声望财富日益积累，他结交帮助过、对他心存感激的人不计其数。一时间，书生志得意满、意气风发，觉得就算是做神仙也不过如此。然而厄运突然降临。由于被嫉恨者告发他结党营私、图谋不轨，皇帝震怒，当场下令将他逮捕关押，并派人前去调查。负责调查的人本是他的朋友，曾经还受过他不少恩惠，然而为了撇清与书生的关系，他不仅不施以援手，反而对他严刑逼供。他在朝中的其他朋友也都只求自保、不发一言，而他以前的一些门人清客，为了获得上升的机会，纷纷造谣诬陷，于是众多的“罪证”被搜集起来。那些被诬告与他“谋反”的人也都被逮捕。最后，皇帝下令将书生和这些人全都处死。行刑那天，书生被囚车送往菜市口。一路上，无数的谩骂、口水等都向他飞来。到了这时，他才彻底明白，自己曾经努力追求并引以为傲的一切原来是如此荒诞不经。在被砍头前的那段时间，他又重新回顾了自己的一生，发现自己从前所做的一切都毫无意义，而世间的一切荣辱、情感也都毫无意义，内心不禁万念俱灰，对死也就一点都不觉得恐惧了。在大刀砍下的那一刹那，书生突然发现自己又身在小山上的凉亭之中。看看四周，天色似乎还并无变化，只是云罗仙子已不在亭中。书生意识到自己只是做了一个梦，而云罗仙子所说的“点化”就是这么回事了。最后，书生觉得心中空空荡荡，从前所有的梦想和欲望都已湮灭，于是他便离开了鳊鱼渡，开始四处求仙问道，最后终于修成正果云云。

十五

“起床了吗？——是不是吵醒你了？——昨天回家后我就跟我妈说了，她很赞同开店呢。本来想昨晚就给你打电话的，又怕你要休息了。你想好开什么店了吗？”多喜边说边想起昨晚与母亲谈论的情景——一切还算顺利，然而资金肯定不够，还得向人筹借。但这一点，他并不想让七七知晓，至少目前还不想。

“谢谢你啊。”七七在电话里回应道。

“谢什么呢？跟我你还说这种话啊？以后不准再说了。”

“好啦，以后不说了。你上班了吧？”

“是啊。”

“忙不忙啊？”

“还好呢。你早上应该没事吧。”

“没事。”

“那我过去找你玩吧。”

“你不用上班啊？”

“没关系的，有事我再回来。”

“算了啦，你还是上班吧，万一有事多不好。”

“嗯，那好。不过真的很想见你了。”

“昨晚才见了。”

“想你了啊。你想我不？”

“哈哈，不告诉你。”

“告诉我呗。”

“好啦，想你了。”

“真的？”

“真的！你说话边上没人吧？”

“我自己一个办公室。”

“啊，真好。”

“就这样啦，一样地做事。呵呵……”

“你笑什么？”

“哦，我想起我们镇长了。他今天一大早又亲自来给我布置任务。最近这段时间他老是这样，我怀疑他老来找我是为了——哈，算啦，不跟你说这个了。”

“你说嘛——”

“呵呵，我就是怀疑，也不一定对。”

“你说说看。”

“嗯，我觉得他可能是对我妈有那个意思，呵呵。”

“你怎么知道呢？”

“我妈不是几个月前参加了《挑战梦想》吗？从那以后呢，镇长对我的态度就不一样了，不仅经常来找我，还对我非常——怎么说呢，就是不大一般，和以前很不一样。有时候他还故意引我说我妈的事情。不过镇长这人爱端架子，不肯把想法直接说出来。他不说，我就当不知道了。”

“哦，他没老婆吗？”

“去年过世了。”

“那你就撮合他们呗。呵呵，你别介意啊。”

“没关系啦。不过要是我撮合他们，还不知别人怎么想。”

“镇长也是，喜欢就主动点呗；阿姨人这么好，说不定就被别人先追走了。”

“我妈真这么有魅力啊？”

“那当然啦。”

“呵呵。”

“好啦，你先做事吧，我妈叫我吃早餐了。”

“那好，你去吧。”

“拜拜。”

“拜拜。”

十六

镇长终于从马桶上起身了。两腿早已酸麻，他等待了好一会儿才走出卫生间。卫生间就在他的办公室里。他上任镇长不久，就在这个办公室一角添了个卫生间，而且里面不是采用此地普遍的蹲坑，而是马桶。这都是由于他那便秘的毛病。他必须做好随时钻进卫生间的准备，又得做好在卫生间里不知待上多长时间的准备。全镇除了他自己，没人知道他有这个毛病。

已经三天了。这一次依然没有成功。吃再多的水果蔬菜都没有用，而清肠茶和药物，大城市的医生早就叮嘱过他：不要对它们形成依赖，要靠肠子自身的运动——镇长越来越觉得这不过是一句废话：如果能依靠肠子自身的运动，他就不会得便秘。但他还是遵循着医生的嘱咐。

肚子很快又有了胀胀的感觉。虽然坐在办公椅上，他的心却又飞到了马桶上。对这种感觉，他说不上是欢喜还是恼恨，这既表明有了通畅的希望，却又很可能只是一种欺骗，一个玩笑。好几年了，曾经百依百顺的身体如今仿佛成了敌人，他必须以全副的精力去侍奉它、提防它，不时还得采取各种策略与它周旋。有时他自己都诧异，为何还会有力气去处理那么多工作上的事情；而更令他感觉诧异的，是他对多阿姨的那种情感。现在，除了远在国外的儿子——但他有等于无，多阿姨似乎是这世间唯一能让他觉得人生还有意义的人了。

几个月前，镇长都还完全不曾想到像多阿姨那样的人会影响到自己的生活。但现在，多阿姨在鸬鹚镇的影响似乎无处不在。一开始，尽管镇长从不刻意关注打听，多阿姨的名字还是随时会钻进他的耳朵。而逐渐地，“多阿姨”仿佛在他的心底扎下了根，他也情不自禁地开始主动去了解甚至渴望接触她——当然，他还不至于跑到多阿姨活动的地方，跟在她的屁股后面。所幸的是，多阿姨的儿子多喜就在镇政府里，于是他希望通过多喜而接触到多阿姨。好一段时间过去了，事情并无进展，他感到原因就在于多喜的脑袋似乎并不灵光。他觉得这件事情就好像另一桩便秘一样令他无可奈何。

当自称镇中学老师的小C前来找他的时候，他好不容易才没摆出难看的脸色来。

小C激动地向他陈述了出版某本书对鸬鹚镇的好处。他看到打印出来的书稿摊在自己面前，小C那苍白而颤抖的手指一页页地翻动、指点着它们。当感觉到身边没有声音了的时候，他抬起头来，发现对面的小C正一脸期待地看着自己。

“首印如果只印五千册，”见镇长什么也没说，小C连忙又说起来，“花的钱并不多。而且这书肯定会有市场，到时候不仅投入的钱可以收回来，而且还可以多少赚一点。如果以后鸬鹚镇名气大了，这书肯定还会加印呢。”

“好吧，这个先放在这里，我叫人商讨一下。”镇长决定尽快把小C打发走。

“哦，那什么时候能给我回复呢？”

“尽快，尽快。”

“那好，谢谢您了，我下次再来。”

“下次不要再来了。”镇长心说道，可嘴里则说：“好，好，不送，不送。”

小C走后，镇长不觉又翻了翻桌上的书稿。看着那些密密麻麻的文字，他不禁感叹竟然还有人花那么多心思和精力去做这种事情——是因为年轻的缘故么？他努力回忆着自己年轻时是否也做过类似的事情，然而他唯一想到的就是当年对几个美丽女孩的激情，而这激情又一点点地唤醒了此时的他。他又想到了多阿姨，于是决定再去找一下多喜。

镇长拿着小 C 的书稿来到多喜办公室，吩咐他找相关的人商讨一下。后来，他翻着书稿说："你可以找镇上的人了解了解，可以问问你母亲啊或者其他什么人，看他们觉得可不可以出版。"

"大家有些什么反映，你到时再跟我说说。"最后，他补充道。

十七

自留下书稿之后，小 C 过两天就被告知：《鸬鹚古镇》一书已通过镇政府审核，将由镇财务办拨资出版。半年之后，小 C 收到了从大城市出版社寄来的样书。刚看到时，小 C 以为是出版社把书寄错了，因为该书的封面是一个女孩的照片。但"鸬鹚古镇"几个大字分明就在上面，他的名字也出现在该出现的地方。小 C 很快就释然了，而且他发现封面上的女孩正是他理想中的模样：清清秀秀、腰肢纤细——这不禁又勾起他对"欢乐谷"见过的那个女孩的回忆。他决定写信去出版社打听一下自己书上的女孩是谁。

而在小 C 收到书稿之前，鸬鹚镇还发生了一件值得一记的事：多阿姨和她的儿子多喜相继举办了婚礼，多阿姨的丈夫是镇长，多喜的妻子呢，自然就是七七。

一个小时的大师

这天从午睡醒来开始，你就感到全身都有些疲软，尤其是大脑，无论面对什么，都发出一股仿佛发自本能的斥力，或者只想迅速地跳过去、滑过去，所以你点开了好几次工作文档，又扫了好几遍昨夜的体育新闻，甚至还看了好几个电影的开头，却始终没有让大脑恢复应有的活力。也许是因为午睡效果不佳，始终处于半睡半醒的状态。说是午睡，其实不过是在办公桌上趴了三四十分钟。到两点钟的时候，同办公室的女孩准时进来了——她家就在附近，每天中午都会回去。整个下午，坐在对面的女孩都在噼里啪啦地敲击键盘，也不知是在聊天还是工作。对此你早已习惯，但大脑还是在不断地抗议和波动，以至于太阳穴都开始隐隐作痛。这期间你多次想推开窗户，但同办公室的女孩必然会表达不满，即使不通过语言，也会通过冰冷的表情或一些粗暴的动作。于是你多次去了卫生间，钻进靠外墙的那个隔间，把窗户推开，让冷冽的空气涌进来。每次在那里面，你都想着要抽一根烟，但手上并没有烟（你并没有抽烟的习惯），而且也懒得跑到外面去买。

下班时间一到，女孩就匆匆离去。这时候你倒不急着出门，才五点半，起码还要一个来小时，才到你吃饭的时间，而你这天又不想自己做饭。你先是关掉了空调，然后将平推的窗页推到尽头，站在那里好长一段时间。这是一栋居民楼里的九楼，挨着围墙，对面是一家新建的养老院，有三栋贴着褐色瓷砖的十几层大楼。养老院里的绿化不错，路边栽有桂树、樟树、杜英、枳壳等常绿树木，还有一座小山和一个小湖。在有阳光的日子，那儿鲜艳得仿佛一个童话里的乐园。中午的时候，你经常跑到那里面去，会碰到一些走路时也甩臂扭腰的老人，还有一些是被女看护搀扶着，或者是坐在轮椅上。这时候，天色已有些昏暗，养老院那边已陆续有窗口亮起了灯光。路面上一个人影都看不到，只有几辆小车从地库里出来，再徐徐驶往大门那边。

"哈，你站在那里干什么？"

一个声音从你身后传来。

"没什么事，就在这里透透气。"

"那你和我去参加个聚会吧，都是些搞文学的人。你不也写点小说吗？"

你的嘴唇哆嗦了几下，只感到一缕干冽的空气在口腔里回荡。还没等说什么，对方已挟着你的胳膊，兴冲冲地朝门外跨去。

一路他都亲热地倚着你，仿佛生怕你逃跑一般。不过你已经下定决心，去一趟也没关系，只是看一看，什么也不说，也不抱任何的期望。他则是满怀期望的样子，一路都在讲此次聚会有哪些人在场，以及他们有哪些作品，还捎带些相关的逸闻趣事。

聚会点就在离你们办公处一公里左右的地方，走了十几分钟就到了。是一座写字楼楼下的门店，挂着“精彩食光”的红字招牌。“彩”和“光”两个字都靠上一点，仿佛是特意跳起来，以引人注目；“食”字则被画上了一个蓝圈，有如错别字修改的提示符号。此时夜幕初临，每一个字都通体光亮，似乎都在比赛着谁更能从招牌上凸显出来。

这时你又迟疑起来，想着是不是应该立刻掉头回去。

但还来不及深思，他已将你朝门口推去。当你穿过门口时，不由自主地把头往下垂了两三公分。门内灯光浓稠，却并不明亮，来自众多白色的小射灯和悬挂在一些餐桌上方的黄色圆筒状吊灯。灯光里的人和事物因此都显得有些模糊，仿佛都处于轻微的晃动状态。当你置身其中时，身体便也仿佛失重，手脚无法正常地摆动。还有一进门就朝你涌来的嘈杂人语以及一股夹杂着复杂气味的空调热流，都让你一时难以适应。你尽可能地贴着他，穿过拥有十几张餐桌以及数十颗脑袋的大厅，来到一条贴着淡黄色壁纸的过道。过道两侧都是包间，门都关闭着，上面的金色名牌上有“平沙落雁”“渔村夕照”“江天暮雪”之类的名字。一直走到尽头，右侧那间“洞庭秋月”，就是你们的目的地。门半开着，有笑语声传出来。他先敲了几下门，然后推门进去。里面的声音停止了，五个或者是六个人的目光朝你们扫射过来。你早已藏在他身后。他和其中一个人挥手打了个招呼，然后就坐在靠近门口的下首位置，你便跟着坐在旁边。短暂中断的谈话继续进行，正在说话的是一个体型微胖的四十来岁男人，几缕软塌塌的头发从两侧支援着稍显空旷的顶部，两只肥厚的手掌在胸前打着手势，脸上笑容堆砌，眼睛眯得只剩下一条小缝。但那条小缝里依然光芒闪烁，尤其是他脸朝斜对面一位三十五六岁女士的时候。她是桌边唯一的女性，个子瘦高，戴一副黑色塑料小框眼镜，橘黄色羊绒风衣以及灰色毛线围巾依然裹在身上。每隔一小会儿，她就用细长的手指挡一下嘴唇，笑不露齿。

主位依然空着，桌上虽已摆着花生米、海带丝、萝卜皮、卤牛肉四小碟凉菜，却谁也没有动筷，估计是最重要的那个人还没有来。这个包间有三十来个平方，黑色的木地板光洁如洗，除了进门右侧是米色硅藻泥墙面（上面以水墨风画着一片湖湾、一座小木屋、几株嶙峋的小树，还有一轮浮在黑白云海之中大得惊人的圆月），其他三面都是仿佛刚刚贴上的淡黄色壁纸，不见一丝皱痕和污迹，每一面上都悬挂着一幅竖形题诗匾，一幅草体，一幅小篆，一幅行书——对一般人而言，只有行书上的字才基本可辨，是宋代赵蕃的《洞庭秋月》：平湖万里宽，秋月一天白。隐隐岳阳楼，有人自横笛。临街的那面墙上有两个窗户，这时窗帘拉开，玻璃却都紧闭，上面映照着房间里的景象，使得房间更显空阔。正中间的暗红色圆桌，以及周围十几张同样色系的木椅，都给人一种轻易无法移动的沉重、结实的印象。圆桌正上方是一盏透着黄色光亮的圆形大吊灯，灯的圆形面上也是一幅有山水、树木的水墨画。

等待的人迟迟没来，但没人不满或焦虑，这多半得归功于那个微胖的男人。他一直在讲自己做记者采访时遇到的各种“奇葩”。房间里每隔一小会儿就爆发一次笑声。讲到每一个让他不爽的人，他都会酣畅淋漓地骂一声“狗日的”，而这往往会掀起一阵欢笑的高潮。意识到这一点之后，微胖男喊出“狗日的”的次数就明显增加了，而且这时候还会特意朝斜对面的女士看上一眼。

你也一直在笑，想着那人的生活阅历真是丰富，与之相比，自己简直就如同生活在真空之中。越到后来，你越有一种身如尘埃般的缥缈感，努力想要降落到踏实的地面，却一直不能如愿。你回忆着自己三十年的人生，如此的简单、平淡，岂止是毫无重量，而且几乎是透明的，谁都可以一眼就看穿。他们都看出这一点了吧？你几次惶恐地想。尽管并没有人留意过你，但这似乎更证实了你的猜想——他们只需一眼就把你看透了，发现你是根本不值得留意的。

就连他也几乎完全忽视了你。他从一坐下起，就一直试图亲近身旁的那个人。那人的年纪难以判断，可以说成是三十至四十之间的任何一个数字，个子不高，却显得比较壮实，脸色黧黑，额头宽阔，头发短而浓密，全都笔直竖立。那人把棕色皮衣外套搭在身后的椅背上，敞着高领黑色毛衣，手臂交叉在胸前。他刚一进来时，就是和那人打的招呼，那人的回应是微微点了下头。他不时朝那人看上一眼，偶尔还凑过头去说点什么，那人则始终不曾回视一眼，只是点点头或说一两个简短的句子。他却还是一次又一次地凑过头去，仿佛是抱着某种希望，或者是生怕对方因自己中断亲近而生出怀疑——他是对我心怀不满了吗？

因为缺少关注，加之始终处于欢快的氛围之中，你有些紧绷的神经以及身体都开始慢慢松弛。还有一个原因可能就是，房间里唯一开着的那盏圆形吊灯离桌面有一米半左右，洒下的淡黄色稀薄光亮不少还为暗色桌椅以及黑沉沉的地板所吸收，所以每个人的身影其实并不明朗，你作为一个陌生人，尤其容易为人所忽视。这正是你所期望的。你特意保持着这种隐蔽性，什么也不说，笑起来时也不大声，除了盯着说话者，看谁都只是匆匆一眼，一旦感觉有目光滑过来，便连忙将头扭向别处。

他的做法几乎正好相反。他对每一个人都投去试探性的目光，一旦获得回应，便立刻微笑和点头。他还承担了给每个人倒水的任务——他时刻留心着每人面前的水杯，当有水杯空了，就立刻提着水壶去续水，顺带给别的杯子也都添满。此外，他还在努力寻找插话机会，比如微胖男说到一个留长发的男人背影婀娜、正面狰狞，很像周星驰电影里那个“谁”。微胖男还在思索的时候，他立刻喊出一声“如花”。这一声几乎达到了“狗日的”一般的效果，好几道赞许的目光投来，使得他兴奋了好一阵。

坐在微胖男旁边的一个瘦小老头——估计已有六十来岁，两鬓斑白，是房间里年纪最大的一位，建议微胖男把他讲的那些故事都写成小说。一位二十出头的帅气小伙马上呼应——他一直是笑得最热烈的一个，有时还边笑边站起来双手拍打桌面。这时他旁边那位女士就会关切地注视着他，仿佛生怕他会因这种过度的放纵而发生某种危险。

微胖男立刻否决了这一提议。他忽视了离他更近的老头，而是朝着那个小伙说：故事是故事，小说是小说。有的故事很精彩，但并不适合拿来做小说，这是因为小说是一个复杂的体系，而精彩的故事则会让小说显得简单化。我以前好几次想要把一些好故事写成小说，但每一次都失败了。这些如果你现在不懂，那么以后你慢慢就会明白的——微胖男做出一个双手上抬的手势，仿佛是告诉对面的年轻小伙，他的境界还有待提升。

你不自觉地点了下头，对于微胖男的钦佩又增长了几分。同时你也在心底给自己打气：对于写作而言，生活简单并不是问题，关键在于感知的敏锐度，对于敏锐度高的人来说，再平常的事件他也会感到惊心动魄……直到这时候，你才有了脚踏实地的感觉，并开始比较大胆地去打量每一个人。在你看来，在座的每一个人似乎都少了点真正的敏锐，也就是说，他们都很难算得上是真正的写作者。一种油然而生的自信，使你觉得自己已凌驾于他们之上。对于微胖男的讲述，你也顿时兴趣大减，并且越来越意识到了某种“低级趣味”——在这样一个夜晚，或者说在所有的夜晚，这世界上有多少人会在饭桌边侃侃而谈啊，说着几乎相同的内容，采用几乎相同的方式。恐怕只有那些实在不知如何打发时间的人，才会长时间兴致勃勃地奉陪到底。你开始频繁地走神，不知微胖男究竟在说些什么，也不知身边的人为何一次又一次地大笑。为了不引人注意，你也只得在每次的笑声中摆出微笑的样子，却还是感到笑容一次比一次僵滞，只希望时间快些过去，甚至想着能不能找个理由马上离去。此时，你所习惯的那种生活——一个人吃过晚饭，再散会儿步，接着便将自己关闭在那间只有十来个平方的租房里，或看书，或写作，感到疲惫的时候，就看个电影——此时，这种习惯的生活形成一股强大的引力，将你的意志一个劲地拉扯过去。你不得不集中全部的精力，才能抑制住不从椅子上腾空而起。

当房门终于被推开，房间里响起一片惊呼声时，你几乎感到一种获得解脱的释然。“张主席来啦！”房间里所有人都站了起来，你便也跟着站起，同时扫了一眼自己旁边的那个人。从进门的那一刻起，你就一直在刻意地忽视他，因为他在你们进门的那一刻，仅仅是把头往这边偏了一下，就又瞬间摆放了回去，仿佛是完全不屑于把目光投射在你们身上。而在微胖男所引发的一次次欢笑中，他尽管也在笑，却更像是一种嘲笑，嘴角微微咧开，弯出一个弧度。他还不时抓着手机，手指在上面一阵快速地滑动。他看上去四十出头，无论穿戴还是修饰，都几乎无可挑剔，皮肤白皙而带点红润，所戴的钛合金细腿银边眼镜，给人一种已融入肌肤之中的错觉。这时候他站在桌边，脸上带着柔和的笑意，眼睛里仿佛长出了两把长钩，将从门口走进来的张主席牢牢抓住。

张主席五十五岁左右，个子瘦高，脸长而嘴薄，戴一副茶色眼镜，穿一件没有系扣的棕色呢绒休闲夹克，搭一条垂到腰部的黑白方格羊毛围巾。看他的面容，仿佛带点倦意，进门后的每一个动作却都简洁有力，先是迅速扫视全场，然后微抬右手和所有人打个招呼，接着就大步朝主位那边走去。路过那帅气小伙时，略一停顿，点了下头，对方同时喊了一声“张叔叔”。那个瘦小老头迅速将主位的椅子拖出，张主席却并没有坐上去，而是回头朝一直跟在他身后的一个人说：刘主任，这个位子还是得你来坐啊。被称为刘主任的人年纪和张主席差不多，身材矮胖，一张国字脸，鼻子及嘴角两侧的肌肉都明显下垂，呈现出两个“八”字。刘主任一听张主席的建议，马上摇晃着双手说“使不得”，随即伸出右手做出“请”的手势。张主席没有再谦让，挺身坐了下去，随后取下围巾搭在身后。其他人也都坐了下来，刘主任则坐在了张主席和那个瘦小老头之间。看来人都到齐了，桌边却还有好几个空位。

谈话声又断断续续地响起。好几个人都先后朝张主席说点什么，张主席则一一微笑着回应。没有和张主席说话的人，则都侧身和旁边的人交谈，只是声音都很低，发出的笑声也很适度。期间刘主任按铃叫服务员拿菜单进来。服务员进来后，他吩咐她把菜单递给张主席，又吩咐把几张空椅子都挪到墙边去。张主席在菜单上勾了几下，便推给刘主任。刘主任把菜点完，再问张主席喝点什么酒，张主席又问大家，最后还是张主席说只喝点红酒算了。刘主任把菜单递给服务员，大声吩咐她快点上菜。

没有人和你们说话。他的脑袋左摇右晃，视线的起点或终点，却几乎都在张主席身上，只是出于礼貌或胆怯，视线都只是在张主席身上一滑而过。他的动作和表情都已有些僵硬，仿佛时刻都在准备迎接张主席的垂视，哪怕张主席的目光只是微微扫向他所在的方位，他的身体也会一阵紧张地抖动。他的状态是你始料未及的，原本正是因为他所表现出来的坚定与自信，你才安心地随之而来，以为不管怎样，都可以把他作为遮蔽自己的屏障。但现在，你意识到了这一屏障的遥远与虚幻，自己随时都可能如一个赤身裸体的人暴露在光天化日之下，于是心底的不安开始频频涌动，每一个动作和眼神都愈发地小心翼翼，同时只希望自己如同隐身人一般为所有人所忽视。

但越希望避免的事情，往往越容易发生。刘主任突然以关切的语气询问今天是不是来了新朋友，同时将目光准确地投向了你们，其他人的目光便也都汇聚而来。你顿时面红耳赤。终于，还是他以磕磕巴巴的声音表明，你们都是文学爱好者，就在附近一家图书公司上班，知道有几位一直仰慕的老师在这里，就冒昧地过来了。听着他虚弱而恭敬的表白，刘主任连连微笑着点头，随即便心满意足地收回了目光。尽管对他的表现略感失望，但你还是觉得，也许只有这样，才是对自己最完美的掩护。

红酒送进来了，先倒在一个大玻璃瓶里醒酒。短发男说他滴酒不沾，微胖男则说他必须要戒酒——肾有点问题。白脸男立刻就问是不是肾虚，随即自顾自地笑起来，其他人则稀稀拉拉地响应。微胖男的回答却是：不肾虚的男人还算得上是男人吗？这句话配合上他洋洋得意的神色，立刻引发了全场哄笑，那位女士的笑声异军突起，引得微胖男又一次注目。

第一道菜端来了，刘主任便吩咐服务员马上倒酒。酒杯分配到每个人手上后，刘主任率先端起酒杯，表示他感谢在座的每一个人对他的新书《诗和远方》的支持，而他尤其要感谢的是张主席，张主席不仅在百忙之中读了他的书稿，还写了一篇非常精彩的序言。他特别喜欢那篇序言的标题——当然内容也非常好——《永恒的梦想，引领我们上升》，因为他的人生就是因为有梦想才一步步走来的。而最让他感到自豪的是，他从小就有一个文学梦，而且始终都没有放弃。最后，他举杯站起，建议大家首先敬他最为仰慕的张主席。其他人便也纷纷站起，举起了酒杯或茶杯。张主席将酒杯伸向刘主任说：我们还是首先祝贺一下刘主任吧。一声清脆的碰杯声后，刘主任仰脖将酒干完，张主席则只是小抿了一口。其他人或干或抿，有的说敬张主席，有的说祝贺刘主任。

菜源源不断地端来，最引人注目的倒不是菜品，而是那些盛菜的餐具，碗碟一律都是珐琅彩的，红黄蓝绿，很是耀眼，而所有的火锅，用的都是青铜鼎。那鼎黄中泛青，四脚支在桌上，中间是半封闭式的，里面放着炭火，一侧敞开，另一侧开着上下两排条形小口，上面便是一口圆锅。好几个人都声称是第一次见到这样的餐具，一边端详，一边赞叹。

在连敬了张主席几次酒后，刘主任便从那个瘦小老头开始，逐一地敬下去，对每个人都表达了感谢，有给他写过书评的，也有给他在报刊上发表、推荐的。轮到他和你，刘主任同样表示感谢，并声称以后要多多联系、多多交流。一圈之后，刘主任满脸红润，却依然举止沉稳，不见丝毫醉意。

其他人也在频频敬酒，都是从张主席开始。那个瘦小老头和帅气小伙，最后也都敬了一下他和你。他对每个人都说“久仰”，并说要向对方学习。他早已蠢蠢欲动，视线一次次投向张主席。当他终于瞅准机会，端着酒杯站起来朝张主席说“张主席，我敬您”，不知是声音细小，还是相隔过于遥远，张主席似乎并没有听到，而是抓起筷子，伸向了面前的一盘爆炒肚丝。他的酒杯定格在空中，仿佛一个无依无靠的孤儿。他于是又喊了一声，声音稍大了一些，所有的目光都被吸引了过去，张主席也终于抬起头来，目光却仿佛被茶色眼镜所过滤，显得缥缈甚至虚无。然而一个微笑迅速在他脸上散开，同时他放下筷子，举了下酒杯，说了声“请坐”后，稍微抿了一口酒。他并没有坐下，而是将酒一口喝干，连说了两声“谢谢”，才谨慎地坐下去。他接下来又敬了旁边的短发男，两人都没有站起来，你只听到他一个劲儿地在说“谢谢”。

你从一开始就决定了不敬酒，而眼前的每一次敬酒，尤其是酒杯朝向你的时候，都使你感到不得不撤退一步。而每退一步，都将使你显得越来越远离人群，并且无疑也将使你显得愈发醒目。但如果往前迈一步呢？只要迈了一步，就又不得不迈出第二步、第三步，直至深入人群之中，而这无疑也是醒目。于是你感到自己越来越有如枝头一片孤零零的树叶，只希望被一阵强劲的风瞬间刮走。然而眼前惠风和畅，仿佛春天才刚刚开始。是的，一切才刚刚开始。

你越来越意识到自己已丧失了往前迈步的机会。你只能一步步地后退到底，而后退的好处就是，在经历过一段时间的醒目后，你将显得愈发地渺小，以至于完全为人所忽视。你终于感受到了这一点，心中生出获得自由一般的安然，不再探究每一个人的动作表情，有时还长久地凝视着墙壁上的水墨画或诗匾。

饭桌上一直延续着各种话题。微胖男又讲了些他去外省时的“奇遇”，比如有次去某个旅游景区，在一家酒吧里看到几个男人和一个貌似高素质的美女喝酒。几个男人明显想把美女灌醉，然后图谋不轨，没想到美女特别能喝，不断点红酒，喝到最后，几个男的全都趴下，美女却飘然离去，后来那几个男人去结账的时候，发现每瓶红酒都标价几千块。微胖男最后狠狠地奚落了一番“那帮傻逼”。那个瘦小老头显然好酒量，不仅频频地往自己酒杯里添酒，而且兴致勃勃地说着有关酒的话题，比如哪次在哪里喝到过什么好酒，还有他自己家里有什么藏酒，其中就有一瓶零几年的茅台，现在的价值已经是好几万。白脸男说了些他和某些名人或高官的交往，让人感觉他和那些人全都亲如兄弟。年轻小伙则说了他曾经对于游戏的痴迷，有次连续玩了两天三夜，结果照常去学校上课，谁也没有发觉他的异常。他还说现在已经不行了，毕竟是年纪大了——

尽管有人对此颇有微词，他却并没有停顿——现在连熬一夜都不行了，身体早就被掏空啦——他显然很满意这一俏皮的表述，就此停下话头，期待着大家的反应。不过只有他身旁的女士掩嘴发出细碎的“咯咯”声。

你早已放下筷子，酒杯也早已闲置，但桌上还在零零星星地敬酒，他也在其中。你不时看一下手机上的时间，时间缓慢得令你吃惊。有时也打开微信看一下朋友圈，这时你才意识到自己圈里朋友的稀少，几乎看不到什么新发的信息。不过你宁愿一直保持这种稀少和宁静，你深信过多的“朋友”和热闹，只会让自己的生活变得更加无聊和空虚，眼下就是一个例子。当然你和眼前的这些人还根本算不上是朋友，可即使是那些真正的朋友，你又能和他们坐在一起闲聊多长时间？想说的内容总是有限，一旦说完，不光是自己，恐怕其他人也都会在心里思忖着什么时候可以离开。那么眼前的这些人也都在想着离开吗？从他们的表情上根本看不到丝毫的迹象。你特别打量了一番张主席，或许是喝了酒的缘故，只见他脸上一团和气，坐姿也显得慵懒和随意，仿佛是身处一个再舒适不过的环境。也许是他们早已习惯这样的聚会，你只能这么去想，同时又扫了一眼他，几乎想立刻将他扯过来询问：难道你觉得这样很有意思吗？

碗碟里的菜肴已经冷却，无论肉菜还是素菜，都躺在凝固的菜油里，有如尸体一般僵硬。火锅里倒是咕嘟咕嘟地冒着气泡和热气，但也几乎再无人动筷。玻璃瓶里的红酒只剩下一寸左右，不知从何时起，那瓶子就一直不离瘦小老头左右。你满心期待着那老头快点把酒喝完，那样就等于是发出了可以散场的讯息。还有一个明显的信号就是，大家的话题开始显得稀疏，桌边也开始显得有些沉寂。一切都在向结束大踏步地迈进。你开始在椅子上频繁转动，既是出于本能的焦躁，也是想努力制造一种即将离开的氛围——对于别人有没有关注你，或者你的举动是否会让人嫌恶，你已经毫不在意，此时你已经深信，只要一离开这个房间，你将再也不会和他们重聚，而他们，也会轻而易举地将你忘记。你已经开始想象，自己正推动着沉重的时针快步向前，然而时针还是走得太慢，让你恨不得召来一辆火车，然后拉着它飞驰而去。

在一阵突然而至的沉默里，你竭力让自己保持平静，以为所有的话题都已穷尽，只需再忍耐那么一小会儿，就会迎来一个圆满的结局。然而就如同你在过往的人生中所经历的，一次次的期待总是落空，这一次也不过是让你更清醒地意识到了自己的弱小与无知——弱小者往往无知，无知者又往往弱小，在这一顽固的恶性循环里，你三十年的人生就是一种无休无止的坠落，时至今日，无论从哪个角度来看，你都显得乏善可陈。你缺少先见之明的本事，归根结底，这是一场属于刘主任的盛宴——主角都尚未登场，又怎么会轻易结束？当刘主任仿佛是临时想起般地“哦”了一声，然后交叉着手指说他最近写了几篇新作，想趁这个机会请各位专家和老师批评、指正的时候，你感觉自己就如同钻入了一个早已布置好的陷阱，身边的所有人，包括他，都是同谋的猎手，目的就在于让你无法逃逸。

发出请求的刘主任显得有些矜持甚至羞涩，让人觉得眼前不过是一位下了课还依然追着老师请教问题的小学生。这时候，又有哪位老师会忍心拒绝呢？何况他那谦恭的神态，也足以让任何一位老师感受到自身的权威，进而满足自己那如饥似渴的虚荣。于是作为回报，老师们都尽可能地展示了自己的欣喜与热情，纷纷表示刘主任过于客气，他们都迫切想看到他的新作，“学习学习”。刘主任便立刻从搁在身后的黑色公文皮包里抓出一叠打印稿，一边说着“请指教”，一边分发给每人一份。

你左手压着那一小叠用订书针订好的簇新打印纸，右手将右下角一页页地掀起，一共有七页。页面的洁净与手指上的柔滑，都使你感觉自己是在面对一个个正值妙龄的女子。是什么样的文字，才有资格光明正大地趴在她们身上呢？只扫视了几眼，你就恨不得将它们通通都扫到垃圾堆里去。为了证明这并非完全出于自己的偏见，你又耐着性子看了一会儿。一共三篇散文，《石榴花开》《哭泣的河流》《这个冬天没有雪》，每一篇里都只见从上个世纪一路走来的陈词滥调，所以结果就是，你恨不得连自己的眼睛也一同丢到垃圾堆里去。

桌边频繁地响起掀开纸页的声音，有些人已经在粗略地重看。此时的刘主任，也越来越缩小了自己的身躯，仿佛是在尽可能形象地扮演他想象中的那名小学生，而他的脑袋则频频转动，有如一台高度灵敏的仪器，在不断捕捉着每一个细微的画面或声息。迟迟没有人发言，但已有越来越多的目光扫向张主席。张主席一直在埋头翻阅，有时还用细长的手指在纸面上敲点，每次敲点之后，就是一次总结性的点头，或许是确认，或许是赞赏。

没人发表意见，张主席也一直没有抬头，在一阵越来越具有紧迫感的沉默里，你尽可能地不动声色，却还是抑制不住嘴角的微笑。你在等待着那些将你围困的猎人阵脚大乱，然后就可以趁乱突围，即使这依然无法实现，但你至少可以尽情享受一番类似报复一般的快感。

当张主席小声地“嗯”了一声，并在椅子上挺了挺身子，众人的目光便都投向他，你也一眨不眨地盯着他。只见他先抬头朝虚无的半空扫了一眼，然后那薄薄的嘴唇就利索地翕动起来，发出的声音虽然不大，却清晰而又沉稳，仿佛每一个音节都是一个训练有素的士兵，从容、坚定、高效。

“我觉得，这几篇文章写得还是不错的……”

他说起自己喜欢哪几篇文章中的哪些地方，还有他为什么喜欢，并且说刘主任延续了他以往的写作风格，这也是刘主任作品中最可贵的一个地方，那就是对于笔下事物的热爱与熟悉——一个写作者，首先要热爱他所描述的对象，因为热爱，所以才会亲近，因为亲近，自然就会熟悉……当然，如果要以更高的标准来要求的话，就是刘主任可以把自己的视野放得更广阔一些，可以在书写眼前事物的同时，融入一些历史性的、哲学性的甚至是科学性的思考，这样文章的空间才会打得更开，而且也能显得更加地厚重和深刻……

不是他连最基本的语言都还没有过关么？你竭力克制着想要发声的冲动，嘴角的笑意早已冷却，身体也仿佛冻僵一般一动不动。

张主席最后也还是说到了语言，但他只是拈出了里面几个“不大准确”的词语。

“比如说‘那些花骨朵还没有开花的时候，一个个就像一些小西红柿一样’，”张主席盯着面前的纸页，手指点着上面一个地方，旁边的刘主任把头探了过去，“这个句子中的‘开花’就不够准确，应该说是‘绽开’，因为花骨朵本身也是花，所以就不能说还没有‘开花’。”

“还有另外一个地方。”张主席翻着纸页，然后手指点住，“‘那洁白的月光洒下来，导致河面上泛起了粼粼波光’，这句中的‘导致’就用得不妥，因为‘导致’后面连接的应该是一种不好的结果，比如说吃得太多导致肥胖，因为粗心导致错误百出……”

张主席之后，那位女士接着发言。她先是说非常认同张主席的观点，然后也指出了她喜欢文章的哪些地方……最后，她表示想要在他们的杂志上刊发那篇《这个冬天没有雪》，不知刘主任有没有打算把它给别的地方……

女士说完之后，那个瘦小的老头又接着说起来。

你没有再盯着他们，也不再关心他们都说了些什么。在很长一段时间里，你都只是出神地看着面前一个青铜鼎中已快成灰烬的炭火。

后来，当你回想起自己的那一阵走神，眼前便浮现出一幅白雪弥漫的画面。好大的一场雪，屋顶、道路、田野、树梢，甚至是小河上面，都是白皑皑的一片。穿着高筒靴的脚踩在道路上，小腿就陷进去了一半。那是你只有在小时候才见到过的一场雪。你看到走在那茫茫雪地上的，正是小时候的自己。你戴着一顶“雷锋帽”，手上是毛线手套，还提着一个小火箱。火箱四四方方，洋铁皮的，外面包着木板。那火箱里面埋藏着几块半燃的木炭，为了不让它们过早燃尽，上面铺了一层厚厚的柴灰。在每个下雪而又得上学的日子，你都会提着这么一个小火箱，这样坐在冷飕飕的教室里的时候，你就可以把换了布鞋的脚踏上去。没有它是不行的。而每到下午临近放学的时候，你就会用树枝将木炭挖出来，让它们尽情地燃烧，自己也享受它们最后的也是最为炽热的温暖。

你的大脑已完全屏蔽了周边的那些声音，因为那些童年的记忆是如此鲜明，使你仿佛身处遥远的从前，看到了在雪地上艰难前行的自己。那时候的你，眼睛如此明亮，边走边还试图发现麻雀的踪影，因为每一到雪天，便会有成群饥饿难耐的麻雀四处飞来飞去。

“平湖万里宽，秋月一天白。”当你以朗诵一般的声调将诗句大声念出来时，全场瞬间安静了下来。持续的寂静终于引起了你的惊诧，然后便意识到了这一状况的根源所在。在此之前，你正盯着对面墙壁上两个窗户之间的那块诗匾，并且在心底反反复复地念诵。自己怎么会突然发出声音来了呢？或许是早已忘记身处何方，又或许是早已怀着要说点什么的冲动，又或许还有些别的什么原因，你来不及细想，也觉得没有必要去细想。眼下，全场的人都带着诧异、恼怒甚至是鄙夷的神情注视着你，让你感到自己再无退路。

“大家觉得这首诗写得怎么样呢？平湖万里宽，秋月一天白。隐隐岳阳楼，有人自横笛。”不出所料地没人回应，你便宽容地笑笑，又自顾自地说：“这样的诗很没劲的，你看它写的那些东西，还有它采用的那些手法，在前人的诗词里一抓一大把。平湖万里宽，很平庸的一句，用了个拙劣的夸张手法，主要是空洞无神，比起《岳阳楼记》里的那句‘衔远山，吞长江，浩浩汤汤，横无际涯’差得太远。接下来的‘秋月一天白’，一看就是模仿‘秋水共长天一色’。下面两句‘隐隐岳阳楼，有人自横笛’，也是模仿‘空山不见人，但闻人语响’这一类的，想要营造什么意境，又非要在一个宁静的环境里弄出点声音来，真是假得可以。”

“难道岳阳楼里就不会有人吹笛子？这完全可能是一种真实的描述，你怎么就说它很假呢？”旁边的白脸男扫了你一眼，然后微笑着环视全场，仿佛已提前宣告胜利。

“这就得看对于真实该怎么定义了。”你几乎是立刻回应，“不管是什么事情，一旦被写入文学作品之中，它首先要遵循的，就是一种艺术上的真实。有些事情在现实里是真实的，在作品里却显得虚假，有些现实里不可能发生的事情，在作品里却显得真实。”

“我当然会举例。”看到白脸男将要开口，你挥了下右手，“这样的例子比比皆是。导致现实里的真实缺少艺术上的真实，原因有很多种，最普遍的一种就是缺少细节，比如我们经常会看到一些小孩子写的流水账作文，或者说是日记，说他今天去了哪里哪里，看到了一些什么什么，完全是粗线条的，就算写的是真实事件，又有什么可信度呢？另外一种原因就是缺少必然性。每一篇文学作品，当你写下了第一个句子之后，接下来该写什么，就需要遵循一种内在的逻辑，也就是说后面的每一个句子，甚至是每一个词语，都得给人一种‘必然如此’的感觉。但很多作品由于作者缺乏严谨的思维以及准确表达的能力，就会让人觉得莫名其妙，甚至是胡言乱语，更不用说有些本身就是虚构的作品，作者为了表达某个想法或者讲完某个故事，就一个劲儿地拼凑，完全缺少一种逻辑和情理上的必然性。相反的，当我们看卡夫卡的《变形记》，第一个句子是主人公变成一只甲虫醒来，这虽然在现实里是不可能的，但卡夫卡遵循了‘必然如此’的原则，于是一点一点地让人变成一只甲虫成为了一个不容置疑的事实。那么我还可以说一下第三个原因，就是缺少独创性的问题。比如赵蕃的这首《洞庭秋月》，我为什么会觉得它缺少真实感？就是因为它的每一个句子都带有模仿或借鉴前人的痕迹，那么我就完全有理由怀疑，他所描述的一切甚至情感都来自书本，他不过是照抄别人的见闻和感受。当然这么说对赵蕃是不大公平的，因为他也可能的确是写了真实的事件和情感，但文学作品的残酷就在于，你一旦写出了作品，它就不再属于你个人，而是属于一个文学的体系，每一篇作品都得放在这个体系里面来衡量。”

你说出“体系”这个词时，便一直盯着微胖男。对方朝你展露了一个微笑，随即又紧绷了脸。你的讲述还在继续。

“真正的独创性是极为少见，也是异常艰难的，所以很多有志于创新的人，因为不屑于去模仿和‘借用’——不过这并不等于他们没有去‘学习’，他们在很长一段时间里，都会显得相当笨拙，似乎明明有许多的方式可以让作品显得更为漂亮和强大，他们却并没有采用。不懂的人以为他们是不会，而懂得的人就知道，他们甚至是在有意地回避。从世俗的角度来说，他们都不是聪明人，因为他们一直在做着费力不讨好的事情，而且绝大多数的人都只能终生默默无闻。当然这样的人只是少数，大多数的人都在走一条截然相反的聪明的道路。只要一个人足够聪明，在这条道路上就不难获得或大或小的名声。如果要举例的话，中国当下就有好几个例子，这些人作品上的模仿痕迹是显而易见的，真正属于他们自己的独创性微乎其微。不过我更想说的一个例子是马尔克斯。我不知道国外的人对他是怎么看，但在中国，只要是稍微懂点文学的人，人人都必称马尔克斯。那么马尔克斯究竟伟大在哪里呢？我可以很肯定地说，马尔克斯的独创性是严重缺乏的，他不过是一个善于模仿、化用以及组装的聪明分子——对，聪明分子。那么他‘学习’了哪些人呢？我当然可以说出好几个作家的名字，也可以指出他究竟‘学习’了他们什么，但我知道这只会让我显得卖弄，而我并不想让大家觉得我是出于卖弄才在这里说这些的。”

你等待着众人的反应，然而并没有什么反应。没有人把视线投向你，张主席甚至还闭上了眼睛，正叉着双手靠在椅背上，仿佛因为疲倦而需要休憩。是时候结束了吧？你有过那么一闪念，却还是抑制不住一股想要表达的强烈冲动——你终于也成了话题的主宰者，成了他人时间的扫荡者，你怀着复仇一般的欲望，同时也意识到一直被压抑在心底的根深蒂固的虚荣。

“独创性可以体现在很多方面。王国维在《人间词话》里用了‘境界’这个词来说明那些最优秀的作品。那么‘境界’是什么呢？在我看来，他说的‘境界’其实就是独创性。比如他说‘红杏枝头春意闹’，因为一个‘闹’字而境界全出，这其实就是一种语言上的独创性。因为在此之前，从来没有人想到用一个‘闹’字来形容春天的那种蓬勃生气。同样的，他说‘天苍苍，野茫茫，风吹草低见牛羊’有境界，体现的是一种作者视野上的独创性。‘昨夜西风凋碧树，独上高楼，望尽天涯路’，这一句里面，作者独特的视野体现得就更为明显了，因为只有‘独上高楼’，才能‘望尽天涯路’。‘衣带渐宽终不悔，为伊消得人憔悴’，说的就是一种情感上的独特。‘众里寻他千百度，蓦然回首，那人却在，灯火阑珊处’，这是一种思想领悟上的独特。总的来说，所谓的独创性，就体现在语言、视野、情感、思想、情怀等各个方面，当然有的独创性会是一个综合体，比如陶渊明的‘采菊东篱下，悠然见南山’，就既有视野上的独特，也有情怀上的独特。

“其实还有一种很重要的独创性，那就是形式上的创新。最典型的一个例子就是博尔赫斯……”

已有越来越多的人在椅子上转动，还发出了各种各样的声响，或挪动椅子，或故意咳嗽，或与旁边的人交谈，你却依然滔滔不绝地说着。你已分明意识到自己正在卖弄，可因此而生出的快感，使你有如腾云驾雾一般无视自己，更无视他人。

“生活经历简单的人也是可以写出伟大作品的，福楼拜和卡夫卡就不用说了，就说莎士比亚，他完全不可能经历过他笔下人物的那些生活，他的写作却几乎穷尽了生活的所有可能性……

“写作者当然要尽可能地成为思想家，但他们比拼的绝不可能是思想，因为如果只以思想性来衡量一个作家，那么这世界上最优秀的作家就都只能是哲学家……”

桌边响起了嬉笑声，还有一些“真是精彩啊”“今天真是大有收获啊”之类的言辞，而且还有人已经站了起来，似乎随时准备离开。你早已激动得全身颤抖，头脑里无数的语言正成群结队地涌来，使你疲于招架和表达。口腔里早已干涩，舌头则仿佛膨胀了数倍，使得你每一次发声都变得含糊而滞重，并且还有了轻微的痛感。但它仍在抑制不住地弹跳，仿佛一头垂死挣扎的小兽。

……

当有人将手掌压在你的肩膀上时，你依然在费力地说着：

“只有孤独，才能成就真正的大师……”

“大师，今天就到这里了吧。你住在哪里？要不要我送你回去？”

你扭过头去，看到了微胖男那张油腻的笑脸。你再扫视全场，发现房间里就只剩下你们两个人了。

“不用了，我就住在附近……我走回去就可以。”你感到脸颊早已僵硬，却还是努力回报了一个微笑。

“那好，你早点回去，早点休息。”

当微胖男的手掌离开你的肩膀，你便立刻瘫软在了椅子上。

在空荡荡的房间里，你却依然觉得正身处众目睽睽之中，而且自己早已是赤身裸体。在刚刚过去的那一段时间里，是你自己一件一件地把衣服脱下来的，而且每脱一件，你都要细致地指出它们的来历、上面的气味，还有每一个破洞。你们看到了吗，看到了吗？你挥舞着它们，几乎要伸到每个人的眼皮底下去。他们当然是看到了，看得那么彻底。他们全都在哈哈大笑，这恐怕够他们笑上好长一阵子了。你眼里布满了水雾，但这也无法遮蔽眼前那一张张扭曲而又狰狞的笑脸。

两个女服务员进来收拾桌面。她们仿佛怀着怒火，使碗碟不断发出噼里啪啦的声音，并且还不时地扫一眼你，脸上带着不加掩饰的讥诮。她们恐怕已在门外等候多时，心急如焚地想着何时可以结束这一天的工作，然后坐上也许是最晚的那一趟公交，回到那个可以让自己自由嬉笑怒骂的家中。可是因为你，她们不得不一再地延长自己的等待和焦虑。现在你被独自遗弃在了这里，终于让她们也感受到了复仇般的痛快。也许当她们走出这个房间，或者是回到家里，她们还将更加肆无忌惮地嘲笑甚至痛骂你，正如之前这个房间里的那些人一样。毫无疑问，在这个夜晚，你给很多人带来了不快，所以理所当然，你此时感受到的这种羞耻，也只能自己默默承受。

你匆忙起身，逃跑一般快步走出房间，穿过灯光昏暗、早已收拾整洁的大厅。推开玻璃大门的瞬间，一股冷风席卷而来。门口一个穿黑衣服的人让你一阵心悸，以为是某个在等候你出来的人。但他无疑是个陌生人，头也不回地从你身边走了过去。道路两边停满了车辆，不时有小车“哧”地滑过，那声音尖锐而突兀，使你几乎想要呕吐。头顶橘黄色的路灯打在路边光秃秃的银杏树上，投下一团团网格状的阴影。你仿佛是要摆脱它们的围困而快速行进。对面不断有人从阴影里涌现，因为他们全都模糊不清，所以你总觉得每个人都发觉了你的异样，并且满怀好奇地打量着你。你想要怒斥他们的无礼，却每次都只是将头扭向一旁，同时还加快了速度。

当看到路边闪现出那熟悉的大门，门边的传达室里一团漆黑，你便毫不犹豫地从拦车的升降杆边插了过去。迎面是一个边上栽有树木的小广场，左右各有一条黑漆漆的沥青路。你选择了走右边那条。路边每隔二三十米，才有一盏白色圆形路灯，所以大部分的路面都沉没在黑暗里。来到那几栋灯火明亮的大楼边时，路面才显得清晰起来，为了不引人注意，你逐渐放缓了脚步。有一个穿着粉色上衣的矮胖中年女人朝你迎面走来，但她目不斜视，而且行色匆匆，仿佛根本就没有看到你。

你一直走到尽头，那儿耸立着一座小山。有一条青砖小路通到山上去，路边也有几盏散发着微弱白光的路灯。你站在那里听了听动静，确定那上面并没有声响后，便快速朝山上跨去。拐了两个弯，最后登上一段有木条栏杆的台阶，就来到了小山顶上。那儿是一条带状的山脊，两端各有一个木制凉亭，中间稍微凹下去，是一条没有盖顶的长廊，顶上和两侧都缠绕着爬山虎。你穿过凉亭，下了几级台阶，来到了长廊里面。爬山虎算得上茂盛，你在一个几乎完全没有光亮的地方坐下。身下的木板清凉，冷冽的风不断从一根根木柱间穿过，发出呜呜的声响，四周所有在黑暗里呈墨绿色的爬山虎叶都在急遽地抖动。

这里你曾来过多次，而在夜里前来，却还是第一次。白天的时候，你看到过几个老人在凉亭里打扑克，还有一个老头不时站在长廊里朝山下唱歌，你记得的有《喀秋莎》和《花儿为什么这样红》。不过在这样的夜晚，你确信谁都不会再到山上来。从你所在的地方，可以看到一栋大楼里亮着白色或橘黄色的灯光，它上方那灰蓝的天空因为灯光的映照，显得有点苍白，又透着点暗红。

没过多久，你就感觉到了身上的寒意，虽然紧闭着嘴巴，但冷风还是通过呼吸渗入体内，让你感觉肺部仿佛插满了尖锐的小冰凌。你想到了租房里温馨的灯光、浑浊的空气，还有足够暖和的床被。平时的这个时候，你早已洗过一个热水澡，然后趴在被窝里，胸下垫着枕头，手上翻着书本。你知道若是真的如此，你并不会觉得这有多么美好，因为你总是会因各种各样的状况而感到焦虑或者疲惫。你还不时会觉得，你只是出于无奈，才不得不延续这种单调的生活。然而此刻，当你仅仅只是想象一番那样的场景，心中便已涌起一股充满爱怜的甜蜜。为了延续这种甜蜜，你又回忆起那些让你感到心醉神迷的夜晚，那些让你反复品咂的词句，那些让你仿佛身在云端的思绪，还有一个个仿佛已来到你身边的大师。

不知不觉，你感受到了内心的柔软与平静，而不久之前经历的一切，则仿佛通通沉陷到了心底，即使你依然能感觉到它们的存在，却仿佛是在面对一些再平常不过的淤泥或者沙石，而且也深知它们再也制造不了波澜。

于是，在那小山顶上黑魆魆的长廊里，你又参与了一次聚会。你邀来了那些或雍容和悦或愁眉苦脸的大师，将他们一个个安置在你旁边的木凳上。他们有的絮絮不止，有的沉默不语。你虽然偶尔也插上一两句，但更多的时候，你只是怀着谦卑和喜悦，仔细地打量他们，听着他们那洁净爽朗的声音一次次刺破寂静的夜空，飞向杳渺的宇宙深处。

一个来小时后，当你走出养老院大门，看到公司所在的那个小区的时候，你突然又听到了那个熟悉的声音。

转过头去，你看到一双瞪圆的眼睛。

“你今天可真是厉害啊。”

“哦，我把你给忘了。”

你直视着他的眼睛。

“今天真不该带你过去的。”

“是啊，今天谁都不痛快。”

“你不是很痛快的吗？”

你并没有回应，并且把头偏向了别处。

“你难道不觉得丢脸吗？”

你缩了下脖子，同时脚步往前移动。

“你不觉得冷吗？快点回去吧。”

又走了几步，回过头时，身后已没有那人的身影。你站在那里，扫视着四周因稀薄路灯照射而显得苍白的路面和建筑。正是在这时候，你回想起了在饭桌边的那一阵走神，眼前浮现出一片白皑皑的雪景。

鲸鱼和老头的故事

鲸鱼的故事 1

我在家里翻出一本《鲸鱼的故事》，大开本的彩版绘本，只有十几页，大部分的纸张柔软，也有几张是硬挺的铜版纸，摸上去给人一种踏实的感觉。那时候我还认不得几个字，但我还是立刻被它吸引，因为那上面鲜艳而丰富的色彩，也因为那上面展现了一个奇异的鲸鱼世界——有各种各样的鲸鱼图画，不是照片，纯属手绘。比如封面上就是一条鲸鱼从绿色的海面上露出天蓝色的脊背，一道银色水柱从它的头部高高喷出，越往上越膨胀，仿佛一棵大树。鲸鱼只露出了头部多一点点，却已占了那封面的一大半空间。鲸鱼周边的海水沉陷下去，四周还有一圈又一圈肥腴的水纹，仿佛鲸鱼所在的地方，就是一个巨大的漩涡。总体而言，那图画给人的感觉，就是鲸鱼拥有庞大的体积以及翻江倒海般的能量。我的这一感觉在书中的其他图画里得到了进一步的验证。那时候我的知识库存里还找不到有关鲸鱼的任何信息，而将眼前的鲸鱼与我平时所见过的那些鲫鱼、草鱼什么的作一对比，我便完全被它们所震撼。当时最大的感受就是恐惧，因为我想到，这世界上竟然有这么大的鱼，那恐怕也会有这么大的人吧；如果哪一天这么大的一个人突然出现在我们身边，那我们怎么才能避免被他塞到嘴巴里面去呢？一个人嘴巴以及肠肚里的那种黏湿、黑暗和窒息，是我不敢去想象的。于是我立刻丢开了绘本，跑到外面有太阳照射的敞亮地方，但心里还是没法平静，忍不住四下打量，看有没有鲸鱼那么大的人正在靠近。

几天之后，我又拿起了《鲸鱼的故事》。对我而言，实在没有其他的消遣。家里的书极为有限，而我当时可以拿起来欣赏的，就仅此一本——其他的大多没什么图画；几本小人书里倒是有图画，但我既没兴趣，也看不懂。我始终不知道《鲸鱼的故事》是怎么出现在家里的。父母在我一岁多点的时候就去广东打工了，每年过年的时候会回来一次，或许是他们给我带回来的。但也有可能是我小叔在他读高中的那个镇上给我买的。还有可能是某个我们生活在城里的亲戚给我带来的。我从来没有想过要问他们，因为我已逐渐认定《鲸鱼的故事》是属于我的，是只属于我一个人的，而追究它的来源，就有可能威胁到我对它绝对的所有权。我在不知不觉中喜欢上了那些呈现出各种姿态的鲸鱼，同时也渐渐摆脱了它们所给我带来的恐惧，这其中的奥秘就是，我把自己想象成了一条和它们一样大的鱼——那时我还不知道它们的名字呢。

夜里睡觉的时候，我侧身朝着墙壁，靠近床沿，双腿蜷曲——这是我最喜欢的睡觉姿势。总有清凉的风透过没拉窗帘的方格窗棂，轻轻舔舐我裸露在被外的肌肤。窗外是一片小竹林，叶片们的喁喁细语，也总会在万籁俱寂的时候响起。眼睛是闭上的，但黑暗并不浓稠，仿佛四周依然悬浮着一层蛛网般微微晃动的白光。

从记事起，我就是一个人睡。爷爷奶奶睡在隔着堂屋的另一个房间里。记忆里，我并不怎么怕黑，但有时也会有例外，譬如白天听到或看到一些让我感到害怕的事，还有那些雷电交加的夜晚。这样的时刻，我便会用被子把头全蒙起来，同时两手紧紧抓着被沿，预防有人猛不丁地把被子掀起来。但自从有了《鲸鱼的故事》，我便逐渐摆脱了这一习惯。我强迫自己从被窝里探出头来，眼睛逐一去确定身边的那些事物——我对它们已无比熟悉，即使闭上眼睛，这一行动也不会出现任何的迟缓或意外。当一样事物的形状在我的头脑里完全清晰之后，我便会张开嘴巴，想象着将其一口吞下的样子。一开始或许有些生疏，嘴巴无法张大，或者那事物有如活物一般滑脱，我便会再来一次。如此反复之后，一条大鱼就在我的体内膨胀开来，以至于我的嘴巴至少有了房间那么大。我的吞食往往有固定的顺序：靠墙的一只大躺柜，贴着它的另一只大躺柜，躺柜上小叔留下的一些皱巴巴的课本以及一个小木箱，旁边一台罩着布的从未见使用的缝纫机，一张小木椅，一个小床头柜；接下来就是两个大家伙，一个大衣柜，有面镜子，也许会有点硌牙，还有张不是很宽的床，可以先咬断了再吞下。床上的那个“我”，当然早已不存在。此时我将眼睛搁在了窗户上，仔细清点着房间里的每一样事物。当明白无一遗漏，我便无所顾忌地离开，眼前的黑暗越来越浓，仿佛是沉入了深水之中。

有段时间，我几乎每晚都要想象一条鲸鱼在体内诞生与膨胀。即使是白天，我也常常想起图画上的那些鲸鱼，比如看到远处起伏的青山、月亮上的一团阴影、一片也许有鱼的水域等等。吃饭的时候，如果我突然狼吞虎咽起来，多半是因为我想起了鲸鱼进食的样子。

每次去小河里洗澡，我总是长久地潜伏在水里。实在憋不住了，我才会猛吞一口水，然后将头抬出水面，随即将水奋力地从口中喷出。

“看啊看啊，水壶又喷水了！”其他人都在笑我。不知从何时起，我获得了一个外号：水壶。

“我是一条鱼，一条大鱼。”

我一分辩，他们就会笑得更加热烈。

“明明就是一个水壶嘛！鱼怎么会喷水呢？”

这回轮到我笑起来。他们竟然连鱼会喷水都不知道。但我并不打算和他们分享我的《鲸鱼的故事》。

老头的故事 1

我要带一个老头出趟远门。除了每年过年回一次家，我已经好几年没有离开过我所在的城市了。

我要带着老头去找他儿子——儿子是没有的，这我早就知道。老头只有一个妻子，并且还在半年前去世了，这就是他被人送来我们养老院的原因。尽管已八十出头，但他基本上还能生活自理，所以我们给他安排的是“三级护理”——只要按时给他打扫卫生、洗洗衣服被褥；如果他提出来，也可以把饭菜按时送到他房间里。根据本人意愿，他住的是收费较高的单间公寓。和别的老人不一样，他几乎不和任何其他老人来往，大部分时间都待在房间里，天气很好的时候，才见他在楼下的草坪里晒晒太阳。

对我们养老院来说，这是一个再理想不过的老头：不缺钱，不麻烦。但麻烦也会说来就来，因为老头经常跟人嚷嚷要去找儿子，但问他儿子在哪里，叫什么名字，他又什么都说不出来。他还出走过一次，后来是火车站的人给我们打来电话，叫我们去领人。问他为什么要去火车站，他说的依然是“找儿子”。为了进一步核实老头到底有没有儿子，我们还给他的联系人打了电话——按规定，一般老人的登记表上得填三个直系亲属的名字和电话，但他的只有一个，而且是他所在单位（一所大学）的一位工会副主席。副主席在电话里很肯定地说，老头不可能有儿子。问他为什么老头会那样，他只说可能是太孤单了，要我们多派人跟他聊聊天或带他搞搞活动。我们都小心地回避了一个更大的可能——老头有精神方面的问题。如果是这样，副主席就得把老头带走。但在老头产生实质性的麻烦之前，我们不想让此事发生。

在带老头出来之前，我们已作了一些预防措施——我不断提到的“我们”，其实基本上只有两个人：我，以及领导我的办公室主任。我们要老头的护理员和门卫都多盯着老头一点，尤其不能让他走出大门。他们已成功地拦截了几次。而在最后那次把老头从门口哄回去的时候，主任黔驴技穷，说出了过几天就带着他去找儿子的话。老头当了真，第二天就来问什么时候带他去找儿子。主任问他去哪里找，还以为老头会无话可说，谁知老头立刻冒出一句：“利县。”我们很想知道这个籍籍无名的地名是如何钻进老头的脑袋里去的。“你的儿子怎么会在那里呢？”“他叫什么？”“他怎么一直没来看你？”……除了告知儿子就在利县县城，其他不管我们问什么，老头都不再吭声，好像我们问的是他把宝贝藏在哪儿了一样。

后来主任对我说，你带老头去一趟利县，不管他找不找得到儿子，都能断了他的念想。我本能地想要拒绝，可马上又意识到，这就意味着我可以离开办公室，离开养老院。哪怕只是一天，这也是我求之不得的。想起那年我从一家图书公司辞了职，在人海里漂流了两个月，然后就钻进了养老院。养老院还包吃包住，提供给我的住所，便是一个单间公寓——我们这里位置偏僻，收费又比较高，所以长期有不少空房。在所有养老院的职工里，只有我一个人享受了这一待遇。一开始我还感到庆幸，后来才慢慢体会到，让我住在养老院里，是为了让我二十四小时待命。我就像个灭火员一样，无论什么时间，只要院里有什么状况，我就得立刻扑上去。

“这个事情不好办啊——主要是，那老头的精神估计有点问题——”我只是象征性地抗议一下。

主任的脸瞬间耷拉下来，使我立刻意识到了自己的失言。

“去利县也不是太远，上午去下午就回来了——你早去早回，工作可不要耽误了。”

我没有再说什么，否则就又得听主任唠叨我的工作态度问题。

出发的那天早上，我比平时早一点去了办公室。主任却还是比我先到。还在楼下的时候，就听到了他的吼叫。他是在电话里骂人。很快我就听明白了，他又是在骂那个欠费老太太的儿子，但不知是大的还是小的。老太太得了脑梗，几乎全身瘫痪，已完全丧失自理能力，院里给她安排的是一级护理——二十四小时有人照料。当时两个儿子把她送来的时候，只交了一个月住院费和一千块钱押金。现在几个月过去了，他们却都没有再现身。给他们打电话，要么说没空，要么干脆不接。老太太整天躺在床上，眼神空洞，问她话时，偶尔她也会回答一下，可一旦要她跟儿子通电话，便只是默默地流泪。

办公室里就两张相对的带隔板的灰色办公桌，一头顶着窗户那边。窗台上有一台醒目的红色电话机，尽管是摆在隔板边的中间地带，但机尾毫不含糊地指向我，很显然，接打电话的时候，我有优先的权利或者说义务。

主任就在他办公桌后面的窄小空间里转动。每当他打电话的时候，除非偶尔会去走廊里，大多时候都是把转椅往前一推，然后就开始在那里转圈。情绪越激动的时候，他的圈子就转得越快，仿如一头被激怒的困兽。此刻他就是这个样子。

“娘老子都不要了的人，你说你不是个畜生啊？”

主任那张因愤怒而变形的脸，仿佛一个被压碎了的核桃。我不知他的表现是出于道德上的义愤，还是忧心养老院的经济损失。但我能肯定的是，他恨不得整栋楼甚至整个院里的人都能听到他的声音。工作积极主动、爱院如家，这就是他的名片，而且几乎时刻都要往人前派送。他似乎永远都是这个院里最忙碌的那一个，上班早到晚归，走路风风火火，电话接打不停。这也就是为什么他老拿我的工作态度说事。有一段时间，当我一个人在办公室的时候，我几乎不接那台座机的电话。电话铃一响，我就开始数会响几声——最长的都是十三声。第十三声比前面的都短很多，就那么一下，好像一个撑杆跳选手才刚刚跃起身子就掉了下去。我想象着电话后面的那些人，就是一个个掉下去了的撑杆跳选手，那么迷茫、沮丧，甚至是愤怒，有的还要再来，有的打道回府。再来的人勇气可嘉，但我只能说他们时运不佳。

这个事情很快就被主任知道了。他一脸憎恨地问我为什么不接电话。

虽努力克制，但还是一阵脑热，意识到时，声音已在我与主任之间回荡：

“我不想接电话。”

“你不想接电话？”片刻的惊愕之后，主任脸上竟然生出了些不自然的红润，仿佛是在替我的行为感到羞愧。

“你做的是这份工作，拿的是这份工作的工资，所以你就得做好你分内的事情，你说是不是？”

不管怎么说，电话还得继续接下去——撑杆跳选手们不再出场，而我则是永远无法离席的观众。我也只能说我时运不佳。

主任打完电话后，坐在椅子上平复心情。他的肤色黧黑，脸上褐斑密布。当他一动不动的时候，总是两眼鼓突无神，微张的嘴巴里仿佛随时会有涎水淌出。这张脸简直可以拿去做我们院里的活招牌。而在那上面，我也看到了我的未来。

窗外的天空还算明亮，乍一看是白色的，其实却有一层薄薄的灰色，如果再仔细看，还能看到一点点金色。短促而嘹亮的鸟叫声不断从小山那边传来，不时还传来一阵杂乱的笑闹声。我抬头朝小湖那边看去，只见五六个老人（有男有女）正聚集在一棵不大的树下，有一个还正朝树上挥动一根木棍。那树上结的是已经黄透了的臭皮柑，形状像没长大的柚子，又苦又涩，但据说可以用来泡水喝，治疗咳嗽。按规定我们得前去制止——主要是防止破坏树木，但再怎么制止，臭皮柑也还是会被打得一个不剩。小山上还有两棵枇杷树和一棵杨梅树，它们的命运也都一样，不同的是，枇杷和杨梅都是在即将成熟的时候，就被打得一干二净，而树上总是七零八落，树下则是断枝满地。

难得能在主任面前发会儿呆，却没有持续多久。无意间朝他那边扫一眼，正好遇上了他那双注视我的忧心忡忡的眼睛。

“今天要带张老师去利县。”我试着解释。

“那还不去呢？早去早回！”

“主任你还有什么要交代张老师的不？”

“叫他不要带钱——其他东西也尽量不要带，尤其是贵重物品，你跟他说过了没有？”

“都说过了。”

“那就没什么要说的了。在路上你好好看着他，不要让他乱跑。”

“好。”

我正要走，主任却猛地站起来，说还是和我一块过去。很显然，他不是对老头，就是对我还不够放心。

老头就住在办公楼旁边的那一栋，我也住在里面，他在二楼，我在五楼——一共只有五层。大门开在中间，一进去，迎面的墙上就是一个蓝色的大圈，里面是一个小圈，中心有一颗红心（也像一双捧着什么的手掌），它的上方、两个圈圈之间有“慈心养老院”几个字，这就是我们的院徽。在院徽之下还有“为社会解忧、替子女尽孝”十个红色大字。电梯正对大门，楼梯在电梯旁。我们从楼梯上到二楼。老头所在的206就在楼梯口，不仅方便，还能从窗口看到小湖和小山。

门是开着的，老头已是整装待发。他面朝门口坐在窗边的椅子上，戴一顶深咖啡色的毛线帽，穿一件红色冲锋衣，脚上一双灰色登山鞋，让人觉得他是打算去翻山越岭一样。

“就走了啊？”老头手搭在椅子上，准备随时起身。他说的是本地话，低沉而含糊。他的牙齿已所剩无几，剩下的那几颗分布在口腔两侧，与他的脸色一样蜡黄。

“就走呢，张老师，您都准备好啦？”主任仔细地打量了他一番。

“好了，好了。”

他颤颤巍巍地站起来，庞大的身躯顿时遮住了窗口的光线，使得房间里阴暗了不少。

“哦，张老师，您不带行李吧？”

“不带不带。”

“钱也没带吧？”

“你们不是说不能带钱吗？”

“是啊是啊，怕您身上带钱不安全，万一掉了怎么办呢？”

其实主任早跟我交代过了，不要老头带钱，是怕他到时候说钱丢了，我就扯不清楚了。之前已发生过这样的事情，老头说他丢了三千块钱，是压在枕头下面的，而且坚持说是给他搞卫生的那个护理员偷走的。后来我们就在他房间里翻找，结果从衣柜里找出了那三千块钱来。护理员当场大哭，老头却只是噘着嘴巴一声不吭，仿佛是他受了一肚子委屈。我们虽然反复跟护理员强调老头肯定不是故意的，却还是不得不给她调换了楼层。

我们和老头一同乘电梯下去。到了大门口，我要老头在那里等我把车开过来。一会儿后，当我把车开到门口时，那儿已围了一堆人，仿佛一个事故现场。是一大帮院里的老人闻讯赶来了，有好几个还坐着轮椅。我听到了一个老太太兴奋的呐喊：

“张老师，你家崽恐怕还在哪个的肚子里吧！”

四周响起了快活的笑声。

但老头一脸平静，眼睛始终眯着，似乎是受不了室外的光线。

我本想要老头坐后排，但他一站到车边，我就感觉他未必挤得进去，便给他打开了副驾驶室。老头弯腰钻进去，那里面立刻就被填满了。

我在上车之前，又看了一下主任。他已被几个老人围住，正一脸微笑地给他们说着什么。若在平时，他多半会立刻把我叫过去顶替，然后给我留下一个匆匆离去的背影，仿佛还有什么十万火急的事情正在等着他一样。

我在驾驶室里坐好，发现旁边的老头始终面无表情地直视前方。我怀疑他大概已经忘记我们要去哪里了——“利县”这两个字，多半是他当时随口说出来的。也许他想要的只是出去，就和我一样，只要离开养老院，去哪里都可以。但我没法随心所欲，因为车子是院里的，过路费和油费，也都得凭票报销。而且如果我不去利县，回来后老头还是喊着要找儿子，那我的麻烦可就大了。所以，我只能去利县——好在那是一个我还从来没有去过的地方。

车子已经发动，旁边的老头却依然没有要系安全带的意思。我打量了他好几眼，他甚至连眼睛都没有眨一下。我不再指望他能够自己动手了，但他那个威严的肚子又妨碍我把手伸过去，于是我只得轻声表达了我的请求："张老师，为了安全，还是得系一下安全带呢。"

"么子？"他茫然地转过头来。

"安全带，要系安全带。"

但他的回应仅仅是动了动身子，仿佛我是提醒他要换一个更舒服的坐姿。

我只得又开门下车，跑到副驾驶室那边把安全带拉出来，让老头抓在手上，再回去把它扣上。

鲸鱼的故事 2

小叔回来的那些天，我把《鲸鱼的故事》藏在躺柜上面的小木箱里。小叔自从高中毕业后，也去了广东打工。但他从不在过年的时候回来。他究竟什么时候回来，家里谁都不知道。他想回来的时候，就回来了。

我一直都喜欢小叔，他每次回家都会给我带点东西。这次他给我带回来的，是一袋火腿肠。吃了第一口，我就说吃不惯，有一股"腥"味。小叔便要奶奶把火腿肠切成片，再用油炸一下。这样一来，"腥"味没有了，味道特别好。

我睡的房间，以前就是小叔的。他回来之后，就和我用一个房间。晚上睡觉的时候，我睡里面，还是保持着习惯的姿势，但我不再呼唤我的那些鲸鱼了。小叔仿佛一堵厚墙挡在我身边，即使没有接触，也能感到他全身都热气腾腾的。小叔睡觉的时候还常打呼噜，那一串串又高又长的呼噜声，让我想起在热烘烘的铁匠铺里看到的拉风箱的场景。

小叔在家的时候，除了偶尔去哪里看下朋友，或者去一趟镇上，其他时候多半都待在房间里，要么看书，要么睡觉。小叔看的是从镇上租来的武侠小说。对于小叔的无所事事，爷爷奶奶什么也不说，小叔也很少主动和他们说话，尤其是跟爷爷。有什么要跟爷爷说的时候，他总要我来转达。也许是因为爷爷做什么都很讲规矩，比如说吃早饭的时候，你要是还没起床，那么等你起来要吃东西的时候，那锅里就空荡荡的了，因为剩饭早都被倒进了猪食里——如果不能按时吃饭，那就什么都没得吃，这是爷爷定的规矩。小叔爱睡懒觉，所以几乎每个上午都是饿着肚子。而在饭桌上，爷爷对于坐姿、吃相等也都有严格的要求，对于我们平时的坐立行走，也都是如此。按爷爷的标准，小叔是没有一样合格的。爷爷大概早已对小叔死心，对于我，却依然寄予厚望。于是他经常拿小叔来作为对我的警示——如果我不怎么怎么样，那就会变得和那个“二流子”一样了。

那天我进入房间的时候，发现靠在床上的小叔，手里拿的并不是武侠小说，而是我的《鲸鱼的故事》。

“这本书是你的啊？”小叔问我。

我连忙点点头。

“嗯，蛮有意思的，就是结尾有点——哦，我也说不好。”

我就如同自己受到表扬一般开心，但还是有点担心，生怕小叔也喜欢，就把书给拿走了。

“你晓得这个字怎么读吧？”他指着封面上的那个“鲸”字问我。

我说不会。他就告诉了我“鲸”字的发音。

突然有一天，小叔就又去广东了。他没有带走《鲸鱼的故事》。此后每当我看到那个“鲸”字时，多半都会想起他。他回来的次数越来越少。而十几年后，当奶奶和爷爷相继去世，我便好几年都没有再见到他。

老头的故事 2

在市区里半个来小时，在高速上又两个来小时，一路往西。刚上高速的时候，我还有些紧张，因为已经好几年没有开车上高速了。后来虽然没那么紧张了，却也始终把握不好速度，时快时慢。干什么都要有个节奏，我还没有从养老院的生活节奏里走出来。而如果要真正走出来，恐怕也并非易事——尽管人不在办公室，我的手机却依然响个不停。通过车载蓝牙，我一次次地接听电话，都是院里的老人们打来的，有的问我之前一些事情的处理情况，有的则要我去处理一些新的问题——元旦抽奖的补抽活动怎么还不搞（有些老人错过了元旦的抽奖活动，其中有人强烈要求补抽）；有个老太说她今天又差点被那条叫“来福”的大狗咬到了（我们不准老人养大狗，但“来福”的主人死不答应）……不过这一次，不管是什么事情，我都一律回复说：您打电话问一下我们李主任啊，我现在在外面出差——我把“出差”两个字说得特别响亮，仿佛是怕对方耳背一样。

一路上，大部分的时间里，老头都在打瞌睡，头在胸前一沉一沉。不打瞌睡的时候，他就挺胸庄严地注视着前方，不时哼哧哼哧地清一下喉咙，像是要发表什么重要讲话。我老是担心老头真的会说点什么。好在什么都没有。所以对我来说，老头基本上可以忽略不计。只是每到整点的时候，我都会不由自主地朝老头看去——这时他身上会响起一个洪亮的女声：现在是北京时间 × 点整。老头兜里有一台手机。院里很多老人都有这种会整点报时的老人机，但之前我从来没见老头用过，不知是不是新买的——我们院里有个商店，足够保证老人们的生活所需，而店里没有的东西，店里也可以帮忙代买。对于这次出行，看来老头的准备是够充分的。

高速公路几乎都是在山里面穿行，山岭四合，时远时近。路两旁随时可见光秃秃的苦楝、叶片泛黄的毛竹以及水杉、杜英等呈深绿色的树木。太阳不知何时出来了，只是阳光比较稀薄，在路面上呈现出淡淡的鹅黄色，在周围的山岭上，则是冷冷的银色。尽管车窗紧闭，却还是能感到四周的空气焕然一新。眼前不断跃出的风景和事物，使我感到世界竟是如此的辽阔，而不久前还几乎是我整个世界的养老院，已逐渐退至遥远的天边幕后。

道路两旁的山丘逐渐由平缓变得突兀，草木也越来越稀疏，有的山上甚至只见大块的岩石——这是在向丹霞地貌过渡。利县到了，再往前就是有名的丹霞景区了。当老头身上响起“现在是北京时间十一点整”没多久，我们就离开了高速，随即进入了利县县城。

“张老师，你儿子在哪里？”我一边打量道路两旁，一边问老头。这县城里的道路不仅窄小，而且灰扑扑的，行人随意乱窜。

老头将脸贴着车窗，打量着外面。

“张老师，你认得你儿子那个地方吧？要不我带着你转一转，认出地方来了你就告诉我一声？”我感到了自己声音里的嘲弄意味。

老头没有回应，这早在我的意料之中。

转了十几分钟，老头都没有发声，他甚至都没有兴致看向窗外了，眼睛半眯，头也开始往胸口垂去，我便主动提示起老头来：

“张老师，你看你儿子是不是在那里？那是利县一中啊。你是老师，你儿子应该也是老师吧？”

老头冷漠地往那边扫了一眼。

接下来我随意地选择地点，不断问老头他儿子是不是在那里，直到老头连头都懒得再抬一下。

县城里的那几条主干道没多久就被我跑遍了，有的还重复跑过了。老头不再搭理我，头垂在胸前一动不动。他应该已经睡着了。我突然对老头生出一股强烈的妒意，因为他居然想睡就睡，似乎完全忘记了他才是此行的主角，而我居然就为了他的一个空想而从几百公里外跑了过来。瞬间兴致全无，加上肚子饿了，我便找了家餐馆停车。车还没停好，老头就醒来了。吃了饭后，感觉肚子有点撑，我便带着老头出去走了走。我们登上了附近的一条回廊桥，暗红的栏杆、柱子，褐色琉璃顶。在桥上，被初具威力的暖阳所包裹，我感到昏昏欲睡，盯着下面很浅的几乎成黑色的河水好一段时间。

“走吧，要回去了。”我对身边的老头说，然后朝桥头走去。在桥头的时候回头，见老头跟来了，只是走得很慢，膝盖微屈，上身前倾，似乎只有脚尖着地，身体还左右微晃，仿佛一只肥胖的企鹅。

又回到餐馆停车的地方，我拉开副驾驶室的车门，要老头先上车。

但老头纹丝不动，头执拗地转向路边一棵碗口粗的桂花树，仿佛那树上才是他想要去的地方。

我心想糟了，走过去问老头怎么了。他果然又嘟囔起来，说要去儿子那里。

我想要跟老头讲讲道理，同时迅速地思考可以怎样哄哄他。但我突然意识到，我们此刻不是在养老院里。

“张老师你根本就没有儿子！你为什么要撒谎呢？我这么大老远地把你带过来了，在这里又转了这么久，你难道还不满意啊？你到底想怎么样啊？”我朝着老头吼叫，心里并无愤怒而只有快意，并且还觉得自己完全理解了主任今天早上为什么会在电话里大喊大叫。

老头的嘴唇一个劲儿地哆嗦，眼睛也渐渐潮湿起来。

“好啦好啦，张老师我们走吧。”我把心一横，推着老头上了车——他倒并没怎么抗拒。老老实实回去算了吧，我不也一样吗？我在心里说着，又帮老头拉出安全带。

出了城，上了高速，在高速上又跑了好一会儿，老头的嘴巴都一直是噘着的。他显然是在生气。但我决定视而不见。油门在我脚下听话多了，我可以时刻保持着匀速行驶。踏油门的脚随心所欲，手中的方向盘不时轻轻一抹，两旁的风景不断飞掠而过——我感觉自己已经找到了一种节奏，或者说我已被一种节奏所控制，就如同一个跑步者，跑着跑着就顺从了一种惯性与感觉，没有目标也没有疲惫，只是在跑，不由自主地跑，心无旁骛地跑。我就是在这样一种状况下，轻轻动了下方向盘。当我确定自己已经无可挽回地走上了通往益县的道路时，我朝着老头喊道：

“张老师，你是不是在益县也有儿子啊？我们现在就去那里啊——”

老头的脸立刻朝我转了过来。

“有儿子，有儿子——”他呼哧呼哧地说着，噘起的嘴巴缩下去了。

鲸鱼的故事 3

我家附近有一栋新建的三层小楼，好几年里一直保持着刚刚建好时的样子，墙没粉刷，地面凹凸，连门窗也都没有装，给人的感觉就是建房子的人宣布暂时离开一下，却又迟迟没有回来。事实是那家人在房子建好的时候，就去外面打工了，估计好几年都没有赚到什么钱，于是每次回来都依然住在旁边的老木房子里。新房子渐渐成了一个堆积各种杂物的场所，有稻草堆，有柴火，有木头，有砖瓦，还有各种农具。我不时会钻到那里面去，最主要的，是因为那客厅的墙角竖起一个禾桶——像一个四方形的大洗澡桶。禾桶的敞口朝着墙壁，但并没有贴紧，以我当时的身材，可以轻松地钻进去。在那里面，我可以站，可以坐，也还可以躺。第一次发现那里的时候，我就觉得它很像鲸鱼的嘴巴，当然是小鲸鱼的嘴巴。此后，我就把它作为我的一个秘密基地，当我想要独自待着的时候，总会第一时间想到那里。

我待在禾桶里的时候，一般都是白天。禾桶把大部分的光线都挡住了，里面有些昏暗，却不至于让人害怕。只要一抬头，就能看到从墙壁上折射进来的亮光，有时还有点淡黄色的阳光。这给人的感觉，就如同晚上把自己紧紧地蒙在被子里，偶尔把眼睛露出来打量时，总能多少看到点什么，从而相信世界依然就在眼前。不过我在禾桶里的时候，很少会把自己想象成鲸鱼，这或许是因为，我在那里面的时候，总有许多别的思绪妨碍我生出那样的想象。

唯一一次，我在天黑之后钻进了那个禾桶。这起因于我偷了奶奶收在箱子里的五块钱。被发现的时候，我正在自己的房间里写作业。当奶奶一声不吭地出现在我身边，一脸怒容的样子，我的身体就忍不住战栗起来。

“箱子里有五块钱不见了，是不是你偷的？”

我试图否认，但剧烈颤抖的身体已抢先把我给供了出来。

“如果钱还没花，你马上给我交出来；如果已经花掉了，在哪儿花的你就在哪儿给我要回来！”

还是没有回答，更显愤怒的奶奶便将我一把扯起，然后往大门那边推。但根本用不着她推，我已不由自主地往门口走去，因为我只想快点脱离她的控制。出了大门，我便不假思索地朝着那个秘密基地走去。曾经我想躲避什么的时候，都是这么做的。

当我在禾桶里躺下来的时候，我便暗下决心，这一晚都不会再离开那里了。我一面想象着自己的绝不妥协，一面又想象着自己及时获得了安抚，眼泪因对自己的喝彩和怜惜而双倍地淌下来。但不知过了多久，当激动逐渐平息，身体也随之变得冰凉，我便开始真正认识到了自己的处境——四周一团漆黑；尽管是夏夜，却似乎总有冷飕飕的风从敞口扑进，如一双湿冷而绵软的手，从我的头摸到脚，又从脚摸到头；禾桶外的那些稻草堆以及其他的杂物堆里，也不断发出窸窸窣窣的声音。稳一稳心神，我试图把《鲸鱼的故事》里面所有的鲸鱼都召唤出来，但它们全都冷漠地从我的脑海里一滑而过，就仿佛它们也对我所在的地方感到害怕了一样。

正身处一张黑暗而湿冷的嘴巴里的感觉越来越强烈，脑海里不断闪现出锋利的巨牙与蠕动的肠胃，冷汗一层层地冒出来，呼吸变得越来越困难，却又不敢猛烈地出声吸气。终于，我逃离了禾桶，本能地朝着家的方向跑去。家里没有灯光，大门也是关着的。尽管平时家里的大门也关得很早，这一次我却以为它的关闭代表着其他的含义：奶奶不希望我再跨进家门。本已枯竭的泪水又再次涌出。犹豫了许久，我才意识到自己别无选择，便试探性地去推大门。还好，门并没有上闩。推开一条小缝，我悄悄地挤进去。屋子里面黑暗而沉寂，仿佛一个漩涡，让人不敢深入。我踮着脚尖摸索进自己房间。在床上躺下来之后，我的那些鲸鱼，终于又都翩然而至，陪伴了我许久才离开。

老头的故事 3

一个来小时后，我们就进入了益县。益县比利县繁华，高楼更多，道路也显得宽阔和整洁。益县我也从未来过，但我只看了一眼，就觉得自己仿佛已在那儿生活了一辈子。城市总是大同小异。我没有兴致再去绕一圈，很快就把车开进了一家宾馆。下车之前，我跟老头说，今晚我们就住在益县了——我不打算再提找他儿子的事，至于老头，我估计应该比我更害怕提及。

我开了一间双人房——这样才能保证老头时刻都在我的视线里。老头先是在卫生间里待了好一段时间，随后便坐在了靠窗的一把椅子上，悄无声息地看着窗外。窗帘是拉开的，能看到外面一排贴着赭色瓷砖的墙壁，一片白色混杂着淡红色的天空。有一阵，几只乳白的鸽子从某处飞起，在天空盘旋了几圈后又飞了回去。房间里的床、柜子、椅子都是深红色的，墙上贴着亚麻色壁纸。两个床头上分别挂着一幅风景画，一幅上面是一条澄净的森林小溪，溪边有两排稀疏而粗大的树木；另一幅上面是一小片湖水，湖边的草木或深蓝，或嫩黄，或紫红，它们投映在湖面上，使得湖水也变得斑斓起来。也许是因为那两幅画的缘故，我总觉得像是闻到了某种清爽的气息。

老头从卫生间出来后，我就用不锈钢水壶进去接了一壶水。烧水的时候，我把两个白瓷杯用自来水冲洗了一下，水开后，又用开水烫一下。水壶边有四小包纸袋装的茶叶，两袋红茶，两袋绿茶。我给自己选了绿茶，却不知老头爱喝什么。也许他根本就不喝茶吧，这么一想，我便只是给他倒了杯开水过去。我特意倒得很满，免得再给他加水。把茶杯端到老头旁边的小圆桌上，说要他喝点水，老头才仿佛从某种沉思里回过神来。他微微朝前探了下，连说了两个“好”，接下来就只是全神贯注地盯着茶杯。杯口热气升腾，他大概是在用意念什么的使那杯水快速冷却下来。

坐在床沿儿喝茶的时候，本想看看电视——实在没有别的消遣，但我始终懒得起身去开电视机。一杯茶快喝完的时候，发现老头终于将面前的水杯捧起，仰起脖子咕噜咕噜就喝起来，那声音和牛饮水时有得一比。他放下杯子后，那水估计是见底了。

经常听人说喝茶是提神的，但恐怕也要看是在什么情况下。我当时的情况，就是刚把最后一口茶喝完，脑袋里就似乎明确无误地响起一个信号：好啦，茶喝完了，可以休息休息了。当我把茶杯放好后，睡意几乎是不由分说地就将我按倒在床。看来可以好好睡一觉啦——为了不被打扰，我在迷糊中关了手机，并且还想起了吩咐老头不要出门，但话有没有真正说出口，以及老头有没有听到和回应，我就完全不清楚了。

醒来的时候，四周已有些昏暗。陌生的环境、陌生的气息以及刚刚醒来时的不安感，让我的心一阵急剧地跳动。怎么啦？这是在哪里？会有什么事情发生吗？稍微清醒点后，我马上朝窗户那边看去。还好，老头依然是在椅子里，双手搁在膝上，头稳稳地沉在胸前。哦，看来他一直都坐在那里。不知道为什么，我突然觉得自己能睡那么踏实的一觉，与如同守护者般坐在那里的老头是不无关系的。

摸过手机打开，立刻响起一阵“嘟嘟”声——有五个未接来电，其中有三个是主任的。我给主任回拨了过去。他瞬间便接听了，劈头问我手机为什么打不通，不等我回复，又立即问我是不是带着老头回去了。我的平静超过了自己的预期——我仿佛背诵台词一般，说出了早已在心中酝酿好的话：

“张老师不肯回去呢，说是益县也有他的儿子，我就带他到这边来了。明天我再看看能不能把他带回去啊——”

手机那头无声无息。等待了一会儿后，我挂掉了电话，随即又关了机。

主任没有在电话那头咆哮，这多少出乎我的意料。但这也不难理解——他已对我失望至极。

我几乎看到了他嘴角的一抹冷笑。

有一阵，我的脑海一片混沌，那感觉就好像是走在一条已走了无数次的路上，只是任由身体机械地摆动，什么都无需去想，也不愿去想。这也许就是度过时间的最佳方式，因为这样你就不必在乎前方的路还有多长，也不必在乎你的身体是否已经疲惫。此时的时间已仿佛折叠，你可以从这个点一下子就来到那个点，轻轻松松，不知不觉。

“现在是北京时间十八点整——现在是北京时间十八点整。”

一个洪亮的女声突然在房间里震响，重复了两遍。

窗边垂着脑袋的老头再次清晰地进入我的视线。在黄昏的阴影里，他只显现出一个模糊的轮廓，那咖啡色毛线帽、红色冲锋衣也都失去了原有的色泽。加之没有任何的声息，他那庞大的身躯似乎已失去了所有的重量，如同一张搁在那儿的剪纸。

他为什么要让手机报时呢？难道他还有必要知道时间吗？时间对他来说不就如同一条他早已熟视无睹的道路，而他唯一要做的事情就是不知不觉地走下去，直到道路的尽头？如果让手机报时，岂不就是人为地设置了一个个障碍，需要他耗费更多的精力去跨越，尤其是它还会不断地提醒他接下来还有另外许多个障碍？

尽管满腹疑惑，但我并没有多少兴致去寻找答案。此时的老头在我眼里，仅仅类似于一个出门必带的包裹。已到吃晚饭的时间了，所以我隔空呼喊起他来：

“张老师——张老师——”

他终于抬起头来看着我，但他那一脸茫然的样子，使我怀疑他是否真的看到了我。

“张老师我们吃饭去吧——走啊——”

“好。”他好一会儿才从椅子上起身。

在出门之前，他又去了一次厕所。他一钻进卫生间，我就知道又有得等了。我从门口踱到窗边，又从那儿回到门口，如此反复了三次，才听到他冲马桶的声音，随后又等了好一会儿，才听到他开门出来。

我站在门口，老头呼哧呼哧地过来了，仿佛是刚做完一场剧烈运动。迎面而来的还有一股隐约的尿臊味，使我怀疑老头是不是把尿撒在了身上。不过这样的气味我在很多老人身上都闻到过，上了年纪的老头，几乎都有前列腺炎——我刚到养老院不久，夜里就有一个瘦小的老头敲开了我的房门，说希望我能够帮他一个小忙。我连忙问他有什么需要，恭敬得仿佛为了帮他的小忙，我已经准备好大半辈子了。于是他便毫不客气地在我面前脱下了裤子，要我把一种白色的鱼雷状的小药粒塞到他的肛门里面去。他告诉我他有前列腺炎，那药粒是用来消炎的。我很想问他治前列腺的药为什么要塞到肛门里面去，我还想问他为什么不找别的老人或护理员而偏要来找我。但我总觉得任何的询问都会被误解为怠慢，于是马上照办。接下来的十多天里，我每个晚上都履行着自己的使命。而每次老头都会叮嘱我：不要把这个事情告诉别人。老头不想让别人知道他有前列腺炎，更不想让人知道他在我面前袒露过屁股以及我裹着薄膜的手指插进了他的肛门。我后来才知道，老头是一家大型国企的退休干部，妻子已去世，唯一一个女儿在美国。他几乎是老人们中最活跃的一个，事事爱牵头，组织了多场老人们的文艺活动。而在他结束了和我的亲密接触后不久，我在他眼里就仿佛成了隐形人。

出了宾馆，沿着街道走了好几百米，我才看到一家还算过得去的饭馆——类似于一个农家小院，两层的独立青砖房，还有一道青砖围墙；院里有一棵枝繁叶茂的大樟树，还有一个小花圃，里面影影绰绰地开着黄菊花。

店里人不多，我和老头就在一楼找了张桌子坐下。服务员递来菜单后，我习惯性地又问了下老头想吃什么。我以为这句话是多余的，因为中午吃饭的时候他就说过“要烂一点的”。中午我点了一个红烧豆腐，一个胡萝卜炒肉，还有一个怀山排骨汤。老头的胃口相当不错，当时不仅吃了两大碗米饭，菜也没少吃。他吃饭的速度很快，而且还有一个习惯：自己碗里的东西会吃得干干净净——除了嚼不烂的肉，他几乎什么都吃，包括作为调料的辣椒、姜丝以及蒜瓣。

但这一次，老头说了个“东坡肉”。

看来老头是想吃肉了，而他吃得动的肉菜，恐怕也只有东坡肉了。

我便问服务员有没有东坡肉。她的回答很干脆——没有。

“没有东坡肉啊——张老师你看还想吃别的菜不？”

“东坡肉。”

端坐对面的老头上唇凹陷，下唇向前突出不少，仿佛一片指向远方的船舷。

“没有嘛，你说怎么办呢？”

老头猛地从椅子上站了起来，椅脚摩擦地砖发出一声“哧”的巨响。四周所有的眼睛都往我们这边扫射过来。我只得压抑住怒火，转头问服务员可不可以给我们专门做一份。服务员皱着眉头说得去厨房问一下。几分钟后，她回来说厨房里可以做，但我们估计得多等一会儿。这一等，就是一个来小时。在这一过程中，我几乎没有再正眼看过老头一眼。

东坡肉端来后，我只夹了一筷子，甜得发腻。老头倒是吃得虎虎生风，只是到他放下筷子时，东坡肉依然剩下一大半。我不急着去买单，视线在屋子里打圈，最后又都会落回到那碗东坡肉上——我的潜台词足够明显了：肉不吃完就不走。但老头始终庄严肃穆地坐在那里，像是在等着有人来给他颁发奖章一样。我终于承认失败，买单走人。

外面起风了。风不大，软绵绵、凉飕飕的，扑在人身上就仿佛不愿轻易离开，总要与人厮磨一番。街道上已是灯火辉煌，但并没有多少行人，而且每个人都埋头快走，仿佛都急着要钻进一个温暖的所在。这时候的街道也再不似白天那般洁净，不是说有多少垃圾，而是到处都是昏暗的角落，仿佛大块大块的污渍，即使是灯光照亮的地方，也如同是抹上了油彩，显得斑驳与黏糊。所有的门店都开着，却都冷冷清清，不时能隔着玻璃看到一个站在柜台后一动不动的身影，而那人的目光也多半正透过玻璃，看着对面一成不变的路灯、招牌、另一个橱窗，仅此而已。

我走在前面，越走越快，不时生出一种要将老头甩掉的冲动。但当我回头看不到老头的时候，又忍不住地往回走。老头终于又出现在了我的视线里，脚跟几乎不着地，两手频繁地往后甩，就像是在小跑。我一直等着他快到身边了，才继续往前走。

眼前突然出现了三个少女。三个人手挽着手，但有时边上的一个也会暂时脱开，这时就会有一阵欢笑传来。我的注意力全都集中在左侧的那个女孩身上。她穿着黑色紧身裤，双腿笔直修长，每走一步都像是在跳跃。她的手臂不时挥动，头也在四处扭动，一头柔顺的披肩发随之起伏飞扬。当她偶然回过头来时，仿佛一只雪白的天鹅划过了漆黑的泥沼。

没过多久，她们就转进了路边一条昏暗的小巷。

曾经喜欢过的那些女孩开始一个个地在我脑海浮现出来。她们都有着光洁的肌肤以及飞扬的神采，身躯如小兽，眼睛如星辰。她们中的大多数，我都只是远远地观望，就如同胆小的猎人永远都只对凶猛的野兽心怀向往，并且心怀畏惧。偶尔鼓起勇气靠近，却总是失败而归。失败的原因，倒不是被猛兽驱逐，而是我每次都会发现，那些女孩有了一张灰暗、皱缩、布满斑点的脸。事实上，那只是她们老年时的样子——我总是提前看到了这些。我还看到了她们在养老院里拄着拐杖缓缓穿行，身边是一只猫或者一条狗，有个叫“来福”或“珍妮”之类的名字。而且转眼间，她们就坐上了轮椅，从“三级护理”上升到了“二级护理”，像个玩具似的被人推来推去。又只是一转眼，她们已一动不动地躺在床上，整天干瞪着眼睛，每隔两个小时就被人翻动一下，因为她们享受的是“一级护理”。其实不光是面对她们的时候，几乎在面对任何人甚至是在任何时刻，我都会看到或想到一个人的尽头……在这样的时刻里，我总觉得全身的力气似乎突然被人全部抽走，什么都做不了也什么都不想再做了。

有个女孩仿佛把我看透了似的，她说：“人都是要老的。”我能因此而感到轻松吗？事实上，从此以后，每当我看到一个还不算老的人的时候，每当我感觉已经接近快乐或激昂的时候，这句话就都会如同催命符一般地响起：

“人都是要老的！”

鲸鱼的故事 4

我已经能大概读懂《鲸鱼的故事》里面那些文字了。那些文字告诉我，鲸是这世界上最大的动物，生活在海洋里。

后来我们学习了一篇名为《鲸》的课文。那里面的内容，我觉得自己其实早已经知道了。初看到它的那一刻，我几乎要尖叫起来：这写的就是我的鲸鱼呀！没错，我的鲸鱼，我当时就是这么想的。然后我很快就把它背诵了下来。自始至终，它都是我最喜欢的一篇课文。

还是接着说“鲸鱼的故事”——

一条小鲸鱼在海洋里出生了，但它实际上也是个大家伙。鲸鱼妈妈给它取了个名字叫“小黑”，因为它的皮肤颜色相比一般鲸鱼的要深一些。它吃的东西特别多，所以长得也特别快，简直就跟吹气球一样。它顺顺利利地长大了，鲸鱼爸爸和妈妈都特别欣慰，但是有件事让它们很苦恼，就是小黑说的话谁都听不懂。对此小黑自己也感到很奇怪，因为它明明听得懂别的鲸鱼说话，而且自己也是照着发出同样的声音。但事实一次又一次地证明，小黑确实是没法和别的鲸鱼交流。长大后的小黑经常独自在大海里游荡，因为谁都不习惯和它待在一起，小黑也越来越习惯了不与其他鲸鱼交流的生活。突然有一天，一条年轻的母鲸鱼（它的名字叫“小白”，因为它身上的皮肤颜色比一般鲸鱼要淡一些）来到了小黑身边，小黑去哪里，它就跟着去哪里。小黑一开始并没有理会，因为它知道就算开口询问，对方也不可能听懂。但随着时间的推移，小黑越来越好奇，终于忍不住和小白打起招呼来。

小黑说：“你好啊！”

没想到小白竟然回答了它：“你好啊！”

“啊！你听得懂我说话吗？我叫小黑，你叫什么名字？”小黑快活地转起圈圈来。

“我叫小白！”小白也快活地随着小黑转圈圈。

“啊！啊！啊！”小黑高声地叫喊，似乎想要整个海洋里的生物都知道它这时候有多快活。

“你愿意永远都跟我在一起吗？”小黑又问小白。

“好啊，好啊！”小白马上回答。

就这样，小黑和小白天天都在一起，快快乐乐地生活——这还不是结局——随着日子一长，小黑发现其实小白也经常听不懂它说的话，尤其是小白背对着它的时候。小黑渐渐明白了，小白对它的回答，其实都是靠猜测的。自从明白这一点之后，小黑和小白之间的关系反而变得更加融洽了，因为哪怕有时候小白误解了小黑的意思，小黑也会将错就错。比如有时小黑明明说往南走，小白却朝东边走了，于是小黑也会马上朝东边走——不管是从哪个方向走，反正它们都是在一起的。

这就是全部的故事。

老头的故事 4

回到宾馆后，老头不久就上床了，没洗澡，也没有泡脚。我发现他只是把冲锋衣和裤子脱下，甚至连袜子都没有脱，就一股脑地钻进了被窝。我想他大概是要先把被窝暖一暖，虽然开了空调，但似乎效果不佳。不过好一段时间过去了，老头始终一动不动地仰卧着，眼睛紧闭，仿佛已经沉睡。他几乎不发出任何的声息，让我很是忐忑，隔一会儿就忍不住朝那边看上一眼。他的手机在报过二十点整后，也仿佛是进入了睡眠状态，再没有发出任何的声响。

洗过澡后，我就一直靠在床头看电视剧（在养老院的每个夜晚，只要一有空闲，我便没完没了地看电视剧）。是一个家庭剧，一个男人早年抛弃了自己的妻子和两个女儿，老来想回头是岸，想方设法地讨好妻子和女儿。妻子的防线已被攻破，接下来就轮到两位女儿了——尽管知道结局必然是父慈女孝、家庭圆满，但我还是一集一集地看下去——这恐怕也是一种惯性。

看完电视剧，已近十一点，却还是没有任何困意。我又随意地翻看着电视，虽然别的台也还有电影或电视剧，但要突然闯进去，让脑袋顺应另一种思维，却还是不容易。其他的节目或新闻也仿佛都形成了自身的磁场，冷冰冰地将我拒绝。实在觉得无聊，我便关掉了电视。想一想接下来还能干什么——哦，泡茶。中午就是因为喝了一杯茶才有困意的，反正又没有别的事，不妨一试。

才喝了几口绿茶，我便后悔了，因为脑袋已明显地更为兴奋。但我还是一口接一口地喝下去。为什么要登山呢？因为山就在那里。忘了是谁说的，但我真想把手中的茶杯递过去说：喝吧哥们，因为茶就在这里。

将茶杯搁在床头柜上，感到体内有一道暖暖的气流，头脑里则一片空明。四周可以说是万籁俱寂，白天时能听到的某些声音，都已如车窗外被远远甩在身后的风景。回想着这一天的经历，简直有些不可思议，不是说我所做的什么，而是它的长度——如果说曾经在养老院的一天，平均长度大概是一公分，那么今天的长度，保守估计，至少也得有一两米。现在是北京时间十点整、现在是北京时间十一点整、现在是北京时间十二点整……也许是因为老头手机的报时，让我不时意识到了时间的存在，就仿佛一道又一道栅栏，我跨过了一个，接下来又是一个，还有一个又一个……时间仿佛因此而拉长。那么老头带一个报时手机的目的，就是为了拉长自己显然已所剩不多的时间吗？可对于老头来说，即使是把时间拉长了，又有什么意义呢？

而且同样，我的时间也被拉长了，可这样的拉长，对我又有什么意义呢？

“人都是要老的！”

身子仿佛瞬间坠入一个深邃的黑洞——不，不是坠入，而是被一股强大的力量拉扯，或者说吞噬，四周只有潮湿而又阴冷的黑暗，想要抓住点什么，但身边一无所有，想要大声呼喊，但喉咙仿佛已被死死地扼住。转眼间，胸腔里也仿佛成了一个无边无际的黑洞，只剩下心脏在激烈地奔突，想要寻找出路。但与那黑洞相比，心脏微小如尘埃，而且是越来越小，越来越小……脚底泛起一股彻底的冰凉，身体开始一点点地凝固和僵硬。我知道，还要过好长一段时间，我的手脚才能够动弹。

尽管已远离养老院，但在养老院那间小小公寓里时常会有的感觉，又一次将我死死地攫住。曾经很多个夜晚，不管有没有听到楼下救护车急促的呜呜，也不管自己的手机有没有发出一声声不祥的尖叫，只要一想到四周尽是那些垂暮之年的老人，而整栋大楼里的每一个角落、每一道缝隙里都塞满了他们不断发出的抑制不住的叹息和呻吟，这同样的感觉都会瞬间降临。

回过神后，我知道，要马上睡觉是不可能的了。以我的经验，这时候，最好是去有灯光的路面跑几圈，一来转移注意力，二来让身体疲惫起来。没过多久，我便决定去外面的街道上跑一跑。

在穿鞋子的时候，突然听到老头发出一个声响。仿佛是在清理喉咙，又仿佛一句梦呓。我抬头往他那边看去，只见老头正圆睁着眼睛，一眨不眨地瞪着雪白的天花板。

我正在思量要不要和老头说点什么，突然老头又发出了声音。这次我听得清清楚楚，他说的是“猴子打架了”。

大概是做了个猴子打架的梦吧。这时候，鞋子穿好了，我站起身来，想到还是应该对老头交代一声，便撇掉所有的感情色彩，仿佛是对着一截躺在那儿的木头，说：

“张老师，我出去一小会儿，你就在房间里，不要乱走。”

老头并没有回答我，依然看着天花板，也许是尚未从梦境里走出来。

出了房门，一直到宾馆大厅，一个人也没有碰到。大厅里也静悄悄的，只有服务台后面隐藏着一颗乌黑的脑袋。我的厚底运动鞋踏在地砖上有着轻微的回音，于是我尽量放轻脚步。

进入旋转大门之前，我又往服务台那边瞟了一眼，那颗头发浓密的脑袋并没有抬起来。这样最好，我可不希望被人用好奇的目光上下打量。

一出宾馆，就有一股寒气扑身而来。在停满小车的前坪里，我找了个宽敞点的地方，先活动了一下身体，甩臂、压腿，并且小跑，同时扫视四周，看选择哪条路来跑。旁边是一个十字路口。宾馆大门相对的是一条主干道，双向六车道，中间有一排白色护栏。与之交叉的是双向四车道，中间没有护栏，是我去吃饭时走过的路。主干道上的灯光明显多一些，除了路灯，还有一些楼房上的灯光，而且道旁没有行道树，所以那水泥路面显得愈发宽敞与明亮。应该已过了十二点，视线里一辆车都没有，倒是能看到几个人影，或走在路边，或守在亮着灯的某个门店里。

我选择在马路上跑，只是靠近路沿儿。每呼出一口气，嘴边就有一团白气。一如往日，我将眼睛对准正前方的天空。虽然脚下多少有些空虚感，但我还是刻意不把眼睛撤回来。眼望天空，是为了让自己的视线始终集中于远方的一点，这样跑得再远，也仿佛并没有移动，而身体则能在不知不觉间找到一种节奏，可以跑得更远而不至于过早疲惫。有时候，如果路面不好，或弯道较多，眼睛得不断移动时，身体的节奏就无法保持，以致时刻都意识到自己是在前进，是在发力，力气以及信心，便都可能过早地枯竭。

此时我跑步的大道，一路笔直，正前方的天空一片灰蓝，却有一团稍显透亮的地方，正好可以作为我的凝视点。因而很快我就进入了节奏，只依稀感到四肢的活动，体内的气息平缓而又绵延，与此同时，我的大脑也逐渐丧失了活跃度，以至于逐渐一片混沌，因为大量的氧气都需要拿来供应躯体的运动。由于空气冷冽，而且应该有点雾霾，没过多久，喉咙竟然有了烧灼感。这时我便调转头来，用了比平时要慢一点的速度，又跑回了宾馆。

回到宾馆，我的思维已仿佛进入了另一个频道，眼中的一切都变得爽朗和明净起来。穿过宾馆大堂时，服务台后伸出一张清秀而又显得有些疲惫的脸——你也出去运动运动吧——我几乎要说出口来。

一推开房门，我立刻感觉到了某种变化——是什么呢？打量了一会儿，才意识到是老头的睡姿从仰卧变成了侧卧，脸朝向了窗户那边。还是无声无息，但我又有种感觉，他肯定并没有睡着，而且之前多半也是如此。有种要证实一下的冲动，我便忍不住朝那边喊道：

“张老师，你是不是睡不着啊？”

“嗯，睡不着。”声音立刻回复过来，身体却没有动弹。

“你一直都没有睡着吗？”

“睡了一会会儿。”

“哦，睡了一会会儿，梦到猴子了？”

“啊？”

“是不是梦到猴子打架了？”

“哦——”

“是什么样的猴了？”我抑制不住想要调侃一番的冲动。

“两只小猴子。一只稍微大一点，一只小一点。”

“那谁打赢了呢？”

“没输没赢。”

“为什么呢？”

“还没有打完。”

“哦——”我故意用一种表示遗憾的语气说，“说不定等会儿还会梦见猴子的——让它们再打一打就知道谁输谁赢了。”

我决定再洗一个澡，说不定热水一淋，睡意很快就会降临了。就在我将衣服脱掉只剩下一件内衣，准备往卫生间那边走的时候，老头突然又冒出了一句：

“小的猴子打赢了。”

“什么？”

“小的猴子打赢了。”

“什么时候打赢的？”

“刚刚打赢的。”老头边说边转过身来，头还往上抬了抬。他满脸微笑地看着我，仿佛是要告诉我，打赢了的不是小猴子，而是他自己。

我直直地看着他的眼睛。那两只浑浊的眼睛里此时充盈着光亮，不是来自灯光的反射，而是从体内自动焕发出来的。通过那种光亮，几乎可以让人触摸到他那份通体明亮而又纯净的快乐。

“你刚才——就是在看着那两只猴子打架吗？”我感到自己的声音仿佛正在远处飘浮，用了很大的力气才把它们一一地拽到这个房间来。

“嗯——小的那只打赢了。”他又一次宣布很可能是他自己的胜利。

“是你帮它打赢的？”

他弯起了嘴角，使他的笑容显得狡黠起来。

我呆立在那里，以至于冷得瑟瑟发抖了，也还是想不起接下来自己究竟要干什么。一些久远的被深深埋藏在时间褶皱里的记忆纷纷汹涌而来——那时候，我也和眼前的老头一样，总是幻想着一条条鲸鱼在眼底遨游，并且有时候自己也是一条吞食一切的鲸鱼。可是随着年纪的增长，它们已逐渐离我而去，即使是刻意地再去召唤，它们也都只是冷漠地从我眼前一闪而过，仿佛视我为陌路。

哦，还有我那本《鲸鱼的故事》，到底丢到哪里去了呢？

终于记起来，自己是要洗澡。于是进了卫生间，在淋浴的时候，我继续想象我那些已失散在记忆深处的鲸鱼。将房里的灯全部熄灭，躺在床上之后，也依然如此。然而很长时间过去了，我的那些鲸鱼，要么无动于衷，要么支离破碎。我知道自己已完全丧失了召唤它们的能力。

昏暗中，能看到老头侧身躺在那里的轮廓，没有发出任何声响，但我知道他肯定没有睡着。他的眼睛是睁开的吗？哦，不管眼睛有没有睁开，他都在看着一个充满神奇而又精彩纷呈的世界。那个世界里，有他的儿子，有猴子打架，肯定也还有很多别的他所渴望拥有或看到的事物，召之即来，挥之即去。简直就有如一位拥有四海的国王。不，比国王还要惬意和任性。那个世界还只属于他自己，就如同紧闭着的鲸鱼嘴巴，只有他，以及他的那个世界，在那里面。其他人都被那巨大而坚硬的嘴巴隔离在外，唯一能做的，就是观望和羡慕。我此时就是这样。

哦，我亲爱的鲸鱼们。

不知过了多久，疲倦终于重重压来，拽着我穿过一个又一个短促而又清浅的梦。那些梦里，都没有鲸鱼。

鲸鱼的故事 5

天气闷热异常，讲台上的数学老师解开了她短袖白衬衫上端的第二颗纽扣，每次一俯身，就可以看到她肉色的文胸以及胸口一大片微微泛红的肌肤。她不断用她从前排课桌上随手抓起的一个作业本扇风，额边的散发始终保持着飞扬的状态。

“你们几个人一组，先讨论一下这道思考题！”

她用那只空闲的大手朝我们一挥，随即朝门口那边走去。也许是她那庞大的身躯搅动了空气，我感到有一股热浪瞬间扑身而来。

坐我前面的男孩猛地转过身来，数学课本“啪”地拍在我的桌面上，两手不停地轻敲桌面，身子也在左摇右晃，仿佛是要趁这个机会尽情地释放一下身体。同桌乌黑的脑袋也从旁边凑了过来。

1，1，1——2，3，4——3，5，9——

前面男孩轻声念着题目中的几组数字，脑袋随着自己念的节奏而左右摆动。

1，1，1——

他又从头念起，脑袋继续摆动。但突然间，他整个身子往桌上一扑，脑袋枕着双手，完全放弃了似的偏头去看旁边的另外一组。

“你想出来了没有？”同桌捅了下他。

“好难哦。”他重重地叹了一口气。

“你呢，你想出来了没有？”前面男孩仰起头来看着我。

这段时间里，我一直盯着他叠在我桌子上的手臂。他穿着一件灰色的短袖 T 恤，裸露的手臂又白又细，在几乎让人窒息的空气里散发着有如水底鹅卵石般的清凉。

“你想出来了没有啊？”声音仿佛是从深水中的某处发出来的。

我不由得张开了嘴巴，但并不是为了发声，而是咬向了前面男孩的手臂。

在一声尖叫里，我突然清醒了过来，立刻松开了牙齿。但所有人的目光早已扫射过来，前面男孩的身子则往后一退，滑落到了地面。他用手紧捂着被咬的地方，表情满是疑惑和慌乱。几秒钟之后，他终于像记起什么似的放声大哭起来。

数学老师闻声而来，了解情况之后，两只眼睛朝我发射出仿佛要将我融化的热流。

“你为什么咬人呢？啊？为什么？”

为什么？为什么呢？我努力而焦急地想要找到一个于我有利的答案，但脑袋里空空荡荡，唯一的感觉就是自己四肢冰凉，并且口干舌燥。

“你说话啊！哑巴啦？”

脑袋里依然空白，但我又不由自主地张开了嘴巴。

“啊！啊！啊！”

我发出声音来了吗？我不知道，就连数学老师的呵斥、前面男孩的哭喊、周边同学们的窃窃私语，也都显得越来越微弱。而接下来，当我闭上嘴巴，所有的声音就都立刻消失了。

哦，一切都被我吞入了肚中。

老头的故事 5

第二天早上，吃过早餐后，我又带着老头出发了。出发之前，我还不知道要去哪里。直到在高速上跑了一会儿，看到了指向“常市”的牌子，我才往那边拐去。中午的时候到达常市，随后进入宾馆，出去吃了饭，回来再睡一觉，就差不多又到了吃饭的时间。

接下来好几天，都是如此。我想自己已完全陷入了一种节奏，就是时刻都想把车子开上高速，眼里是连绵不尽的山峦，耳边是一成不变的风的呼啸，心无旁骛，或者说，随心所欲。

老头身上的手机每天都从早上八点开始报时，到晚上八点就停止。习惯了之后，它们便也不再是时间流逝中的障碍，而只是一朵朵不时溅起的小小浪花。对于这个手机的作用，我继续心怀疑惑——从未见老头用它接打过电话，仿佛它唯一的功能，就是报时。尽管我总是刻意避免与老头交谈，但每天晚上，当他早早地躺在床上，睁着或闭着眼睛，一动不动的时候，我就时常生出一股无法遏止的好奇，也许还夹杂着一点想要闯入他那个世界的渴望和嫉妒，然后便单刀直入，问他是不是又看到什么了。如果他确实是正在“看”着什么，他总会兴致盎然地和我交谈，蜡黄的脸上满是红润和喜色，同时还会调整好姿势，眼睛直对着我，大概是想看我会有什么样的反应。每当这时候，我也几乎是兴致盎然的，在脑中不断拼凑老头幻想出来的那些画面的同时，也还一次次地试图召唤曾经属于我的那些鲸鱼。

“有没有看到鱼呢？”有次我主动问他。

“鱼？”

“好大的鱼，鲸鱼，海里面的。”

“没有。”

“那船呢？”

“没有。”

……

老头身上的气味越来越浓烈了。即使是要他洗了个澡，那气味也没怎么消减。我想应该是要换内衣裤了，但我懒得去给他买，便每天都督促他洗一个澡。他脸上的白胡须也越来越长——因为自己也需要剃下胡子，所以我去买电动剃须刀的时候，顺便也给老头买了一个。

那是出来后的第五天，一个灰蒙蒙的日子，空气中有一种仿佛在烧橡胶制品的味道。我从车载广播里得知，这次的雾霾十分严重，已经发布了红色预警。当时我从临县的高速口出来，跑了一小会儿后，就来到了一个三岔路口。县城需要往左，但那儿有禁止左转的标志，所以我需要右转，然后再在前面掉头。那路口没什么行人车辆，也看不到摄像头，略一迟疑，我还是将方向盘往左边打去。我一直踩着刹车，车速很快就降到了十几迈。但就在车子已来到对面路上，我开始摆正的时候，一辆摩托突然从右后方笔直地靠了过来。我连忙踩死刹车，车子完全停下来了，但那摩托依然在靠近，只是速度很慢，慢得足够让我看清楚那车上只有一个戴着黑色头盔穿着一件草绿色长棉大衣的人。我还清楚地看到那摩托准确地瞄准我的车头前进，在一声沉闷的“砰”之后，那“棉大衣”以及他的摩托就如同慢镜头回放般缓缓地倒了下去。

我连忙开门下车，车头那边早已响起一叠声的“哎哟哎哟”。

“你没长眼睛啊？边上那么宽，偏往我这边开！”骂过后我去检查车子的损伤。车子的右侧大灯下面有了一个明显的凹痕。我还想再去骂地上的人几句，这时突然又有一辆摩托从右后方靠了过来。我大感不妙，因为那上面的人都没戴头盔，是两个一望而知的“社会青年”，坐在后面的那个又矮又壮，是个小平头，头发染成了绿色，开车的那个长发及肩，白得异常，仿佛是刚从坟墓里爬出来的。

摩托在我身边稳稳地停下了，车上的两人都在大大方方地往我车子里面瞟。

“你违章了，晓得不？”白的那个朝我咧开一嘴的白牙。

旁边的“哎哟”声更显得声势浩大起来。

“给我们两千块，帮你搞定。”

“你们这是碰瓷吧？不怕我报警啊？”我作势要去摸手机。

“你快报啊！违章撞了人还敢这么嘚瑟——你要不报的话我来帮你报好了——”白的那个下了车，真的掏出了手机来。

“我给你两百，算我今天倒霉。”

“我说的是两千。”

“最多四百，我身上就这么多钱。”

“两千，少一分都不行。”

“两千。”

绿头发那个也来了一句。他始终紧绷着面孔。

“我真没那么多钱了，只有四百。”

“我操，你不晓得用微信转账啊？”

“最多五百，就这样吧。”我恼恨地挥了下手——是为自己的一步步妥协而感到恼恨。

“你他妈的再啰里啰唆，老子就要涨到三千了——”绿头发那个叫嚷起来。

我仿佛看到自己正被人死死地踩在脚下，却连呻吟一声的资格都没有。仰头看着低低压在头顶的灰白色天空，一种熟悉的无力感突然又攫住了我。我顿时觉得，一切都无所谓了，不管会不会有警察到来，也不管那个“棉大衣”一直像摊烂泥似的躺在那里，都没什么关系了。

我只是站在那里冷笑，连一根手指都不想再动弹。

眼前出现了一张愤怒的红脸，随即一只坚硬而冰凉的大手扼住了我的喉咙。一阵窒息感使我头晕目眩，同时肚内一阵痉挛。当那只手猛地松开后，我立刻蹲下去呕吐，但什么也没吐出来，只是眼睛一阵火辣，有眼泪迸裂了出来。我擦了把眼泪站起来，看到老头不知何时从车上下来了，庞大的身躯挡在了我和那绿头发面前。

老头双手握拳、两眼圆睁，微屈而紧绷的身子有如一张随时会把自己弹射出去的大弓。我从未见过一个人能将自己的愤怒表现得如此淋漓尽致，不留任何余地，没有丝毫的迟疑和顾忌，仿佛他体内所有的力量都转化成了愤怒，而所有的愤怒又都形成了力量。哪怕明知老头是站在自己这边的，我的心头依然不由一凛。而我对面的绿头发和白脸，脸上红一阵白一阵，随后他们对视了一眼，白脸把头一甩，绿头发便坐回了摩托。一直在打量这边情况的“棉大衣”，这时也爬了起来，并将摩托扶起。一阵油门声响，白脸他们率先掉头离去，“棉大衣”

则紧随其后，很快就都不见了踪影。

回慈心养老院吧，回慈心养老院吧……在白脸他们离去的瞬间，我头脑里就只剩下一个念头。我甚至还生恐院里早已将我除名，而原本属于我的那张办公桌，已属于另一个人。他说不定很快就能获得主任的欢心，因为他是那么积极热情，不会故意不接电话，更不会开着车子出去数日不归。如果是这样，那么我又能去哪里呢？世界诚然广阔，可你不过是一只孱弱的蚂蚁，任谁一根手指头就可以让你动弹不得。是啊，没有比慈心养老院更适合你的地方了，那里有四面高高的围墙，还有一间可以让你平安待在里面的公寓——当年你毫不犹豫地钻了进去，图的不就是这个吗？是啊，是啊，尽管这么多年过去了，其实那些鲸鱼从来就没有离开过你，它们早已把你吞入那黑暗隧道般的肠胃，一点一点地消化，然后你就成为了它们身体的一部分。从此你再也走不出它们那紧闭的嘴巴，当然你也害怕走出去。可是为什么要走出去呢？是啊，是啊，那么现在就回慈心养老院吧，说不定主任会当什么也没发生，而你今后最好是加倍地勤勉和小心。哦，不用再说什么烦不烦恼，开不开心，既然你选择了待在鲸鱼的嘴巴里，那嘴巴里的逼仄、阴森、腐臭，你就都得毫无条件地接受。而且你还必须要知道的一点就是，既然你每时每刻都随身携带着鲸鱼，那么无论你去往哪里，你都永远只能是现在这个样子。

从走向车子，到再次将车子开上高速，我始终都没有再看老头一眼。但在我的感觉里，他一定一直面带微笑——因为他“打赢”了。对，他帮小的那只猴子“打赢”了。可小的那只猴子会因此而感激他吗？为什么不袖手旁观，等待接下来会发生什么呢？说不定小的猴子也能够奋勇而起；就算不能够，那也只能算一次而非两次失败——既败于对手，又败于帮手。那些必须依赖帮手的人，不管是在对手还是帮手的眼里，都只能是彻头彻尾的失败者。哦，失败者就失败者，你这一生，从来都是如此，今后也将如此。我能感到自己满腔的怒火，而它们来得显然并不是时候。

“现在是北京时间十二点整。”在有如布满地雷一般的沉默车厢里，老头身上的手机突然轰响。

我条件反射般朝老头扫过去，看到的却是一张紧绷的面孔以及一片有如船舷的嘴唇。

难道他是在为自己刚才的表现感到懊恼？还是已经猜到我要回养老院了？我只能够相信后者。但他是怎么知道的呢？而且他怎么就那么不想回养老院呢？——不过话得说回来，又有谁想回什么养老院呢？

车厢里的沉默又回复如初。地雷又一个个地重新埋好，空气仿佛已停止流动，也许接下来一个微小的动作，就可以让整个车厢瞬间炸裂开来。

“哧——”一道拉拉链的声响，仿佛将凝固的空气也划开了一道口子。空气流动了，而我似乎也有了做出动作的理由，于是朝老头那边偏过头去。只见他拉开了冲锋衣口，手伸到了衣服里面去。不过两秒钟，他便掏出了一个黑色塑料包。塑料包卷得整齐方正，里面显然是一叠现金。我认出来了，那正是老头曾经“被偷”的那一叠现金，整整三千块。

“我这里还有钱——”老头将钱递往我这边，两眼紧盯着我。

怎么回事呢？在养老院他不是说过自己不带钱的吗——难道他早就做好了长期在外的打算？还有他怎么会突然递钱给我呢？突然间，我想起刚才跟白脸说过自己身上没什么钱了，估计老头在车里的时候听到了。

钱确实是不多了，卡里虽然还有一点，但过年的时候得带回去给父母。他们不再打工了，在老家虽然能衣食自保，却也没有别的收入。不过再怎么说，我也不可能从老头手里面接钱的。我把老头的手往他自己那边一推，但马上意识到自己实在有点过分了——客观地说，从我开始对老头生闷气的那一刻起，我就已经过分了——于是我便尽量以一种轻松的语气说：

“张老师，你是不是知道我想回去了？不过我想回去不是因为没钱了，而是我还得上班啊——”

但老头的脸色没有丝毫改观，我只得继续说下去：

“张老师你看我们都出来这么多天了，再不回去我的工作恐怕就保不住了。”

老头将头扭向了车窗那边。外面灰茫茫一片，几百米外就已经看不清楚了。时值正午，天空倒还有些明亮，但这种明亮，也仿佛是隔了一层毛玻璃。空气中的气味始终如一，让人怀疑整个世界都成了一个垃圾烧化场。

“张老师你看到什么了？”见老头长时间一动不动，我问道。

以前几乎百试百灵，但这回老头并没有搭理我。

“张老师，你是不是还想去哪里？”

“动物园。”老头应声回道。

“哪里？”

“想去动物园。”

“嗬——”我几乎想发出一声大吼。还真是没完没了了——去什么动物园呢？又为什么要去动物园呢？

“喜欢动物？”

“喜欢。”

“喜欢什么动物？”

“都喜欢。”

“是不是去了动物园就安心回去了？”

“好。”

“确定吗？”

“嗯。”

看到老头的脸色松弛了，我心里瞬间有了雪融冰释的感觉，而车厢里的空气也随之丧失了硬度，每一口呼吸都轻松了许多。

鲸鱼的故事 6

爸妈从广东回来了。若是从前，视线里一冒出他们的身影，我就会朝他们飞奔过去。但这次我只是倚在门边，虽然心里也还是期盼他们快点来到眼前，却又努力装出并未发现他们的样子。身体在微微地颤抖，许多的话语从心底奔涌出来，似乎都争先恐后地要挤到嘴边，占据一个优先的位置。不要那么焦急，等他们来了，还有的是时间——但我越想压制，体内却爆发出了更多不屈不挠的声音。声音过于密集和杂乱，很快我的脑内就只剩下一片嗡嗡嗡的闷响，偶尔才有一两个词句飞溅出来，那感觉，就像是在同时收听几十个电台一样。

这一情况只持续了十几秒钟，我眼中爸妈离家的距离，不过是近了一二十米。就如同那些电台全都在同一时间关闭了信号，我的脑海里瞬间一片沉寂，那是一种仿佛从闹市直接被切换到原始森林一般的沉寂。而与那些声音一同消失的，似乎还有我全身的力气。

妈妈朝着我走了过来，随后将手搭在了我的肩膀上。

我无力地扫了她一眼，马上又垂下头去。

“我家崽崽又长高啦，都快到妈妈肩膀这里来了！崽崽你看妈妈给你买什么回来了？来，你来看一下啊。”

我试图说出点什么，却发现自己完全发不出声音来了。

“崽崽——崽崽——”

我又一次尝试，但依然发不出声音来。

哦，我会再也说不出话来了吗？

妈妈还在呼唤我，后来其他人也都围了过来，我却从他们之间穿了过去，进了自己房间。

哦，我什么话都说不出来了——想到自己变得和小黑一样（虽然没有完全一样），我不仅没有担心，而且有了种仿佛得偿所愿般的惬意。哦，我什么话都不要再说了。

家里人都以为，我只是暂时不想说话而已。他们都觉得我只是在耍一点小孩子脾气，比如奶奶就明确地表示：他这是看自己的爸爸妈妈回来了，人就变得不同起来。

我说不出话来了，而且丝毫没有想说话的欲望，连续好几天之后，爸妈终于有些不耐烦了。他们对我的态度，从最初小心翼翼的询问，变成了声色俱厉的呵斥。他们说他们在外面辛辛苦苦一年到头，好不容易回到家里了儿子却还这么不懂事。他们说我现在就这么大的脾气，今后长大了那还得了，而且以后到了社会上别人可不会有他们那么好的耐性。他们甚至还提到我小时候有段时间怎么都不肯吃饭，每吃一口都要他们想方设法地哄，把心都给累透了（我自然对此毫无记忆）。到了后来，我什么都不想再听，便张开了嘴巴，然后再紧紧闭上。世界瞬间安静了下来。一切都被我吞入了肚中。

爸妈走的那天，天还没大亮，他们就起床了。我被他们的说话声与走动声惊醒，明白他们很快就要走了。他们还需要把行李收拾好吧？他们还需要吃点东西吧？完全还有时间可以去跟他们说点什么——醒来的那一刻，我就清晰地意识到，那些声音又都回来了，我又可以说话了。但我只是紧了紧被子，把自己裹得更严实一些。天气真冷，窗棂那边映着一片银白，且透过一丝丝干爽而冷冽的风。一定是下雪了，是年后的第一场雪。

大概是妈妈在做饭，爸爸在收拾东西。他们偶尔还会说点什么。后来，他们就都在堂屋里了，应该是坐在桌边吃饭。他们断断续续地说着话，声音不大，又隔着一堵墙，我只隐约听到他们在说的话题，就是我。

突然，外面的脚步声明显沉重起来。他们应该是穿上了雨靴——看来他们只能穿着雨靴出门了。那脚步声是朝着我房间这边来的。爸爸妈妈都来了。他们一靠近门口，我便闭上了眼睛。进门之后，他们都放轻了脚步，缓缓地来到了我的床头。

“还在睡呢，别叫醒他。”

“就看一看他，不叫醒。”

他们就站在床头，久久地用目光覆盖着我。我感到了身上沉沉的重量，眼皮仿佛不堪重负般开始微微抖动，但最终还是没有睁开。

一阵轻微的窸窣声后，他们又都离开了房间。

外面果然是下雪了，响起一片雨靴踩在雪地上的咔嚓声。那声音一开始是那么尖锐，仿佛一道道压抑不住的呻吟，随即便越来越微弱，以至于再也没有任何的声息。但另一种声音突然在我体内尖锐地响起。于是我翻身而起，一步跃上了靠墙的躺柜，然后将脸贴在了窗棂上。外面一片雪白，小竹林里的竹子，全都被雪压弯了腰。旁边的小路上，有两道向前方延伸的脚印。在它们的尽头，是两个小小的仿佛正在匍匐前进的身影。

我几乎是赤身裸体，冷得浑身打战。但我一直朝他们张开嘴巴，直到他们彻底从视野里消失，才将他们一口吞下。

老头的故事 6

市一级的城市应该就有动物园。沿路要经过的第一个市是衡市，而且很快就可以到达。也到了要吃午饭的时候了，尽管并没什么胃口，但就算自己不吃，老头也还是要吃的。于是半个来小时后，一出了衡市高速收费站，我便在路边找了家小店，供应粉面，也还有盖码饭。我给自己要了碗酸辣扁粉，老头则说要吃饭，便给他点了个西红柿炒蛋盖码饭。

点的东西还没端来，我就从手机上查到了衡市动物园的所在地，只要十几分钟的车程。网上说需要四十块钱一张的门票，但点开购票网站后，发现竟然有特价票，只要八块钱一张，每人限购两张，需要输入身份证号码。我当即就买了两张。

粉的味道不错，唤醒了我的胃口。老头把盖码饭吃得一干二净，仿佛是在彻底地完成一个任务一样。

“走啦，去动物园啦。”见老头吃完了，我立刻宣布，随即意识到，我是试图提前营造一种喜悦的气氛。老头果然一脸喜色，立刻从椅子上起身，甩着手臂朝门口走去。当我坐在驾驶室后，发现老头用了比平时更快的速度把自己安置妥当——进门，坐好，系上安全带（他早已能够自己动手），然后又朝我递过来一个微笑，仿佛是向我表达他难以言表的感激。而我的心情，竟然也在不知不觉地轻快起来。

哦，去动物园啦——这时候我才想起，我这辈子竟然还从没有去过动物园。小时候在乡里，自然不知道哪里有什么动物园，而成年后在城里，又哪有什么闲情逸致去动物园呢。动物园里会有些什么？也许会有好些我从没见过的动物吧。这么一想，我便也生出些期待来。

手机地图上显示的动物园那一带，似乎并没有停车场。我便把车子停在了附近的一个专业停车场——周围都是些老式街道和建筑，只有那一片空地，仿佛一个即将开工的工地。估计是工程因什么而暂时停下来了，为了不浪费，就先把它作为停车场用了起来。

下车后，和老头沿着一道青砖围墙一直往前走，到了一个小学门口，手机地图就宣称目的地已到。我左看右看，也没看到动物园在哪里，想着之前也没路过什么动物园，便带着老头继续往前走。但越走越觉得蹊跷，两旁只有各种各样的店铺，水果店、饭店、小超市，完全不像旁边隐藏着一个动物园的样子。看来只能找人问问了。那些店铺里的人都一副闲事免谈的严肃模样，身旁过往的人也几乎全都目不斜视，仿佛提醒别人敬而远之。终于，迎面走来了一对老年夫妇，男的一头白发，女的头发半白，却都腰杆笔直，衣着素雅洁净，尤其脸上一看就是一团雍容和气。两人都两手空空，像是出来闲走的样子，估计就是附近的居民。显然是很好的问路对象。略一迟疑，我便迎了上去，问他们动物园在哪里。

“就在前面——”老太太指着我来的方向，声音爽朗热情。

“我们也正要去那里，跟着我们走吧。”老头也开口道，同时微笑着打量我们。

“哦，我才从那边过来，是不是就在那个小学那里？”我忍不住想多说点什么。

“是啊，小学旁边有条小路，要从那里走进去。小伙子不错，带爷爷来逛动物园啊？”

我只是笑了笑，感觉非笑不可。

“小伙子是哪里人？”

我说是长市。

“哦，省城里来的——来这里玩？”

我说是的。

“老人家年纪蛮大了吧？”那老太太把脸伸向了我旁边的老头。

“八十二了。”我替老头回道。老头眼睛只是盯着前面，像是生怕动物园会突然从眼前飞走一样。

一路说着话，就又到了那学校旁边。

“就是这里，从旁边这条路进去不远就到了。”那旁边确实有条小路，只是我刚才根本没想过，堂堂一座动物园的大门竟然会不开在大路边。

那老两口走在前面，仿佛是特意给我们带路的——怎么会这么巧，他们也要去动物园？越往前走，四周越开阔，不久衡市动物园的招牌以及一扇敞开的大门就出现在了眼前——也许那小学是后来建的，因而把动物园的大门都给挡住了。到了动物园门口，那老两口就朝我们摆摆手，继续往前面走去了。哦，他们还真的是要来这边，只是不是去动物园。

动物园售票处就在大门侧前方，一间独立的小屋子，但窗口处挂着一个“正在施工”的牌子。临时的售票处则是摆在大门边的一张办公桌。桌后面有两把椅子，分别坐着一个年轻女子。其中年纪稍长的一个肚子明显隆起。她朝我们招了招手，问是不是要进动物园的。我忙走了过去，说已经在网上买了票。

“请出示一下购票的短信吧。”怀孕女子朝我温柔微笑，不是那种遍地都是的服务式的微笑。我想多半是她肚中的那个孩子每时每刻都在向她发送请她微笑的信息。

出示短信后，另外那个女子在一个类似 POS 机的东西上按了几下，随即那机器一端便出来了两张小票。

“请拿好您的票。”女子站起来，双手递票给我，脸上也是一道生动的微笑。

我有些恍惚，说了声“谢谢”，便和老头朝大门走去。

一进大门，只见左边是大概有半个足球场大的池塘。一开始我以为那里面可能是有什么水生动物，但正前方一条大路明确地指向远处，右侧路边长满了树木，有的还颇有些年月，左侧路边每隔几十米就竖立着一个恐龙模型，各种类型的恐龙，一律的灰绿色，大概是用某种特殊泡沫做成的。路过最后一条恐龙，大路拐了个弯，呈现在眼前的，却是一个儿童游乐场，那里面有海盗船，有过山车，有大型滑梯，有充气城堡。以为是走错了方向，不过不久就发现了指示牌，告知往左拐就是“猛兽馆”。很显然，游乐场和动物园连在一起，也许是因为动物园方面认为来动物园的大多是孩子，就增建了一个游乐场以加大吸引力。不过眼下无论是游乐场还是有动物的方向，都不见一个人影。四周安静得仿佛我们正处在深深的水底。稍一思索，便知道这是正常的，因为今天是工作日，对于孩子们来说，此时更是上课时间。反而是我和老头在这样一个工作日的下午出现在动物园里面，怎么看都有些不正常了。

“猛兽馆”几乎是紧挨着游乐场。登上几级台阶，就来到一个圆形的平台，平台四周是近两米高的不锈钢栅栏。透过栅栏，就可以看到下面四五米深的地底一个圆形跑道般的饲养场。中间有两堵墙隔开，一边是东北虎，一边是黑熊。东北虎的活动区域要大很多，能看到的有两只，个头都不大，褐色皮毛上有黑色的斑纹。一只始终躺着，另一只则在溜达，有时还消失在了平台下方。平台下面也许就是它们的房子。东北虎脚下是一片绿草稀疏的黄土地，黑熊所在的地方则是水泥地面，还用石头和水泥板架起一个可以攀爬的活动区，此外还有三朵水泥做的矮墩墩的蘑菇。地面上随处可见水迹，不知是不是它们的尿液。黑熊有四只，个头都比东北虎略大些，一身纯黑的皮毛，只是身上都有些白色的尘土。这些黑熊身躯肥胖，行动迟缓，除了个头外，根本看不出身为猛兽的迹象。

东北虎和黑熊我之前都只是在电视和书本上见过，它们倒是都给我留下过凶猛的印象，但眼前这些真实的存在，则将我的那些印象冲刷得一干二净，仿佛我面对的是不真实的赝品，或者是冒名顶替的另外两种动物。总而言之，它们留给我的印象可以用苍白来形容。而与苍白并列在一起的，就是一份只剩下茫然的失落。

老头手抓着栅栏，眼睛一眨不眨地注视着地底下的动物，脸上一会儿露出沉浸于喜悦的微笑，一会儿又露出仿佛被什么问题纠缠住了的疑惑，偶尔还会将眉头皱起来，让人觉得他是在不断地询问自己——怎么回事哦？当他表示疑惑的时候，我也是满怀疑惑，于是久久地注视着他。老头如果察觉到了，就会朝我转过头来，表情又瞬间转换成了微笑，仿佛是告诉我他一切正常，不必为他操心。如此几次，我便觉得自己完全成了老头的妨碍者，心中的苍白感愈发地扩张开来。

接下来看到的是一圈玻璃隔板里面的几只袋鼠，估计是水土不服，通通躺在地上。然后就是一些尾巴上的羽毛几乎全都掉光了的孔雀，还有一片小水池里的褐身黑尾的赤颈鸭。每一种动物我都只是扫上几眼，就想继续往前走，但老头似乎对什么都看不够，每一次离开都需要我反复催促。

当标示着“恒河猴”的玻璃房子出现在视野里的时候，老头明显地兴奋起来，甩着手臂快速走过去，然后就将手贴在玻璃上，眼睛四处扫描，仿如闯入银行保险库里的劫匪，开始迅速清点他可以打包带走的东西。他脸上的表情比在之前任何一处都要丰富起来，身体也不断扭动，似乎有点不知所措，甚至是惴惴不安起来。

猴子大概是他的最爱。

玻璃房大概有三十来个平方，顶上是铁丝栏，后方贴着一堵灰墙，靠墙有座小小的石头假山。假山边的墙上有个孔，大概雨天或夜晚，猴子们就从那个孔钻到墙后的房子里面去。铁丝栏上挂着两根一大一小的 U 形吊索，可供猴子们玩悬挂游戏。里面的猴子一共有六只，体形都不大，最大的估计身高也只有五六十厘米。全都眼睛硕大，毛色灰中带黄。最大的那只正撑着前臂坐在房间正前方，面朝玻璃，眼睛虽然一动不动，却似乎什么也没收入眼中。两根吊索上也都有猴子，其中大的那根上有两只，其中一只晃动一下，另一只便赶紧保持平衡。假山上有一只，巡视一般四处打量。假山旁边有一只，一手压着半个（大概是）香瓜，飞速掰下一点便立刻塞进嘴里。侧后方靠近玻璃板那里也有一只，身材只比最大的那只略小，显得有些老态，身体微弓，始终一动不动地注视着玻璃外面。

老头的左手一直紧贴着玻璃，那个硕大的肚子也顶在玻璃上，眼睛先是久久地盯着某一只猴子，然后便恋恋不舍地转移到另一只上面。不知从何时起，他的身体已如钉在那里的木桩般纹丝不动，脸上的表情则似乎逐渐消融，只剩下一片心满意足或者说无欲无求的柔和与明净。那原本蜡黄的脸色，也仿佛因此而显得白亮了许多。

这些猴子有什么好看的呢？顺着老头的视线，我也开始一只只地仔细打量那些猴子，却完全发现不了那种能够让老头沉迷其中的理由。或许问题的根本并不在于那些猴子，而是在于自己。是的，我从来就没喜欢过什么猴子，我又怎么可能会被猴子所深深吸引呢？

可如果它们是些鲸鱼呢？我曾经是多么地迷恋鲸鱼啊。

又一次，我试图在脑海里召唤曾经的那些鲸鱼。对，每一只猴子都是一头鲸鱼。我把视线投射在玻璃板边的那只猴子身上，它的毛色比其他猴子的要淡一些，几乎接近白色；脸部正中那些没有被毛发淹没的肌肤，则比其他猴子显得红一些，并且能看到密集的皱纹；眼睛已缺乏光亮，仿佛只是两个被人画上去的小黑圈。很显然，它和我记忆中的那些鲸鱼没有任何相似点，却逐渐让我想起身边老头的样子来，于是视线又不由自主地移动到老头身上去。

这时的动物园里不见任何身影，除了玻璃房里那根大吊索上两只正在嬉戏的猴子偶尔发出一声尖叫，几乎再无别的声响。灰色的天空压得低低的，园区四周只见密集的常绿乔木，让人觉得仿佛正身处某个被隔离的地带，可能是一处荒岛，也可能是一个透明钟罩的内部……或许，当我把视线投向天空的时候，那背后也正有一双或多双眼睛正打量着自己，正如我们打量着猴子……如果真的有上帝或者比人类更高等级的生物存在，那么人类在其眼中究竟和猴子有什么区别？即使你四处奔跑，也不过是在一个大点的玻璃房子里，而且四处奔跑又有什么意义，如同一只猴子在吊索上荡来荡去又有什么意义……那种熟悉的感觉，有如一阵彻骨的寒意，在我体内迅猛地扩散开来。我连忙甩了甩脑袋，并把视线移开。老头依然顽固地凝视着玻璃房内，显然这时候是没法把他叫走的，而且接下来的好一段时间，恐怕都是如此。

当我把视线又投射到那只老猴子身上时，之前突然涌现的那个念头依然挥之不去——或许真的有什么正在打量着自己，正如自己打量着猴子……说到底，你不过就是一只猴子，或者说那只猴子便是另外一个你——它那浓密的皮毛下，也有一颗正在跳动的心脏，也有正在奔流的鲜血，也有各种各样的感觉、情绪以及思想……我的视线仿佛是被分解，既看到了它那浅灰色的皮毛，也看到了那皮毛下密集的血管、沸腾的血液、轰轰烈烈的心脏，并且我的视线还在进一步地分解和深入，看到了一个个圆乎乎、滑溜溜的小小细胞……也许是视线再也无法分解，它们便又开始一一地聚拢，以至于我的眼前只剩下一个灰白色的光点。那光点的颜色有些稀薄，然而它始终都在那里。是的，就如同跑步的时候，我所注视的远方的那些光点。眼前的光点始终那么遥远，或许是越来越远。我正在迎着它跑去呢，四肢轻盈地摆动，呼吸顺畅而又轻松，没有丝毫疲惫。我完全可以心无旁骛，也完全可以随心所欲。这时候，眼前已经一无所有，只剩下一片辽阔的空白，而脑海里也是一片混沌。好啦，好啦，是时候啦。我停止跑动，随意地坐了下来，面对着一片洁白画纸般的空白。用不着多想，我就把画笔掏了出来。画点什么好呢？当然是鲸鱼啊。马上就可以开始——先是它硕大的脑袋，来一道滑动的曲线，然后又来一道；两个小圆圈，就是眼睛；接着就是身躯和尾巴，线条一道又一道。好啦，接下来就是抹上色彩，纯净而又潮湿的天蓝色。眨眼之间，画纸上就是一条水淋淋的鲸鱼了。是啊，是啊，一条还不够，那就再加一条……也还不够啊……那就再加……我知道自己正在画着记忆中的那本《鲸鱼的故事》。从头至尾，我一条又一条地画着。当终于画完最后一笔，我将画笔一丢，它立刻消失在了一片空茫之中。而在它消失的地方，一条条摇头摆尾的鲸鱼就涌现了出来。它们仿如奔向故乡一般欢快地朝我游来，每一条都是那么亲切，每一条都流光溢彩。它们不断地在我身边旋绕，忽上忽下，忽左忽右，以至于我满耳都是哗啦哗啦的水声。

在衡市动物园有如深海一般宁静的下午，我和老头久久地注视着玻璃房里面的那些猴子，而它们恐怕也始终在注视着我们。它们当然也会注视着我们，它们每个都有一双那么明亮的眼睛；甚至于，它们还都会想，外面那两个奇怪的家伙，为什么不干脆走进来和我们生活在一起呢？

但我们的生活在别处。

老头身上的手机骤响，提醒我们已是北京时间十六点整，是时候离开了。在走出动物园的路上，我问了老头那个一直在我脑海盘旋的问题——他为什么要带个只会报时的手机。老头的回答是：

“这个声音好听。”

“张老师，你在大学里是教什么的？”我想干脆把所有疑问全盘托出。

“烧锅炉的。”

“什么？”

“烧锅炉的。”

声音响毕，无边的寂静落入我的体内——也许，我的确已沉入深海之中。

有什么在电话里不能说

计划中的旅行一直拖延着。电视上说，这个周末仍然天晴，最低气温在13℃左右，但到了下周一，北方的冷空气来袭，不仅会产生降雨，而且气温会骤降十几度。节气已过了小雪，天气不可能再暖和了——他们都清楚，要旅行，只能抓紧这个周末。几乎什么都不用再考虑，旅行的地点、门票、坐车的方式等，他们早已了然。

周五那天上午，他在办公室里埋头工作。手头的事情要尽量处理掉，他决不允许再因为自己的原因而破坏计划。此前的好几次，他都声称自己抽不出时间。与前几次不同的是，这一次，他再也不能说“有时间再去吧”。一年总要出去玩一次——女友的这个要求并不过分，再说，自己不也一直想放松一下吗？自己的心坚定下来之后，他发现，即使到了事情最多的年底，时间也依然是有的。

工作时，记忆中那些与女友在旅途中的温馨片段一一在脑海呈现。这样的片段并不多，但这仅仅是因为他们出去的次数太少，而不是因为在旅途中缺少快乐。一想到她对每一次旅行的热切期待、精心筹划，以及在途中异于平常的柔情（仿佛已获得极大的满足，他说什么她都认同），他几乎可以肯定，这便是她最大的快乐。可为什么曾经要一次次地拖延，让她一次次地失望？工作忙绝对不是理由，那么是……她会想到别的吗？甚至已经想过？他于是不断用马上就可以补救来安慰自己。

办公的地方是安静的，这是他对自己这份工作最为满意的地方。同办公室里还有一个和他差不多大的女孩。他来的时候，她就已经在这儿了。一连几天，她都没有给过他好脸色，好像他是特意跑来剥夺她独享办公室的权利的。但也许是逐渐意识到，他的存在并没有对她造成什么妨碍——他几乎整天都不说话；中午休息的时候，他也和她一样，静静地趴在办公桌上，她的态度才有所缓和。相处的一年多来，他们的交谈一直都只限于工作上或礼节性的，仿佛再谈得深入一些，就会伤害到彼此一样。他们的办公桌相对，坐下时，桌上的显示器会将各自的上半身遮住。很多时候，他都会忘了对面还有一个人存在——她安静得也和他一样。然而，安静有时显得过于突兀，他会在某个瞬间突然感觉到这一点，同时，一种本能的意识提醒他，这是不正常的。为了驱走这种突然而起的不安，他会通过喝水或点击鼠标而故意发出点声音来。

“这次团拜会的节目你想好了没有？”

当最后一个字的声音消失了三四秒之后，他才意识到这句话是对自己说的。没有时间再思考了，他急忙说：

“还没想呢，你呢？”

“不是下周一就要报节目吗，你怎么还没想？”

他听出来，她是又要把事情推给他一个人了。他早就应该想到这一点的。可是这次，他一如既往地心怀侥幸，希望她也会做，甚至已经做了。

办公室里又重归于沉寂。但他的耳边似乎一直回响着她刚才的声音；他还似乎听到了体内的一声叹息。他不习惯和人争，她就是看透了这点吗？还是她的本性就是这样？他并不奇怪她每次都把事情推给他，奇怪的只是她看上去竟如此的心安理得——咄咄的语气以及平静的表情，都显得好像她真可以命令他一样。

节目的事，只能在出去玩的时候想想了，星期天晚上回来之后再简单做一个方案。她是肯定不会考虑的，如果下周一什么也拿不出，她有的是理由把责任归咎于他；甚至于他疑心她根本就不在乎任何人的问责，就如同她不在乎他对她的看法一样。每当一想到她在每件事情上体现出来的不可思议的统治力，他就不得不默认她在事实上的领导地位，依照她的意思行事。

女友打来电话说要出差时，一开始，他以为她只是在试探他。“你根本就不想跟我出去玩”——这样的话她说过好几次。“我中午就去买票呢。”他斩钉截铁地回道。如果不是在办公室，他肯定还会说好几个保证来宽慰她。但她加重了语气（明显还带点怨气），说真的要出差，老板非得要她去，推都推不掉。

“为什么？”

“他说叫别人去不放心。”

“老板也去？”

“是啊。”

“还有谁？”

“一个同事。”

“女的？”

“是啊，那个业务员，你见过的。”

又问了出差的时间、地点，他最后说：

“好吧，那你路上小心啊。”

她吃了中饭就走。为什么会如此仓促？为什么偏偏是这个周末？错过了这个周末旅行该怎么办？他觉得还有好多话要和她说，可又不想在办公室里说太多。且不说同办公室的女孩是否会不满他的打扰，就是想到她会把他说的每一个字都听进耳朵、记进心里，以致在她的眼里自己将更显一览无余，他也决定保持一定的沉默。

中午下班前后，他给女友打了两次电话。第一次，他突然想到她出差两天，却什么也没带，便走出办公室来到走廊的尽头。他在电话里问她，她只说到了那边再买。当他要把话题转移到那些他想了好一阵的问题上去时，却突然怀疑是否有问她的必要——在这件事情上，她显然和他一样出乎意料、不知所措，过多的询问只会让她徒增烦恼。于是，在短暂的迟疑后，他又说了一句“路上小心啊”，然后便挂掉了电话。第二次是在去吃中饭的路上。那也是去往售票点的方向。票是不用买了，可为什么还要往那边去吃饭？如果单纯只是吃饭，那条路上可并没有什么好的选择。他觉得是自己潜意识里还在希望这次能够成行。她已无法和他共度周末的事实，反而使他更加渴望遵行原来的计划。也许是想再次确定一下她是否真的要出差，他又给她打了电话。“吃饭了没？”“正在吃。”“吃了就走啊？”“是啊。”“几个小时能到？”“三个来小时吧。”“哦，那你到了给我打电话。”“好的。”“我去吃饭了。”“好的。”那边先挂掉了电话。她难道没什么要对自己说吗？——他突然想。不过，她似乎一向都不喜欢在电话里说太多。

下午五点半，到了下班时间，他却没有离开办公室的欲望。对面的女孩准时走了。他不知道她住在哪里，有关她个人的一些事，哪怕无关紧要，她也从来不会向他提及。有时下班后，他会在楼下的大路边碰到她，她像是在等人来接的样子。那时候，他会朝她摆摆手，然后迅速地离开。他对她在等什么人毫无兴趣，更不想让她知道自己对此有兴趣。但她知道他就住在附近，因为快下班的时候，他经常会打电话给女友，问她回家时是否在他上班的地方下车，然后一块走回去。如果不是糟糕的天气、急着回去或有别的事，女友都会叫他等她。通常是等半个小时左右，她一打来电话，他就知道她已到了楼下；有时，他不想在办公室里待了，也会在楼下等着她。这一次，他觉得无论是待在办公室，还是回家，都似乎失去了意义；就连等会儿在哪里吃饭、吃什么，他都有点拿不定主意——并不是以前的主意都是女友来拿，恰恰相反，他一直都是这方面的果断的决定者，原因可能就是，他擅长厨艺，而她一直逃避甚至厌恶此事。

他离开办公室时，天已经完全黑了。楼道里只开着一盏不够亮的灯，没有人，也没有声音。他不由得放轻脚步、屏住呼吸，感觉自己就像一个害怕被人发现的窃贼。他又轻又快地冲到楼下，庆幸一个人也没有碰到。又加快脚步钻进回家的小巷，他的心情才彻底放松下来。想去哪里就去哪里，想吃什么就吃什么，这种难得的自由使他感到一阵短暂的愉悦。在回家的路上，路过一家家小吃店、桌子上摆满啤酒的路边大排档，以及好几家只剩下蔬菜的菜铺，他都没有想要停下脚步——哪怕是放慢脚步。他知道可以不用走那么快，可身体好像不由他控制，也许是潜意识里，他觉得在哪里停留都没有意义。这像是一种失重状态。他恍然明白，从得知女友要出差的那一刻起，他就多多少少处于这样的状态中。他习惯了她存在的引力，而一旦感觉不到了，他就变得无所适从。刚才的那阵愉悦消失了，取而代之的是由空虚所带来的失落与寂寞。他抓到手机，想立刻听到女友的声音。但他突然想起，他今天给她打的电话已经够多了——下午四点过几分时，估计她已到达出差地，他忍不住又给她打了个电话。电话响了好一阵都没接，他便猜测她应该还在车上，没听到手机响。但最后电话里还是传来了她的声音。“你到了吗？”“啊，刚到，到宾馆里了。”她的声音显得急促，好像还有什么紧急的事情要做。果然，她立刻又说道：“先不跟你说了，马上要开会。”“那好，拜拜。”“拜拜。”——为什么不等着她也给自己打个电话来呢？以前有好几次，在他正想给她打电话的时候，她的电话就打了过来。此时，他尤其渴望那样的心有灵犀（哪怕只是巧合）。

回到出租房里时，他仍然什么也没吃，饥饿感却早已降临。他先在客厅打开电视，看了好一会儿新闻，才决定给自己煮碗挂面。面煮得有点软了，他还没吃掉一半。在想接下来要做点什么时，他不觉又掏出手机来。她怎么还不给自己打电话呢？会应该早开完了，现在是在吃饭还是有什么活动？如果她确实是暂时忘了自己，自己又何必给她打电话呢？这么想着的时候，他不觉走出了家门。他径直来到了小广场那儿。那十来个打腰鼓的中老年女人依然还在那里。前几个晚上，他们饭后都会来这里看她们打腰鼓。她说这让她想起童年——小时候，她有一次要表演腰鼓节目，因为高兴而练习得太多，小手指那儿的皮都磨破了。那天，她边说边笑着比划打腰鼓的动作。他随口说她可以加入那些妇女的队列，她却马上板下脸来。“啊，我是说等你退休以后——”他立刻意识到不该将她归入那些上了年纪的妇女一列。不过，几分钟后，她又开心地比划起来。

打腰鼓的女人都回去了，他还在广场附近闲逛。虽然空气已有些清冷，但在广场那儿散步的人依然不少。对每一个单独出现的年轻女性，他都多留意了几眼。当其中一个走过自己身边的女孩突然抬头看了一下，他便也随之朝天上看去。蓦地，他发现一颗星星正在自己的正上方，笔直得就好像他刚刚是从那上面掉下来的一样。天空深蓝而辽阔，不多的几颗星星几乎都在天的另一边。这是他头顶上唯一的一颗，也是整个天空中最明亮的一颗。它的光亮是如此镇定，并不像人的眼睛那样一眨一眨。这令他感到沮丧。于是，他把目光投向广场边的一个烧烤架。烧烤架里的那堆炭火，刚才一直像面小红旗似的吸引着他的眼睛；有时候，那堆炭火猛地往上冲出一股火星，就像红旗在招展一样。

他们朝路边停放的小车走去。两个女孩手上都提满了东西。老板空着手，但走得并不快，沉稳得就像全世界的目光都正集中在他身上。他看上去还相当年轻，个子挺拔，且并不肥胖，大概是因自信而显得精神饱满，脸上一直挂着微笑。他落后两个女孩两三步，目光一直直视前方，偶尔却像是不经意似的滑落到她们身上。到了小车旁，杨萍先打开后车门坐了进去，另一个女孩要走向另一边时，却发现老板已经站在那儿，完全挡住了车门。他掏出了手机，像是要打电话的样子。因此，她顺手拉开了旁边副驾位置的车门。她坐进去后不久，老板也钻进了车内。这是杨萍第一次和老板一块出差。她完全没想到他会坐在自己旁边——当然，即使他是有意，也可以理解，因为司机后面的这个位子最为安全。但她还是颇感尴尬地将头偏向窗外。车子转眼已驶到了开阔的郊区。风景是如此单调，除了田野还是田野，饱满的墨绿色仿佛正在流动。远方呈现出山峦的曲线，高低起伏。他们也是行驶在这样的曲线上吗？小车突然像发了羊癫疯似的抖动起来。

一打开门，他就看到 A 正从自己的那张办公桌下钻出来。

“啊——你——你来了？”

看到A慌乱的样子，他感觉那张办公桌下应该还有一个人——莫非是同办公室的那个女孩？

可是，他走近一看，下面空荡荡的。

“我的电脑又坏啦？”

“是啊，给你重装了下系统。”

他办公桌上的电脑果然是开着的。

“谢谢。”

A已像只螃蟹似的瘫坐在他的椅子上，一直没有要动弹的意思。他只好站在他旁边，虽然对面是那个女孩的椅子，但他感觉那边就像禁区一样。

A嚼起槟榔来，吧嗒吧嗒响。

“你是在等人吗？”

“是啊。”

“等谁？”

“你不知道啊？”

“不知道啊。”

A只顾嚼着槟榔。他又一次觉得自己不知道的事情太多了，哪怕是自己办公室里的事情。

不知站了多久。他渐渐想起了中学时一次被罚站的经历——为了什么已经想不起来了，但他突然发现，当时处罚他的那个老师和A很相像：同样的胖乎乎的身材，同样的充满油脂的圆脸，同样的粗鲁生硬的语气……这样的发现，使他愈发后悔之前与A的亲近。现在，A作为一位“熟人”，动不动就会出现在他面前。他正思量着是否该向A表露自己的不悦，却见A突然从椅子上跳了起来。

“来了，他们到楼下了！”

“谁来了？”

“走啦！”

在A的带领下，他也快速地朝楼下冲去。在楼道里，他们把人撞倒了。可他并不知道撞的是谁。他们的速度是那么快，他自信，被撞的人连他们的影子都没看清。

一车的人在等着他们。具体地说，是一小巴车的人。A率先跳了上去。他犹豫地看看车子，又看看四周。

“上来啊！”A大声地朝他喊。

“去哪里？”

“去海边啊！不是说好了的吗？”几乎一整车的人都在回答他。大家似乎都对他的表现感到不满。

他顿时记起，公司里是说今天要去海边游玩的。当然不是全去，这次轮到他们这些人少的部门——文案部他们两个，计算机中心的A和一个女孩，财会室以及办公室的几个女孩，此外就是带队的一男一女两位领导。他登上车后，在座位上一一发现了他们。看到A单独坐在最后一排，他连忙跑过去。相比之下，A此时在他眼里，简直亲切得像一个天使。

车子驶入了一大片阴云之下。他想起天气即将变坏的报道，知道阴云便是它的征兆。于是，他渴望车子能开得快一点，和坏天气赛跑，赶在它来临之前游玩回来。

车内很是热闹。七八个女孩叽叽喳喳说个不停。令他感到惊讶的是，同办公室的那个女孩竟也是一副滔滔不绝、眉飞色舞的样子。那位男领导也和女孩们打成了一片。他站在了座位边，满脸嬉笑，手不停地比划。她们对他的称呼都发生了变化，不再是“胡主任”，而是“胡伯伯”。那位年纪比女孩们大一轮的女领导是唯一显得矜持的一位。她脸带微笑，偶尔也说上一两句。

A虽然坐在最后一排，但这似乎一点也不妨碍他和前边那个圈子的交融。他和每一个人都显得那么熟。他说的每一句话，都能在前面引起回应，有时还是群体性地呐喊、尖叫。为了不显得过于脱离集体，他也试图加入他们的谈话。但前边那个圈子，对他而言仿佛是另一个世界。他只有通过A，才能与那边取得联系，而且只是间接的联系。但A的兴趣显然都在前面的谈话上。无论他怎么绞尽脑汁，想出A可能会感兴趣的话题，A都只是匆匆敷衍一下。

他终于放弃了努力。他们爱怎么看他就怎么看他吧。或许，他们根本就不曾留意过他，因而也便不会对他有什么看法。现在要做的，就是尽量不引起大家的注意，最好是能把自己隐藏起来。对，隐藏起来，就这么干。他的身子一点一点地往下缩，直到完全被前排的椅背挡住。A不知什么时候也到前面去了——那么，所有的人都不会留意到他了。现在，他惬意地倾听着大家的谈话，并试图据此加深对大家的了解（他想到的尤其是两位领导和同办公室女孩）。果然，听了没多久，他就感觉出那女孩与男领导之间有些不同寻常——他俩无论谁说什么，另一个都会默契地表示认同或者放声大笑。难道他们之间有什么特殊关系吗？如果有，那么A应该会知道，得找机会问一下他。

“今年的团拜会你们打算表演什么节目呢？”男领导突然问道。

“是小马在考虑的呢，问问他吧。”

他的心不禁一颤。这当然是那个女孩的声音。

“小马呢？小马呢？……”大家都呼喊起他来，他只得愈发地往座位下缩去。

“难道是丢了吗？哈哈哈……”A肆意地笑着。大家也都跟着笑起来。他屏住了呼吸，决心躲藏到底，并想好如果他们发现了他，就谎称自己睡着了。他的担忧并未持续多久，很快，前面的人就纷纷说起团拜会可以表演什么节目，有的还唱起歌来。唱歌的人越来越多，以至于逐渐形成了一场欢快的大合唱。那充满活力与热情的声浪一次次冲击着他，他终于也张开了嘴巴，不觉间还加入了前面的队列。每一个人都拼命地扯着嗓子，每一张脸都因兴奋而泛着红晕，他感觉就像回到了儿时某次疯狂的课间游戏似的。

车子不知什么时候已驶入了灿烂的阳光之中。窗外的风景倒退得很慢，成排的瘦高的桉树以及一丛丛火红的花儿近得就像是贴在窗玻璃上似的。接下来，窗外的背景换成了一片深蓝的天空。那上面什么也没有，除了一道道波纹似的印痕——于是，他疑心那并不是天空，而是大海。

“到啦！到啦！”这时，不断有人用手指着窗外大喊。原来，那真的是大海。

“走啊！走啊！到海里游泳去啊！”

大家一块冲下车子，朝深蓝色的大海扑去。海滩上再无旁人，随处可见一枚枚海螺的贝壳。虽然大海就在不远处，但大家还是逐渐放慢了脚步。女孩们不断发出呼喊与尖叫，像是在比赛谁更能引起他人的注意。A 捧着单反在给她们拍照。他一会儿站一会儿蹲，不时朝她们吆喝，俨然专业摄影师一样。拍照的女孩摆出各种姿势，一拍完，又迅速地将 A 围拢。她们似乎完全忘了刚才还引起她们欢呼的大海。他发现同办公室的女孩并不在其中，于是四处张望。原来，她与那位男领导远远地走向了另一边，两人还亲密地紧挨在一起。

他找了个机会示意 A 朝他们看去。

“你说他们两个是不是那种关系啊？”

A 只是平静地看着他。A 的样子像是变成了另外一个人。他很快意识到，那个人正是他自己——他不是一直爱用这种方式表达对 A 的不屑吗？现在，他在 A 的眼里，也成了一个低俗的八卦者。

他恼恨自己的轻率，并进一步坚定地认为，以后还是什么都不说为好。

他在沙滩上坐下，感到索然无味。不远处，海浪不断朝岸上扑来，又不断地后退回去。他感到自己和那海浪一样，徒劳来到这里，很快又得回去。可是自己不是一直想着出来玩一次吗？——哦，不是自己，是她。一想到她，他就有点慌张——都到这里来了，竟然没给她打个电话。在要去掏手机时，他又想起自己的手机是一出了省就没信号了的。

只能借 A 的手机了。他在海滩上搜寻起他来。不知什么时候起，海滩上已是人流如织。原来平整的沙滩已经完全被破坏，四处都是人的脚印。不知是阳光过于炫目，还是每个人都在移动，他看谁都是模模糊糊的。他想要喊 A，又担心会引起他人的注目。正不知所措时，眼前分明浮现出了一个熟悉的身影，这一下，他更加不想发出声音来了。

是她吗？同样的身形，同样的衣着，只是脸有点看不清。她不是说她在出差吗？这里可不是她的出差地。难道她是骗他？这样的话她肯定不是一个人来——仔细一看，她的旁边果然还有一个男人。想要再辨认一下时，他们却已淹没在了人群之中。

“刚才那个不是杨萍吗？”

仿佛一个霹雳忽然在身边响起。他满怀恨意地看着不知何时来到身边的 A，愈加后悔曾经与他的来往，甚至还让他认识了杨萍。

“谁是杨萍啊？”其他人竟然也都在旁边。

“小马的女朋友啊！哈哈哈……”

所有人又都快活地大笑起来。

他推开人群朝前跑去。他要确定那个人究竟是不是她，但事实上，他几乎已能肯定。也许，她是知道他来了这里，所以特意也赶来了——不知为什么，他打心眼儿里更相信这个。此刻他的心中，与其说怀着恐惧，不如说怀着甜蜜。与女友在一块的快乐时光在脑海一幕幕重现：他在楼下等着她，她一看到他，就欢快地跑过来——她跑的动作并不雅观，可她是为了他在跑，她是想早点来到他的身边；他们一块走在路上，她双手紧挽着他的手臂，好像是将他劫持了一样；在空荡荡的火车上，她将头枕着他的大腿，不知不觉就进入了梦乡……他微笑着朝前奔跑，感到一个个五颜六色的形影（海滩上的人群，岸边的建筑、树木，大海上空的云朵、飞鸟，以及海水中暴露出的种种奇形怪状的生物）从身边闪过。他毫不停留，也不朝四处张望，好像他已确定她在那儿一样。是的，他确定。

她就站在那里，在一片空荡荡的、平滑洁净的沙滩上。此时，夜幕已经降临，整个世界如沉入了海底一般宁静。海浪在她身后轻轻吐着白色的泡沫。她嘟着嘴，就像平常责怪他来迟了的样子。于是，他更加确信她是特意来找他的，心暖得仿佛要融化一般。他什么也说不出来，但内心里在说："我就知道，这一切都是你精心安排的吧！你叫我们公司的人把我带来这里，接着你也赶来了——或许，你早就在这儿等着我了吧！你还真会保密！不过，你让我感到多么惊喜！这的确是一次浪漫的旅行，它肯定将成为我们一生中最甜蜜、最难忘的一次经历。"她仿佛听到了这些一样，微笑着挽住了他的手臂。他们就像平时饭后出门散步那样，在海滩上慢悠悠地走着。天空光线稀微，只有寥寥的几颗星星在天边临照（它们站得那么低，而且不停地忽闪，就像在和他们说话似的），但沙滩自身发散着柔和洁白的光亮。他们在沙滩上留下了几道弯弯曲曲的脚印——这显然是海浪不愿意看到的。它们努力地朝岸边扑着，想要把那些脚印一一抹掉。

图书在版编目（CIP）数据

鲸鱼和老头的故事 / 江冬著. -- 北京：作家出版社，2020. 8
（2023.1重印）
(21世纪文学之星丛书·2019年卷)
ISBN 978-7-5212-0941-9

Ⅰ. ①鲸… Ⅱ. ①江… Ⅲ. ①中篇小说 - 小说集 - 中国 - 当代 ②短篇小说 - 小说集 - 中国 - 当代 Ⅳ. ①I247.7

中国版本图书馆CIP数据核字（2020）第068854号

鲸鱼和老头的故事

作　　者：江　冬
责任编辑：史佳丽　李亚梓
特约编辑：赵　蓉　王锦方
装帧设计：守义盛创
封面绘画：杨芬艳
出版发行：作家出版社有限公司
社　　址：北京农展馆南里10号　　**邮　　编：**100125
电话传真：86-10-65067186（发行中心及邮购部）
86-10-65004079（总编室）
E-mail:zuojia@zuojia.net.cn
http://www.zuojiachubanshe.com
印　　刷：中煤（北京）印务有限公司
成品尺寸：142×210
字　　数：184千
印　　张：7.75
版　　次：2020年8月第1版
印　　次：2023年1月第2次印刷
ISBN　978-7-5212-0941-9
定　　价：40.00元
